KONJUNKTIV
TAGE

KATJA LEUNER

KONJUNKTIV TAGE

Carl Schünemann Verlag

AUGUST 2015

„Das Beste kommt zum Schluss!"
„Opa, und wenn dann noch gar nicht Schluss ist?"
„Dann, mein Kind, sind wir frei!"

Ich muss just an meinen Opa denken. Einfach so. Es ist Freitagabend, warm und nur ein kleines bisschen windig. Mitten im August. Das Kreischen der Möwen und die Gespräche meiner Kollegen rauschen an mir vorbei und treiben stromabwärts mit der Weser direkt in den Sonnenuntergang. Ich genieße zurückgelehnt ein kühles Weizenbier und hänge weiter meinen Gedanken nach.

Vorgestern war ich mutig und habe den Brief an Gregor doch abgeschickt. Na ja, mutig ist ein bisschen übertrieben, aber nach fünfundzwanzig Jahren Pause ist es nicht ganz einfach, einen Anknüpfungspunkt zu finden. Und da ich nicht gerne um den heißen Brei herum rede, bin ich gleich zum Punkt gekommen. Ich habe Gregor also geschrieben, dass ich wieder Kontakt haben will und er mich gefälligst anrufen soll. Nun bin ich echt gespannt, ob und wie Gregor auf meinen Brief reagieren wird, sollte er ihn lesen.

Irgendwann gibt der Freitag seinen Namen wieder ab und unsere Runde löst sich langsam auf. Ich schlendere durch die laue Nacht zum Parkhaus und grinse immer noch, als ich den Motor meines kleinen Autos starten will. Ein schneller Blick aufs Telefon lässt meinen Finger vom Startknopf gleiten. Ups, ein verpasster Anruf von 19 Uhr mit unbekannter Nummer, eine neue Nachricht auf meiner Mailbox. Also höre ich die noch schnell ab:

„Hallo, hier ist Gregor. Dass ich nach so langer Zeit noch mal was von dir hören würde, damit habe ich im Leben nicht gerechnet. Ich komme eben aus Leipzig wieder und finde deinen Brief in meinem Briefkasten. Das

ist aufregend. Ein Ausflug in die Vergangenheit. Es ist erstaunlich, aber irgendwie passt das. Ich sitze am Küchentisch und lese deinen Brief. Rufst du mich an? Per E-Mail kannst du mich nicht erreichen, ich bin noch analog unterwegs. Aber sonst melde ich mich wieder. Mach's gut!"
Keiner da, der mich mal kneifen könnte. Das eben war wirklich Gregor, irgendwo zwischen fremd und vertraut. Das erste Lebenszeichen nach einem Vierteljahrhundert. Das ist wirklich aufregend. Schmerz und Groll sind längst verflogen, jetzt ist es die pure Freude. Also muss ich die Mailbox wieder und wieder abhören – und weil's so schön ist noch einmal.

Es ist viertel vor eins und ich beschließe, jetzt nicht mehr anzurufen. Ich starte mein Auto, mache mich auf den Weg nach Hause und freue mir Löcher in den Bauch. Unterwegs halte ich an, um die Mailbox zum achten Mal abzuhören. Meine inneren Freunde reißen ihre Ärmchen nach oben und schreien: „Juchhu, unser Gregor ist wieder da."

„Habt ihr ne Meise?", schimpfe ich innerlich. „Das ist nicht mehr euer Gregor, schon seit fünfundzwanzig Jahren nicht mehr!"

„Oh Menno, sei doch nicht so doof! Wir wollen doch nur ..."

„Schluss jetzt! Wir fahren nach Hause und ihr gebt Ruhe!"

„... spielen." Klar, dass die immer das letzte Wort haben wollen.

Zu Hause schaue ich kurz nach Markus, der schon schläft, und gehe in mein Zimmer. Doch an Schlaf ist nicht zu denken. Meine Gedanken kreisen um Gregor und den Grund seines Anrufs, meinen Brief.

Vergangene Woche habe ich die letzte Aufräumaktion gestartet. Meine „Schatzkiste" mit Briefen und Karten habe ich bis zum Schluss vor mir hergeschoben, weil ich wusste, dass es emotional werden würde. Da sind auch Briefe meiner verstorbenen Großeltern drin. Ich habe sie alle gelesen, Geburtstagswünsche und sehr persönliche Briefe. Ich hatte fast vergessen, wie sehr sie mich geliebt haben, meine Omas und mein Opa. Ich habe manchmal das Gefühl, meine Omas stehen hinter mir. Das tut gut und fühlt sich fast normal an, aber beim Lesen der Briefe gesellt sich auch mein Opa dazu. Das ist neu.

Also stöbern nun die drei Alten und ich weiter in meiner Kiste. Plötzlich fällt aus einem der Briefe meines Opas ein noch verschlossener Brief. Die Handschrift kommt mir immer noch vertraut vor – geschrieben von Gregor, meiner ersten Liebe. Neugierig reiße ich den Umschlag auf.
Er schreibt, dass er in den nächsten Tagen meine Großeltern besuchen und dabei diesen Brief für mich hinterlegen wolle. Hat er offensichtlich gemacht. Ich lese weiter. Er bittet um meine Freundschaft, ich solle ihm doch wieder schreiben. Und er bittet um die Rückgabe seiner Briefe – der Briefe, die ich während eines Wutanfalls entsorgt habe. Er wolle unser gemeinsames Jahr in einem Jahresroman festhalten. Mir läuft es kalt und heiß den Rücken runter. Er sei jetzt Dozent für Steuerrecht in Leipzig und habe keine neue Freundin.
Bin ich jetzt erleichtert? Oder reichlich bescheuert, weil es mir etwas ausmacht, mir eine Art Genugtuung verschafft? Erst da realisiere ich, dass dieser Brief bereits vor vierundzwanzig Jahren geschrieben wurde und eine Ewigkeit in meiner Kiste lagerte. Er kommt direkt aus 1991, fast ein Jahr nach unserer Trennung. Nein, meiner Trennung.
Ich atme tief durch und fange noch einmal von vorne an. Der Brief ist so typisch für Gregor, die letzten Sätze: „Na, da fällt mir doch sogar jetzt noch die Frage ein: Hast Du immer noch Deinen Nazi-Haarschnitt? Oder solltest Du es in acht Monaten auf lange Haare gebracht haben?“
Ich halte das Blatt ewig in meinen Händen und frage mich, wer er jetzt wohl ist und was er macht? Hat er Frau, Kinder, Enkelkinder, Hund, Fische, Grünpflanzen? Oder nichts davon? Alles vorstellbar. Meine Fantasie geht mit mir durch. Er ist kein Fußballschauer, ein Hardcore-Song-Contest-Fan, hat längere Haare und ein fast androgynes Aussehen – vielleicht gibt es ja auch einen Ehemann? Ich grinse in mich hinein.
Also was? Lächeln, Brief wieder einpacken und in Erinnerungen schwelgen? Nur, welche Erinnerungen? Ich habe alle „Beweise“ aus dieser Zeit vernichtet und die Zeit mit Gregor aus meinem Leben getilgt.
Ich könnte versuchen, ihn anzurufen? Und dann seine Frau am Telefon haben? Nö! Aber schreiben geht vielleicht … Nur wohin? Gregors Brief

aus dem letzten Jahrtausend kommt aus Leipzig. Wohnt er jetzt noch da? Google hilft. Und mein Gespür für alle Unmöglichkeiten. Ich wäre vielleicht doch eine gute Schnüffelnase geworden!
Den Namen gibt es oft. Ein Theaterschaffender aus Darmstadt, das kommt wohl nicht infrage. Ein Wirtschaftsprüfer aus Süddeutschland? Ein Steuerberater aus Hannover? Könnte alles sein. Und da ploppt plötzlich eine Adresse auf, die mir bekannt vorkommt: Garbsen, Goethestraße. Genau, Goethe – mit Literatur hatten wir es beide, damals.
Ich recherchiere weiter. Gibt's Bilder? Die meisten Leute sind unvorsichtig, nicht so wie ich. Über mich findet man im Netz fast nichts. Nur ein Buch erscheint, die Protagonistin trägt schließlich meinen Namen. Das Buch wurde auch verfilmt, mit Katrin Saß in der Hauptrolle.
Auch die Bilder zu Gregors Namen sind eher abstrus, zeigen unmöglich Gregor. Aber dann: eine Schule in Hannover, Bilder aus dem Abiturjahrgang 1977. Könnte sein. Das Gruppenbild von 1977 ist schlecht erkennbar, miese Qualität. Anders beim Silberjubiläum der Abiturklasse in 2002. Bilder zum Zippen. Ich zippe und finde Gregor.
Damals war er ungefähr so alt wie ich jetzt. Mitten in den Vierzigern. Alter Schwede, nicht schlecht – aber eben auch alt. Gregors schwarze Haare sind grau geworden. Ich schaue, ob ich noch etwas über den Betreiber der Website rausbekomme. Ja und nein: Informationen schon, aber nichts mehr in Verbindung mit Gregor. Trotzdem danke, du Webseitenbetreiber, dass du deine Daten allen zur Verfügung stellst.

Ich habe also einen Brief geschrieben, in die Goethestraße. Ohne meinen Absender – nur mit Namen außen und mit meiner Mobilnummer und E-Mail-Adresse im Brief. Ich bin vielleicht ein bisschen paranoid, aber wer weiß, wer da jetzt wohnt.
Und nun, zwei Tage später, schlafe ich schließlich doch noch ein mit der Gewissheit, Gregor wiedergefunden zu haben.
Nach ein paar Stunden Schlaf weckt mich Markus: „Frühstück ist fertig."

Ich fühle mich wie vom Bus überrollt. Aber es riecht zu verlockend nach der Droge meiner Wahl: Kaffee. Ich krieche aus meinem Bett in meinen uralten Lieblingsbademantel und schleppe mich ungewaschen nach unten in die Küche.
Markus ist ein echter Sonnenschein. Schon beim Aufwachen hat er gute Laune und strahlt über das ganze Gesicht. So auch heute. Er schäumt gerade die Milch für meinen Kaffee auf, als ich in die Küche schlurfe. Mein Aufzug wird liebevoll ignoriert und ich werde in den Arm genommen und geküsst: „Guten Morgen, mein Schatzi, gut geschlafen? Wie war dein Treffen gestern?"
Häää? Treffen? Kurz bin ich völlig orientierungslos, zumal noch ganz ohne Kaffee. Markus reicht mir eine Tasse, ich nehme einen Schluck, dann bin ich wieder im Hier und Jetzt angekommen. „Och, ja, gut. Wir haben nett geplaudert."
„Hauptsache, es war schön. Und das muss es ja, denn ich habe schon geschlafen, als du heimkamst. Ist wohl spät geworden?"
Bei uns hat jeder sein Schlafzimmer. Markus schläft nicht viel, ich dafür umso mehr und am liebsten ungestört. Vielleicht ist der Sex nach fast fünfundzwanzig Jahren auch schöner, wenn man sich nicht jede Nacht anschnarcht. Jedenfalls ist dann nicht automatisch das Bett der Ort der Aktion, weil's gerade so bequem ist. Zugegeben, die heiße Phase des Übereinanderherfallens haben wir seit geraumer Zeit hinter uns gelassen, aber Spaß haben wir immer noch miteinander.
„Nee, es wurde schon fast wieder früh. Ich wollte dich nicht wecken und bin direkt nach der Dusche ins Bett gefallen. Ich hab geschlafen wie ein Stein. Machst du mir noch einen Kaffee?"
Soll ich jetzt von Gregor erzählen? Markus weiß von den Briefen von und an Gregor nichts. Weder vom Finden noch vom Schreiben. Während er mir einen Kaffee einschenkt, erzählt er mir begeistert von irgendeiner Doku, die er gestern gesehen hat, und ich entscheide mich erst mal dagegen. Vielleicht will Gregor gar keinen Kontakt und ich versaue Markus umsonst den Tag.

Mit diesem Gedanken verschwinde ich nach dem Frühstück im Büro – im Bademantel, zu Hause geht das. Der Buchhaltung meines Mannes ist es egal, wie ich aussehe. Hauptsache ich kümmere mich darum. Und das tue ich, jedes Wochenende. Markus ist Unternehmer. So klein ist der Laden gar nicht, aber für einen Vollzeit-Buchhalter reicht es dann eben doch nicht.

Am Nachmittag arbeitet Markus weiter und ich verziehe mich nach oben in mein eigenes Arbeitszimmer. Gregor wartet immer noch auf meinen Anruf. Ich tippe seine Nummer ins Telefon und hoffe, dass er nicht da ist. Seit wann bin ich wieder ein Schisser?

Egal, ich höre nur kurz das Freizeichen und dann seine Stimme: „Stein." Das ist die Stimme, die gestern auf meine Mailbox gesprochen hat. Ich kann mich nicht mehr an Gregors Stimme von früher erinnern.

Ist ja auch schon Ewigkeiten her. „Stein" fühlt sich irgendwie fremd an. Mal sehen, ob das so bleibt.

„Hey du! Ich bin's."

Ob sich Gregor an meine Stimme erinnert? Wenn Gregor noch der ist, der er mal war, dann würde er sagen: Klar, ich vergesse nie etwas.

„Hallo Katja, da bist du ja!" Die Freude in seiner Stimme wirkt echt.

„Hallo Gregor." Mist, was soll ich sagen? „Ja, da bin ich. Ich war gestern unterwegs und als ich deine Nachricht abgehört habe, war's schon fast ein Uhr. Na ja, jetzt rufe ich dich an. Ich freue mich, dass du dich gemeldet hast, gestern."

„Ja, ich habe mich auch gefreut, gestern. Da war dein Brief da, plötzlich und unerwartet. Kannst dir ja mein Gesicht vorstellen, als ich meinen Briefkasten geöffnet habe. Ich komme abends aus Leipzig nach Hause, aus meiner Vergangenheit, und finde deine Post – auch aus meiner Vergangenheit. Das ist schon sehr spannend! Wieso schreibst du mir JETZT?"

„Weil ich auf deinen Brief antworten wollte. Manchmal dauert es eben ein bisschen länger. Ich wollte auf keinen Fall unhöflich sein." Ich hätte zu gerne Gregors Gesicht gesehen. „Wie war's denn so in Leipzig?"

„Du, schön. Ich habe da lange gewohnt. Du weißt ja, ich hatte dort eine Dozenten-Stelle. Wieso dauert ‚ein bisschen länger' fast 25 Jahre? Und wie geht's dir? Lebst du allein?"
„Ach, weißt du, gut. Mir geht's echt gut, meistens jedenfalls. Und nein, ich bin verheiratet. Ich räume gerade auf und dabei habe ich dich gefunden, in meiner Kiste. Also nicht dich, aber deinen Brief aus Leipzig, den von 1991. Und ich habe dir sofort geantwortet, nachdem ich deinen Brief gelesen habe. Das war aber erst diese Woche."
„Dein Brief klingt nicht verheiratet. Ich habe beim Lesen gedacht, dass du allein auf deinem Sofa sitzt, dich an mich erinnerst und ... na ja, jedenfalls lese ich das da raus." Und er liest die entsprechenden Stellen aus meinem Brief vor.
Jetzt, wo ich mir mein Geschreibsel anhören muss ... klar, was soll Gregor sonst denken? Kurz frage ich mich, ob ich vielleicht genau das wollte. Nö! DAS schiebe ich elegant meinen inneren Freunden unter. Nie im Leben gebe ich das preis! Weder die Freunde noch die offenen Wünsche! Neue Strategie: Leugnen und Angriff. „Na klar bin ich nicht allein zu Hause, bist du doch auch nicht. Wie heißt denn deine Frau?" Das „oder Mann?" kann ich gerade noch zurückhalten.
„Ich bin nicht verheiratet und lebe mit meiner Freundin Julia auch nicht zusammen."
„Schöner Name." Nicht so schön wie meiner, aber schön.
„Bist du glücklich mit ihr?"
„Doch, ich bin schon zufrieden. Und du? Bist du mit dem verheiratet, wegen dem du mich damals verlassen hast?"
„Ja, der heißt Markus, immer noch."
„Warum hast du meine Briefe vernichtet? Weil du bei Markus eingezogen bist?"
„Ach, Gregor! Ich war damals so verletzt, gekränkt und wütend – ich konnte nicht anders. Ich kann dir neue Briefe schreiben, wenn du willst. Keine Liebesbriefe, dafür welche mit Sinn. Und nein, deine Briefe habe ich schon in Dresden zerrissen."

„Ich würde nie Briefe zerreißen, das sind doch Erinnerungen, die will man doch aufbewahren."
„Nein, ich wollte vergessen. Dich und unsere gemeinsame Zeit. Ich weiß, dass du das nie tun würdest, aber ich bin nicht du. Und nach unserem letzten Treffen wollte ich dich nie wieder sehen! Aber das ist nun schon so lange her, fast so lange wie nie."
Und kurz vor „nie" habe ich seinen letzten Brief gefunden. Schicksal? Auch diese Überlegung behalte ich für mich. Vorerst.
„Und jetzt? Jetzt willst du dich wieder erinnern? An was?"
„Genau. Jetzt will ich einfach alles. Alles wissen. Das ist doch spannend, wie kurz vor Weihnachten, wenn du endlich auspacken willst ..." Die Doppeldeutigkeit des Wortes „auspacken" lässt mich kurz stocken, egal, ich rede einfach weiter: „Es ist so unglaublich spannend. Ich weiß nicht, ob du noch der Gregor von früher bist, wie du aussiehst, ob du ..."
Auch diesen Rest schlucke ich schnell runter, denn: „ob du noch so riechst wie früher" – das kann ich nicht bringen. Dabei ist das Einzige, was ich aus meiner Erinnerung wirklich abrufen kann, Gregors Geruch. Und der war anregend, sehr erdig, fast ein bisschen moderig mit einer herben Note Zeder und einem Hauch Zitronengras. Ich habe den Duft sofort in der Nase.
„Ob ich was?" Gregor will's wirklich wissen.
„Na, ob du immer noch so ein schräger Vogel bist", ziehe ich mich aus der Affäre.
„Aha. Ich bin also ein schräger Vogel. Das ist ja sehr charmant. Nett, dass du mich nicht abartig nennst." Kurze Pause. „Warum willst du das wissen? Und warum jetzt?"
Tja, warum? Eine mögliche Antwort wäre: Weil ich es jetzt kann. Die wäre durchaus richtig, trotzdem möchte ich das netter umschreiben: „Dein Brief hat mich so dermaßen an dich erinnert, vieles war plötzlich wieder ‚da'. Plötzlich bist du wieder da. Dein Brief war wie ein Türöffner. Ich habe an dich gedacht, an unsere gemeinsame Zeit – und ich konnte lachen, über deinen schrägen Humor im Brief. Ich konnte gar

nicht anders, ich musste mich einfach bei dir melden. Aber wenn du nichts mehr mit mir zu tun haben willst ..."

„Klar will ich mit dir zu tun haben, ich bin damals schließlich nicht einfach von der Bildfläche verschwunden. Erinnerst du dich?"

„Ja, daran erinnere ich mich durchaus. Aber ich konnte auch damals nicht anders."

„Ich habe dich lange vermisst. Bis deine Nachfolgerin kam. Manchmal habe ich an dich und unser turbulentes Jahr gedacht."

Bis meine Nachfolgerin kam? Hm. Wieso macht sich jetzt ein mieses Gefühl breit? Ich schiebe das schnell zur Seite und gehe stattdessen auf den Rest ein: „Oh ja! Das hatten wir, ein turbulentes Jahr. Weißt du noch, als mein Opa dich anschleppte, uns vorstellte und ich dich angestarrt habe, wie einen Außerirdischen. Das muss für dich so komisch gewesen sein."

„Und ob das komisch war. Du hast mich tatsächlich angestarrt wie einen Geist. Und ich habe mich benommen wie ein Idiot. ‚Du kannst Gregor zu mir sagen, den Jan mag ich nicht so.' Was hast du eigentlich nach diesem Satz von mir gedacht?"

„Gedacht? Ich habe dich gesehen und war verknallt. So von jetzt auf gleich. Sich im Turbo-Gang zu verlieben und gleichzeitig zu denken, geht wohl nicht so wirklich."

„Und heute?"

„Jan Gregor Stein, du stellst immer noch die gleichen bescheuerten Fragen! Und ich blödes Schaf muss dir immer noch antworten und will dich nicht anlügen. Manche Dinge ändern sich nie. Also gut. Ich möchte wirklich gerne wissen, wer du bist. Ganz einfach, ich will alles wissen. Wer bist du, wohin gehst du, was hast du erlebt, hast du immer noch so viele Haare und wenn ja, sind die noch schwarz? Stehst du immer noch auf Schlager, schaust du immer noch den langhaarigen Frauen hinterher und liebst du mich immer noch, ein kleines bisschen jedenfalls?"

„Ha! Du bist auch immer noch du, hast Fragen über Fragen, aber wenn ich was wissen will, sind meine Fragen bescheuert? Wie früher! Damals warst du so unglaublich jung. Nichts an dir hat zu meiner Vorstellung von einer Frau gepasst. Von meiner Frau. Und trotzdem warst du so faszinierend. Manchmal richtig rotzig und abweisend, dann wiederum sehr zurückhaltend und abwartend, manchmal frech und ungebremst und ... na ja – so war das eben."

„Ja, Gregor, so war das ..." Und heute? Diese spannende Frage stelle ich nicht. Nicht heute. Vielleicht wird sie an einem anderen Tag freigelassen, diese Frage, aber nur vielleicht.

Und plötzlich ist es da, das Gefühl von Vertrautheit. In dieser kurzen Gesprächspause haben wir es beide gemerkt. Gregor ist wieder da. Katja ist wieder da. Also erzählen wir uns aus unseren Leben und lachen gemeinsam. Die Distanz schmilzt wie Eis im Hochsommer und die Zeit rennt nur so. Irgendwann verabschiedet sich Gregor: „Höre ich von dir? Oder muss ich wieder 25 Jahre warten? Das wird dann ein bisschen knapp."

„Klar hörst du von mir, ich schreibe dir Briefe und werde dich nerven."

„Ich freue mich, wirklich."

„Ich freue mich auch! Wirklich! Echt! Bis bald, Gregor!"

Und wieder reißen meine inneren Freunde die Arme hoch: „Unser Gregor freut sich, yippie!"

Dieses Mal halte ich die Klappe und freue mich auch. Und ich bin so neugierig. Gregor klingt schon viel älter als in meiner neu gewonnenen Erinnerung. Was hat sich noch verändert? Wie sieht Gregor heute aus? Schade, ich besitze (bis auf das Internet-Bild) keine Fotos von Gregor und muss echt überlegen, wie er früher überhaupt noch mal genau aussah ... Es ist, als hätte sich ein Zeitfenster geöffnet und mich direkt ins Jahr 1989 katapultiert. ALLES ist wieder da, sogar der Geruch von 1989 ist just in meiner Nase. Ich erinnere mich an unser erstes Treffen, an die Wendezeit, unseren ersten Kuss, an seine Macken, an die Streitereien wegen meiner Haarpracht und an viele liebenswerte Details. Er entsprach damals so gar nicht meiner Vorstellung eines „echten Kerls". Diese Rolle wurde von einem Nordlicht besetzt, einem Wikinger. Lange Haare, am besten rotblond, Dreitagebart, breitschultrig, muskulös ... Aber der tauchte damals nicht auf.

AUGUST 1989

Es war ein schöner Sommer. In Dresden war die Aufbruchstimmung schon zu spüren. Aber der Zusammenbruch der DDR war für mich noch lange nicht in Sicht.
Ich war stolze siebzehneinhalb. Es war August und herrlich warm, fast ein bisschen übertrieben.
Die Sonne kochte den Asphalt, die Luft flimmerte und die Stadt war ein riesiger Dampfkessel. Wer konnte, verzog sich ins nahe gelegene Elbsandsteingebirge, an einen der Badeseen oder einfach nur ins Grüne. Die Berufsschule war ferienbedingt geschlossen, aber ich arbeitete in der Konditorei meines Meisters und half im Eiscafé meiner Eltern. Es gab für mich mehr als genug zu tun, also keinen Urlaub.
Meine Familie war aktiv und laut und wir waren viele. Im Erdgeschoss unserer Villa wohnten meine Eltern, meine Oma Marie, meine Schwester Fritzi und ich. Udo, mein Bruder, hatte seine eigene Familie und lebte mit seiner Frau und den Kindern ein paar Straßen weiter. Die Eltern meines Papas wohnten praktischerweise über uns, im ersten Stock. Auch meine Uroma hatte hier bis zuletzt ihr Zimmer. Ganz unten war das Geschäft meiner Eltern. Dort tobten der ganze Clan und jede Menge Mitarbeiter rum.
Auch sonst war es im Dunstkreis meiner Familie nie einsam. Meine Schwester Fritzi ging mir meistens auf die Nerven und wir hatten immer irgendwelche Leute zu Besuch, mal nur kurz und mal für länger.
Das interessierte mich allerdings nur peripher, ich hatte mein eigenes Leben. Manchmal zog ich mit meinen Kumpels um die Blocks. Das tat ich in der Regel aber nur, um nicht abartig zu wirken. Am liebsten war ich allein mit meinen „besten Freunden“ vor der Nase: den Büchern.
Mein introvertiertes Leben fiel in all dem Trubel irgendwie gar nicht auf. Und so dachte einer vom anderen, dass er mich erziehen würde. Falsch

gedacht, das erledigte ich lieber selbst – und gar nicht mal schlecht, wie ich finde.

Eines Tages kam Opa mit einem Briefmarken-Fritzen aus dem Westen an. Der wollte ihn besuchen und Geschäfte machen. Also, Opa wollte Geschäfte machen, der hatte auch so seine eigenen Interessen und kannte Gott und die Welt und schleppte die auch alle an. Das war mir meistens egal, einer von vielen alten Knackern. Aber diesmal einer aus dem Westen. Gut, Westbesuch hatten wir öfter, das waren aber immer dieselben, nämlich Verwandte von uns. Bei einem komplett unbekannten Westmenschen war ich allerdings durchaus neugierig.

Opa stellte uns förmlich vor: „Katja, das ist Herr Stein, er besucht uns für ein paar Tage. Und das ist meine Enkelin Katja."

Na ja, alt war der nicht wirklich. Wohl etwas älter als mein Bruder Udo. Und der war vierundzwanzig. „Herr Stein" gab mir steif die Hand und sagte: „Ich heiße Jan Gregor, aber Gregor reicht völlig, den Jan mag ich nicht so."

Was war das denn bitte für ein Name? Jan-Gregor-ohne-Jan-und-nur-Gregor.

„Katja. Und nix zum Weglassen. Auch nicht Kati, Katjuscha oder sonst n Mist. Spitznamen muss man sich verdienen."

Meine Güte, einfach nur Katja hätte auch gereicht. Aber manchmal muss man eben zeigen, wo der Hammer hängt. Und einem Wessi sowieso.

„Oh, alles klar. Aber Katja ist doch schön. Ich denke da an Katja Ebstein. Grand Prix 1970 und 1971."

„Du stehst auf Schlager, oder was?"

„Du nicht?"

„Nee. Ist doch der pure Schmalz. ‚Da war Gold in deinen Augen' So n Kack! Das tut doch weh. Stell dir mal vor, dir tackert einer ne Feinunze Gold ins Auge. Mensch, da haste aber Geburtstag."

„Hast du was gegen Romantik? ‚Wie ein Stern in einer Sommernacht ist die Liebe, wenn sie strahlend erwacht. Das ist doch hübsch. Außerdem von eurem Frank Schöbel."

„Ich kenne den Text – ‚die Sonne scheint heller und die Erde dreht sich schneller'. Geht doch gar nicht. Schon mal was von Gravitation gehört? Oder von habitabler Zone? Die Meere würden verdampfen und wir wären tot. Romantik am Arsch. Du solltest mit meiner Mutter weitersprechen. Die hört so was. Oder sing das doch deiner Freundin vor. Die ist bestimmt schwer beeindruckt."
„Oh, danke für den Tipp, ich werde daran denken."
Wie die wohl aussah, seine Freundin? Er war groß, schlank, ein bisschen schlaksig, schmale Schultern, helle Haut, dunkle Augen, dunkle wellige und längere Haare – eine Schönheit, wenn er ein Mädchen gewesen wäre. Und diese langen Wimpern ... Ich machte den Mund wieder zu und versuchte, ihn nicht anzustarren. Obwohl, normale Mädels stehen ja auf so was.
„Gern geschehen. Ihr entschuldigt mich, ich muss dann mal wieder ..."
Was sollte ich sonst auch noch sagen. Ha! Ich trällerte das einzig brauchbare Lied von SEINEM Frank Schöbel: „Komm, wir malen eine Sonne auf dem grauen Pflasterstein und wir laden alle Kinder aus dem Hause dazu ein ... lalalalalalalalala." Laut und falsch.
Opa und Jan Gregor verschwanden ebenfalls und ich wollte meinem Tagesgeschäft nachgehen. Oder lieber doch nicht. Ich verdrückte mich, um meiner Leidenschaft zu frönen: lesen. Aber da schoben sich lange Wimpern, dunkle Augen und fast schwarze Haare vor die Buchstaben. Oh Mann, ich legte das Buch zur Seite, atmete durch und wartete, bis es vorbeiging.
Jan Gregor blieb ein paar Tage, manchmal liefen wir uns über den Weg und grüßten uns im Vorbeigehen. Meistens war er unterwegs, allein oder mit Opa.
Der erste gemeinsame Ausflug: Opa, Jan Gregor, meine Schwester Fritzi (damals war sie sieben) und ich. Wir pilgerten in die sächsische Schweiz zur Felsenbühne Rathen. Fritzi war ganz aufgeregt. Winnetou – toll.
Jan Gregor war Karl-May-Fan, hatte alle Bücher. Ich hatte nicht gewusst, dass außer Opa jemand diese Schwarten las. Fritzi fand die Filme toll.

Karl May war im Osten nicht verboten, wurde aber auch nicht verlegt, gehandelt oder war sonst wie, erhältlich weil „er seine jugendlichen, unkritischen Leser in vielfacher Hinsicht antihumanistisch beeinflusst und ihnen ein völlig verzerrtes Bild der Welt malt". Tja, wenn einer von den unendlichen Weiten der Prärie schreibt, von grenzenloser Weite und Freiheit, Freundschaft und Brüderlichkeit zwischen den Menschen – da könnte ein eingemauertes Volk schon auf Ideen kommen. Kam es ja auch.

Fritzi plapperte auf der Rückfahrt ohne Punkt und Komma. Ich wusste nicht, ob ich was sagen wollte – und wenn, was? Die Schlagernummer war ausgelutscht. Von mir wollte ich nichts preisgeben, von Karl May hatte ich keinen Schimmer und mein eigener Lesestoff war für die meisten Menschen langweilig, hauptsächlich Gedichte. Letztens hatte ich mir ein Buch von Hermann Hesse ausgeliehen. Der letzte Bibliotheksstempel war vor fünf Jahren in das Buch gekommen. Ich fand das bemerkenswert, aber wahrscheinlich war ich damit allein. Schade eigentlich. Ich blieb stumm.

Ob es trotzdem oder gerade deswegen geschah, aber am nächsten Tag lud Gregor mich zum Essen ein: „Du, Katja, hast du Lust, nachher mit mir durch die Gegend zu ziehen? Wir könnten vielleicht was essen gehen. Deine Oma kocht jetzt immer für mich mit. Ich wollte mich mal revanchieren."

„Wenn du dich bei meiner Oma bedanken willst, dann musst du doch SIE fragen", war das Einzige, was mir einfiel. Gregor glotzte mich ungläubig an. „Aber wenn du lieber mit mir gehen willst, dann komme ich vertretungsweise gerne mit. Sehr gerne. Wann und wo?", schob ich schnell hinterher, ehe er es sich anders überlegen konnte.

„In einer Stunde? Ich warte unten am Auto auf dich."

Also wühlte ich mich durch meinen brechend vollen Kleiderschrank und probierte Klamotten an. Vielleicht sollte ich mich besonders hübsch machen. Genau da hatte ich das erste ernst zu nehmende Frauenproblem meines Lebens: NICHTS anzuziehen! Kacke!

Am Ende wurde es meine normale Ausgehuniform: lange schwarze Hose über den abgewetzten weißen Turnschuhen, eine weiße Bluse mit enger Taille und mein Prachtstück, eine graue Anzugweste. Die hatte ich bei Opa „weggefunden". Wie der da je reingepasst haben wollte, war mir eh schleierhaft.

Ich war froh, letzte Woche beim Friseur gewesen zu sein, mein neuer Kahlschlag passte perfekt zu meinem Outfit. Voll schick, eine moderne junge Frau.

Gregor stand an seiner Karre und wir musterten uns – interessiert, amüsiert, skeptisch? Ungleicher konnten wir wohl nicht aussehen. Gregor war in den Siebzigern hängen geblieben. Oder waren es möglicherweise sogar die Sechziger? Eine graue Stoffhose, ein undefinierbar gemustertes und verwaschenes Hemd, ein blauer Pullunder und Halbschuhe zum Schnüren. Dieser Mensch passte perfekt zu meinem Opa. Tja, zuckte ich innerlich mit den Schultern und stieg in Gregors weißen Golf.

Gregor fuhr in die Innenstadt und während wir wie zwei Paradiesvögel flanierten, fragte er mich aus: „Was machst du denn so, in deiner Freizeit?"

Freizeit? Na ja. „Meistens bin ich im Geschäft meiner Eltern. Und sonst lese ich viel." Scheiße, Katja, du bist total langweilig „Oder ich ziehe durch die Studenten-Clubs, Bärenzwinger und so, Musik hören." Gut, das war arg übertrieben, ich war da nur zweimal gewesen. Notgedrungen, weil eine Freundin mich mitgeschleppt hatte. Für meinen Geschmack wurde dort zu viel gesoffen und das pseudointellektuelle Gequatsche ging mir auf den Geist. Aber es wirkte cool und erwachsen, zumindest mehr als zu Hause sitzen und lesen.

„Alleine? Oder hast du schon einen Freund?"

„Was heißt n hier schon? Ich bin fast achtzehn!" Eigentlich viel zu alt, um noch Jungfrau zu sein. Die bisher sinnvollste Gelegenheit zur Entjungferung hatte ich im letzten Jahr ungenutzt verstreichen lassen. Obwohl er sehr liebenswert, äußerst intelligent und fürsorglich war – und auf meiner Kandidatenliste immer noch auf Platz eins stand. Platz eins

von eins. Wir hatten ein paar schöne Spätsommerwochen gemeinsam am Meer verbracht. Ich war schon ein bisschen verliebt, zum ersten Mal in meinem Leben. Wieder zu Hause war ich um fünftausend Reisekilometer und einen Freund reicher. Ansonsten fand ich Jungs irgendwie doof und Männer waren noch nicht an meinem nicht vorhandenen Zopf in meinen Turm geklettert. Ich ging auf seine Frage nicht weiter ein.
Gregor interpretierte das einfach mal als Ja: „Oh, entschuldige bitte! Mit fast achtzehn ist man natürlich schon eine erfahrene Frau. Ich vergaß."
„Ausnahmsweise entschuldigt. Wieso weißt du das? Bist du mit fast achtzehn eine Frau gewesen? Oder legst du fast achtzehnjährige Mädels reihenweise flach?"
„Weder das eine noch das andere."
„Also hast du eine Frau und Kinder?" Das war mir jetzt so rausgerutscht. War das abwegig?
„Nein, ich studiere wieder. Germanistik und Politikwissenschaften. Da ist keine Frau in Aussicht."
Okay, kein Wunder, bei dem Musikgeschmack. Aber irgendwie gefiel mir, dass keine Tussi an seiner Seite klebte. „Na ja, mit Frank Schöbel ziehst du auch keinen Hering vom Teller. Es sei denn, du stehst auf Muttis aus dem Osten."
„Wohl eher auf die Töchter. Was hören die denn so?"
„Die Töchter hören Verschiedenes. Die einen stehen auf Pop-Gedudel und die anderen ... Kommt drauf an." Ich wollte nicht zu viel von mir preisgeben, ich war mysteriös, cool und erwachsen.
„Du gehörst ganz sicher zu den anderen und stehst auf Liedermacher."
„Och, kann schon sein."
„Poetische Texte?"
„Ja, Mann. Kann auch politisch sein. Nur nicht diese SED-Scheiße Roter Oktober. Ich höre gerne Grönemeyer, Klaus Lage oder Konstantin Wecker, Heinz-Rudolf Kunze, Ulla Meinecke ..."
„Kommen die auch in den Osten?"
„Nach China? Keine Ahnung. In die DDR hoffentlich nicht. Da säßen

doch nur die linientreuen FDJ-Hemden im Publikum. Nee, ich habe eine Schallplattenquelle. Meine Tante aus Husum ist schwerbehindert, wird kaum gefilzt und schmuggelt für mich. Gut, ne?"
„Du hörst keine Ost-Künstler?"
„Doch, Wladimir Wyssozki. Liedermacher aus der Sowjetunion. Schon tot. Die Platten habe ich aus der UdSSR mitgebracht. Hat ein Freund auf dem Schwarzmarkt für mich gekauft. Das war das pure Abenteuer. Hier gibt's die nicht. Aber du meinst bestimmt Musik aus der DDR!"
„Ja, aus Ostdeutschland."
„Na, wenigstens sagst du nicht ‚Zone'. Bei dem Ausdruck fühlt man sich so eingemauert."
„Das bist du doch auch, eingemauert."
„Ja, das weiß ich selber. Das musst DU mir nicht sagen. Ist schon so beschissen genug. Ich würde gerne nach Schweden fahren oder nach Österreich." Von den Plejaden oder dem Orionnebel sagte ich mal lieber nix. Obwohl das realistischer wäre. In eine Sojus-Rakete und ab. Den Antrieb leicht modifizieren und den Raum krümmen … und schon biste da. Ohne Passkontrolle, hoffentlich.
„Wieso Österreich?"
„Na, das sind vielleicht die netteren Deutschen?" Gregor sah mich ungläubig an. Stimmt, ich vergaß! „Na ja, bis auf den einen natürlich!", warf ich noch schnell hinterher.
„Lass das mal nicht die Ösis hören!"
„Wieso, sperren die mich dann ein? Also mal ehrlich. Knast in Österreich ist vielleicht gar keine schlechte Wahl. Irgendwann mal wird man entlassen und dann … Kommst du mich besuchen, im Knast?"
„Klar, ich bringe dir Schallplatten mit. Aus der DDR! Welche?"
„Dann gerne Frank Schöbel!" Ich strahlte Gregor an. „Na, als Knastgeschenk wäre das doch prima."
Jetzt grinste Gregor zurück: „Und ernsthaft?"
„Silly." Die laute, rotzfreche und leise emotionale Röhre Tamara hatte mir damals die ganze Bandbreite von Leben und Sehnsucht gezeigt.

„Und was noch?“
„Gregor, ich überlege noch. Ach, da ist ja noch Silly und außerdem noch Silly.“
„Tamara Danz?“
Ich schaute ihn an und nickte stumm. Ich war schlicht sprachlos. Schräger Typ, aber ganz und gar nicht blöd. Aber am nächsten Tag wollte er wieder nach Hause fahren, dann war ich doppelt auf der falschen Seite der Mauer. Echt Scheiße, mal wieder!
Mit Gregor zu reden, war, wie sich herausstellte, eine echte Inspiration. Dieser Mensch war wohltuend anders. Sonst war ich der stille Zuhörer. Jetzt hörte eher Gregor zu. Und wenn er was sagte, dann war es lustig und sinnvoll.
Wir landeten schließlich in einem Restaurant mit ungarischen Spezialitäten mitten in der Altstadt. Wir wurden platziert, an einen Vierer-Tisch, an dem schon ein alternativ-intellektuelles und vor allem dauerknutschendes Paar saß.
Ich hätte lieber mit Gregor, diesem überaus merkwürdigen Wesen, allein gesessen. Aber ihn schien die Anwesenheit der anderen nicht zu stören. Im Gegenteil, er lehnte sich zurück und beobachtete die Szene. Mir war das nicht geheuer. Gut, ich konnte auch schweigen, aber dann war ich meistens mit mir allein. Dass zusammen zu schweigen auch schön sein kann, auf die Idee kam ich nicht eine Sekunde.
Und so laberte ich Gregor voll, mit irgendwelchem hirnrissigen Gequatsche, das ich sonst so verabscheute.
Bis der Kellner mich erlöste und unsere Wünsche entgegennahm. Ich hatte keinen Hunger und aß nur ein Dessert. Schomlauer Nockerln und Kaffee. Was Süßes, dachte ich und musste schlucken. Meine Hände zitterten, aber Gregor war mit seinem Gulasch so beschäftigt, dass er davon nichts mitbekam. War ja auch ziemlich peinlich und albern. Von den Turteltäubchen neben uns erntete ich mitleidige Blicke, wenn sie sich denn mal voneinander „trennen“ konnten. Die junge Frau lächelte mich ermutigend an. Ich schaute zu Gregor und wieder zu ihr zurück.

So fühlte ich mich auch. Hin- und hergerissen. Ich war kurz davor, mich zu verlieben. Oder ein bisschen weiter als kurz davor. Viel weiter.
Auf dem Weg zum Auto schnappte Gregor sich meine Hand. Ab da schlenderten wir Händchen haltend bis zur Beifahrertür seines Wagens. Frank Schöbel sang in meinem Kopf: „Ich geh vom Nordpol zum Südpol zu Fuß, für einen Kuss von dir."
Herr Schöbel, du bist bekloppt! Das geht doch gar nicht, zu viel Wasser. „Nein, liebe Katja. Das Wasser ist nicht das Problem für dich. Du stehst vor Mauern, Zäunen und Grenzen." Herr Schöbel sprach's und war augenblicklich verschwunden. Blödmann! Das weiß ich selber! Und ich scheiß drauf! Aber abhauen ging nun mal nicht. Nicht ohne meine Familie. Und mit meiner Familie? Na klar, elf Leute und drei Katzen fahren im grünen VW-Bully am Checkpoint Charlie vor, Papa hält am Schlagbaum an und Opa kurbelt sein Fenster auf der Beifahrerseite runter. Unser Opi-Wan Kenobi sagt also: „Lieber Genosse Grenzsoldat, wir müssen unsere Deutsche Demokratische Republik gegen die imperialistischen Aggressoren verteidigen. Und wo könnten wir das besser als an der Wurzel des Übels? Wir legen die Säcke auf Eis, mit Feinfrost kennen wir uns bestens aus. Du lässt uns jetzt passieren! Möge die Macht mit dir sein!"
„Katja, wir sind da!"
„Was?" Oh, wir waren zu Hause. Es war spät geworden. Spät und still. Im Laden waren die Lichter aus und der Hof war menschenleer. Es war Gregor neben mir auf dem Fahrersitz und ich war nicht Prinzessin Leia.
„Soll ich dich noch irgendwohin fahren?"
„Danke, Gregor, das ist echt nett von dir. Aber für meinen Weg hast du zu wenig Benzin im Tank und morgen ist es zu spät."
„Zu spät für einen Trip jenseits der grauen Seite der Mauer? Würdest du denn mitkommen, wenn das ginge?"
„Eben, ‚wenn es ginge'. Warum sollte ich noch einen zweiten Gedanken daran verschwenden?"
„Spiel doch mit, ist doch lustig."

„Scheiße, Gregor, das ist überhaupt nicht lustig, nicht für mich. Du beendest deinen Zoobesuch morgen."
„Stimmt. Aber sag, Katja, wer ist der Affe und wer der Besucher?"
„Ich kann dir sagen, wer der Wärter ist. Aber irgendwann ist die Macht mit mir und dann sehe ich sie, die bunte Seite der Mauer. In dreiundvierzig Jahren spätestens. Oder ich komme vorher in die Klapse."
„Quatsch, ich hole dich 2032 vom Bahnhof ab und zeige dir Hannover. Das ist doch mal ein Plan. Und solltest du mich nicht erkennen: Ich trage ein Schild um den Hals: ‚Füttern verboten!'"
„Na, du planst ja echt langfristig. Das Schild kannst du dir sparen. Ich erkenne dich ganz sicher. Aber du musst mich zum Essen einladen. Oder mir einen guten Umtauschkurs machen, ich bin dann nämlich Rentnerin. Aber ich bin dabei, ist gebongt."
„Komm, Oma Katja. Wir gehen jetzt nach Hause."
Gregor öffnete mir die Beifahrertür, hielt meine Hand während des Aussteigens fest und gab mir einen Kuss auf die Wange. Er ließ mich erst los, als ich die Haustür aufschloss. Da Gregors Zimmer im Obergeschoss lag und meines unten, standen wir eine Weile stumm am Treppenaufgang im Hausflur.
Schließlich brach Gregor das Schweigen: „Es war ein schöner Tag heute."
„Ja, war es. Ein schöner Tag. Danke dafür und schlaf gut."
„Gute Nacht, Katja, bis morgen. Ich danke dir auch."
Gregor machte keine Anstalten beim Gute-Nacht-sagen. Sollte ich ...?
Katja, schluck's runter. Einer ausm Westen, das gibt nur Probleme. Außerdem ist er so alt. Und wie der so aussieht, kann er sicher jede Menge Mädels am Start haben. Und nur weil er einmal mit dir essen geht und deine Pfote hält – nee, ich bin ja nicht bekloppt. Ich bin nicht Prinzessin Leia und es ist auch nicht Han Solo, der gerade die Treppe emporsteigt. Gute Nacht, Chewbacca.
Gregor fuhr am nächsten Tag wieder nach Hause und ich blieb zurück mit meinen Träumen, die nach ein paar Tagen verblassten. Der Alltag hatte mich wieder.

Alltag? Nun ja, die Montagsdemos wurden massiver. Immer mehr Menschen forderten Reformen, Freiheit und, was auch immer das bedeuten sollte, Demokratie.
Und ich? Ich stand an der Ostsee und ließ meinen Blick übers Meer schweifen. Bis zu dem Punkt, an dem das Meer mit dem Horizont verschmolz. Ob es sich wohl anders anfühlte, das Meer hinter dem Horizont?
Was dachten die Menschen auf der anderen Seite wohl, vielleicht in Schweden, wenn die aufs Meer schauten? Was fühlten die? Es war nur ein Meer, das zwei Systeme trennte. Vielleicht verband uns ja mehr, als uns trennte. Die wollten doch sicher auch einfach nur eine schöne Zeit haben, arbeiten, Fußball schauen, ihre Rotzlöffel beschützen und nachts ruhig schlafen. Und frei wählen.
Also ich wäre schon gerne über die Meere geschippert. Die Schweden besuchen, die Norweger und die Finnen. Vielleicht würde ich dort einen Wikinger oder einen Elch treffen, könnte doch sein?
Und ich wollte einkaufen, ohne vorher Schlange zu stehen. Überhaupt hätte ich gerne mal verzückt vor Schuhen gestanden und welche gekauft, einfach so, weil sie so schön waren. Und nicht, weil's die zufällig in meiner Größe gab.
Na ja, eigentlich konnte ich nicht meckern. Bei uns zu Hause gab es durch den Laden schon vieles. Zum Beispiel Kaffee ohne Ende. Aber ich hätte auch gerne die Wahl zwischen verschiedenen Sorten gehabt. „Oh, diesen Kaffee aus Äthiopien hatte ich letzte Woche, ich nehme heute mal den aus Jamaika. Genau, den Blue Mountain. Wenn Sie mir den auch gleich mahlen würden ...“ Vielleicht ein bisschen dekadent, aber der Gedanke hatte schon was. Wobei, auf meine Konsumträume hätte ich glatt verzichtet, wenn ich dafür einen unzensierten Zugang zu Medien, Kultur und Bildung bekommen hätte. Einfach so mit anderen Leuten über meine Wünsche und Träume zu philosophieren – das wäre es gewesen.
Aber ich war lange Zeit ein Schisser, hatte echt Angst. Nicht vor Repressalien, die kannte ich ja schon. Nein, ich hatte tatsächlich Angst, weg-

gesperrt zu werden. Meinen Papa haben die öfter mal kurzfristig abgeholt, der konnte seine Schnauze nicht halten. Er wurde „nur für ein Gespräch“ abgeholt und kam dann auch relativ schnell wieder. Die Kürze seiner Ausflüge auf die Bautzener Straße, Sitz der Dresdener Stasi, hatte hauptsächlich zwei Gründe. Einen wirtschaftlichen und einen anderen Grund. Papa hatte einen sozialistischen Produktionsauftrag zu erfüllen und war so für die Gesellschaft sehr nützlich. Das konnte er aber nur (also nützlich sein), wenn er arbeitete. Und das tat er fast rund um die Uhr, war ja schließlich sein Betrieb.

Papa gehörte also zu jenen Kapitalistenschweinen, die mit ihrem Privateigentum an Produktionsmitteln hauptsächlich sich selbst, ihre Familie und ihre Mitarbeiter ausbeuteten. Gut ausgebildete Mitarbeiter. Lehrerinnen, Kindergärtnerinnen, Studenten, Facharbeiter.

All diese Menschen hatten einen gravierenden Systemfehler: Sie wollten nicht mehr in ihrer schönen Heimat eingemauert sein und hofften auf die Bewilligung ihres Ausreiseantrages in die BRD. Diese Menschen („das undankbare Pack“) wurden sofort aus dem Staatsdienst entlassen. Manchmal arbeiteten sie viele Jahre im Betrieb meiner Familie. Manche durften ausreisen, manche blieben.

Der andere Grund präsentierte sich selbst. Friedrich Merklin aus dem Saarland wurde Stammgast bei uns. Richtig, aus dem Saarland. Ein aus der BRD in die DDR immigrierter Bekloppter. Inoffiziell sollte er über uns berichten, ich hatte davon lange Zeit keinen Schimmer. Herr Merklin war eigentlich ein netter Zeitgenosse. Und ich meine wirklich nett. Ein korpulenter und den kulinarischen Genüssen aufgeschlossener älterer Herr tauchte irgendwann bei uns auf. Er aß bei uns zu Mittag oder kam auf Kaffee und Kuchen vorbei, manchmal auch beides und manchmal half er im Betrieb aus. So mit klitzekleinen Kleinigkeiten. Gefälligkeiten sozusagen.

Er brannte illegal Schnaps im Hinterzimmer. Also, er wollte brennen, bis er satt und müde dabei einschlief und die Destille explodierte. Nun, Herr Merklin verschmolz optisch mit unserem Hinterzimmer. Beide sahen ramponiert aus und beiden ist bis auf ein paar Schrammen, einer defekten Brille, Glasbruch der Fenster und der abgefetzten Tapete nichts Tragisches passiert. Unsere Nachbarn haben uns nicht angezeigt. Alles war gut und der Versuch wurde erfolglos beendet. Für mich war Herr Merklin ein Freund meines Opas. Bis ich mitbekam, dass die Bürotür, die sonst immer offen stand, abgeschlossen wurde. Nach einer Weile wurde die Tür wieder aufgeschlossen und – als wäre nichts passiert –, frönten die alten Männer ihrer Leidenschaft: gedecktem Apfelkuchen mit viel Schlagsahne, Eclairs und Kaffee. Opa erklärte mir die Situation folgendermaßen: „Katja, du sprichst mit niemanden über Herrn Merklin. Das ist wichtig. Und wenn dich einer fragt, dann ..."

„Ist schon klar, Opa. Ich weiß nichts. Ich weiß weniger als nichts und selbst darüber rede ich mit keinem. Wer ist Herr Merklin denn nun eigentlich?"

„Was habe ich gerade gesagt?"

„Ich rede mit KEINEM über Herrn Merklin."

„Katja, das ist kein Spaß. Weder für uns noch für Herrn Merklin."

„Ja, Opa!"

Wir hatten einen eigens für uns abgestellten IM. Die DDR war für ihn längst entzaubert und so stellte er sich irgendwann mal vor. Nur Opa und Papa wussten Bescheid. Dabei blieb es, bis Herr Merklin Anfang der Neunzigerjahre starb. Danke, Herr Merklin, für uns bist du echt ein Guter gewesen. Du hast mit Papa und Opa deine Berichte abgesprochen und uns vor Schlimmerem bewahrt.

Also hatte Papa echt Glück. Das ging immer eine Weile gut und er hielt seine Schnauze. Aber irgendwann platzte es aus ihm heraus und er war wieder für ein paar Stunden weg. Ich erinnere mich an einen Kurzurlaub mit Papas Skatfreunden. In Jena, schick im Hotel „Zum schwarzen Bären". Da haben ihn die Freunde von der Staatssicherheit zur außerhäusigen Übernachtung mitgenommen. Und warum? Weil es aus seinem besoffenen Kopp raussprudelte wie aus einer geschüttelten Sektflasche. Nach Hause sind wir Gott sei Dank wieder zusammen gefahren.

„Auf die Straße" – dieser Ruf wurde immer lauter und irgendwann traute ich mich auch mitzugehen. Viel größer als meine Angst war die Hoffnung auf Veränderung. Auf ein freies und selbstbestimmtes Leben, was auch immer das bedeuten sollte. Ich wollte das Maul aufreißen, schließlich hatte ich Zähne drin. Endlich war es so weit!

9. NOVEMBER 1989

Der Schabowski musste sich versprochen haben. Die Ausreise in die BRD und nach West-Berlin ist ohne Weiteres möglich? Sofort und unverzüglich? Die Menschen stürmten in dieser Nacht die Grenzübergänge an der Berliner Mauer. Und das Unvorstellbare geschah: Die Menschen passierten DIE GRENZE. Die Mauer war Geschichte.
Also wenn man irgendwas als Wunder bezeichnen will, dann den 9. November 1989!
Und ich habe von dem denkwürdigen Abend in dieser Nacht nichts mitbekommen. Ich trau mich fast nicht, es auszusprechen. Ich hab's leider verschlafen. In der Konditorei war Arbeitsbeginn mitten in der Nacht, entsprechend früh und todmüde bin ich ins Bett gefallen. Das schmälerte meine Freude darüber aber keinesfalls. Der Mauerfall war für mich gemacht. Ich fühlte mich riesig.
Endlich hörte das bescheuerte Sozialismus-Gequatsche auf. Diese perverse Phrasendrescherei. Endlich sollte es egal sein, dass ich kein Arbeiterkind war, nicht die richtige Einstellung hatte, dass ich selber denken und mich nicht verbiegen lassen wollte.
Endlich sollten die keine Macht mehr über mich haben, die mir aus politischen Gründen die Zulassung zum Abitur verwehrten und mich mit Verpflichtung zu Spitzeldiensten hatten ködern wollen. Ich hatte meinen inneren Parteitag, dass deren Parteitage gezählt sein würden.
Auch wir fuhren dann nach Berlin. Nach Westberlin, einfach unglaublich. Die ganze Familie quetschte sich in unseren alten grünen VW-Bulli. Den hatten Opa und Papa beschafft, wie sie immer irgendwelche Sachen getauscht, gehandelt und beschafft haben. Immer fürs Geschäft, manchmal ist auch was für privat abgefallen.
Opa war der Einkäufer überhaupt. Also wenn man Tauschen mit Kaufen gleichsetzt. Am Ende kam immer das raus, was fürs Geschäft dringend

benötigt wurde. Also zum Beispiel Tiefkühlerdbeeren für die Torten und das Eis. Die gab es nämlich nicht für Geld.

Der Tiefkühlfritze vom Hortex (für die Erdbeeren) erfreute sich gerne an Weihnachtsgedöns aus dem Erzgebirge, aus Seiffen. Seiffen ist von Dresden nicht weit entfernt, könnte man meinen. Kauftechnisch war das aber so weit wie Basel, Brüssel oder Bielefeld. Aber die Seiffener tranken gerne Radeberger Bier und die Radeberger wollten gerne ... eine Endlosschleife, die Opa viel Freude bereitet hat.

Opa hatte eine Uniform, die alle kannten. Einen apfelgrünen Trabant-Kombi, schwarze Gummistiefel, einen langärmeligen blauen Baumwollkittel, ein kariertes Hemd und eine Hose mit Hosenträgern.

Die Hose war nebensächlich, sie verschwand unten in den Gummistiefeln und oben unter dem blauen Baumwollkittel. Opa hatte das immer an. Nur zu festlichen Anlässen kam der neue blaue Kittel aus dem Schrank und die Gummistiefel wurden abgespült. So ging er auch in das Café auf dem Fernsehturm in Dresden, wohin er seine Enkelkinder zum Kuchenessen und für die grandiose Aussicht eingeladen hatte. Den Jungs war es egal, dem Kellner auch – es gab schließlich Trinkgeld –, nur Oma nicht, die musste aber sowieso arbeiten.

Daran dachte ich während der Fahrt nach Berlin und dass die ganze Tauscherei auch bald ein Ende haben würde. Irgendwie war das schade, aber es wurde endlich Zeit für einen Systemwechsel. So viele Menschen hatten für den Traum davon ihr Leben verloren, erschossen an der Mauer und an der innerdeutschen Grenze. Wie viele Familien wurden auf der Flucht auseinandergerissen? Wie viel Kinder wurden zwangsadoptiert? Wie viele Menschen wurden nach dem Asozialen-Paragraphen verurteilt und ihrer Kinder beraubt? Wie viele unbequeme Menschen wurden weggesperrt, nach Hohenschönhausen, Bautzen und Hoheneck oder wurden in die Psychiatrie eingewiesen? Wie viele haben sich deshalb umgebracht? Und wer wollte das überhaupt wissen?

Und so geschah, was im Sommer noch unvorstellbar war: Ich überquerte DIE Grenze. Einfach so, ohne Flucht, nur mit Passkontrolle am legen-

dären Checkpoint Charlie. Unglaublich, ich war in West-Berlin. Dreiundvierzig Jahre vor meinem sechzigsten Geburtstag, denn eigentlich begann die Reisemöglichkeit der DDR-Bürger in „den Westen“ erst mit dem Eintritt in das Rentenalter. Es gibt sie wirklich, die Macht! Und sie war mit mir!
Mein erster Stempel in Berlin. Den Ausweis habe ich heute noch. Beim Erhalt meines neuen Ausweises, der mich als Bürgerin der Bundesrepublik Deutschland verifizierte, sollte ich ihn abgeben. Ich habe einfach eine Verlustmeldung unterschrieben.
Die Formalitäten dauerten ewig lange, aber das war uns so egal. Was sind schon ein paar Stunden? Wir verstauten das Begrüßungsgeld und ließen uns treiben. Über den Ku'damm. Ins KaDeWe.
Es war wie im Film, unwirklich. Die Mädels wollten Klamotten anprobieren. Papa und ich sind in die Fress-Abteilung. Ich stand mit offenem Mund vor dem kilometerlangen Senfregal und war beindruckt. Ich kannte vom Einkaufen nur zwei Sorten Senf: Senf und keinen Senf.
Wir haben uns dann Eis gekauft. Jeder zwei Kugeln je 90 Pfennig, also 3,60 Mark oder umgerechnet 36 Ost-Mark.
Das waren bei meinen Eltern im Geschäft 180 Kugeln Vanilleeis für je 20 Ost-Pfennig. Ich konnte schon rechnen, aber die Prioritäten waren klar verteilt.
Mama und Fritzi haben wunderschöne Haarspangen für Fritzi gekauft. Nachdem ich diese ausgiebig bewundern durfte und in Fritzis Haare verfrachtete, mussten wir wieder nach Hause. Leider.

Sonst änderte sich erst mal nicht so viel. Damals war ich eher pragmatisch. Ohne Ausbildung keine berufliche Zukunft, wo auch immer. Und im letzten Jahr alles schmeißen, nö. Wir waren in der Leistungsgesellschaft angekommen. Für meine Familie und mich nichts Neues.
So ging dieses denkwürdige Jahr zu Ende. Im Taumel der Gefühle, großartiger Gefühle. Die besten, die ich bis dahin je hatte. Und es riss nicht ab, das Chaos der Gefühle.

DEZEMBER 1989

Die letzten Tage des Jahres 1989 hatten begonnen. Und wie immer um diese Zeit füllte sich unser Haus. Schon seit fast einer Woche waren unsere russischen Freunde zu Besuch. Kostja und Sascha – Schachfreunde meines Opas – und Nina, Kostjas fünfzehnjährige Tochter.

Ich hatte alle schon im Sommer '88 in der Sowjetunion besucht und war mit Kostja und Opa durch die Gegend gereist. Gegend ist gut, Tausende von Kilometern.

Von Berlin nach Moskau mit dem Zug, weiter nach Rostow am Don und noch weiter nach Sotschi und Pizunda. Das war mein größtes Abenteuer bis dahin und meine weiteste Reise. Damals haben wir bei ihnen zu Hause logiert und getafelt wie Gott in Russland und Georgien. Die Russen sind die gastfreundlichsten Menschen, die ich kenne. Und die melancholischsten. Das Gefühl kenne ich sehr genau, getrieben zu sein von tiefer Traurigkeit und Weltschmerz gepaart mit undefinierbarer Sehnsucht und gefühlter Einsamkeit.

Daher passt mein Name auch so gut und ich wäre bestimmt eine prima Russin geworden. Jedenfalls freute ich mich wirklich, alle wiederzusehen.

Wir hörten gemeinsam meine neue Errungenschaft, Kostjas Geschenk für mich, die letzte Wyssozki-Platte, die in meiner Sammlung fehlte.

„Schön, dass sie dir gefällt. Nun musst du keine Schallplatten und Bücher mehr schmuggeln lassen, jetzt kannst du alles legal kaufen."

„Ja, das ist schon toll. Aber auf der anderen Seite klebt nicht mehr das Verboten-Schild auf den Dingen. Das ist wie mit Papas Zigaretten, letztens hat er mir eine angeboten. Aber geklaute Zigaretten schmecken besser. Seitdem macht das Rauchen keine Freude mehr."

„Und Reisen? Willst du nicht mehr nach Schweden oder Österreich? Weil es jetzt möglich ist?"

„Doch, Kostja, da will ich unbedingt hin. Und zu den Plejaden und zum Orionnebel."

Mein Fernziel. Das zu erreichen, war für mich bislang wahrscheinlicher gewesen als eine Reise nach Salzburg, Malmö oder Hamburg.

„Hmm, zu den Plejaden sind es 444 Lichtjahre, ungefähr ein Drittel der Strecke bis zum Orionnebel. Ob du das in diesem Leben noch schaffen wirst? Aber man soll die Hoffnung nie aufgeben. Wünsche zu haben, ist eine prima Sache und der Jahreswechsel ist doch eine gute Gelegenheit, darüber nachzudenken."

„Echt? Ich habe einen Wunsch frei, weil morgen Silvester ist?"

Und während dieser Unterhaltung mit Kostja tauchte plötzlich Opas Briefmarkenfreund auf. Genau jener Jan Gregor Stein, der mich im Sommer zum Essen eingeladen hatte. Karl-May-Fan und Briefmarkensammler. Ich erinnerte mich sehr genau: ‚Sag einfach Gregor zu mir, Jan mag ich nicht so.' Ich fand nach wie vor Jan viel schöner, aber was soll's.

„Hallo Katja, so schnell sieht man sich wieder." Er streckte mir, wie bei unserer ersten Begegnung, seine Hand entgegen. Ich bevorzuge das Begrüßungsritual der alten Männer. Küsschen links, Küsschen rechts und Küsschen links. Nun gut, dann eben nicht. Ich nahm seine Hand, packte zu und sagte: „Tach Gregor. Da biste ja wieder. Und es ist noch gar nicht 2032. Deine Haare sind immer noch schwarz." Kurz stockte ich. „Oh, ich unhöfliches Wesen: Ihr kennt euch ja noch gar nicht, oder? Das ist Kostja, aus Rostow am Don." Ich wartete keine Antwort ab und sagte zu Kostja: „Konstantin Pawlowitsch, das ist Jan Gregor Stein aus Garbsen bei Hannover. Aber lass den Jan mal lieber weg, den mag er nicht so. Ansonsten ist der in Ordnung, glaube ich."

Ich hatte wohl einen Clown gefrühstückt. Die Männer ließen sich von meiner merkwürdigen Vorstellung nicht irritieren, sie tauschten ebenfalls einen Händedruck und diverse Freundlichkeiten aus.

„Gregor ist dein Freund?" Gute Frage von Kostja. Gregor sagte nichts, was im Nachhinein betrachtet eher seltsam war, und schaute von Kostja zu mir rüber. Auf was für Ideen die Russen so kommen?

„Nee, Gregor ist Opas Freund. Wir kennen uns doch fast gar nicht."
Na ja, interessant war er schon. Ein bisschen merkwürdig, abartig in der Klamottenwahl, zurückhaltend bis abweisend, nicht massenkompatibel, nicht charmant, dafür intelligent und lustig und er wollte alles wissen. Er war einer der wenigen Menschen, die in keine meiner Schubladen passten. Und ja, ich stehe auf merkwürdige Typen, die sonst keiner will. Im Sommer hatte ich mich arg in Gregor verliebt. Nun, das Ost-West-Hindernis war überwunden. Blieb Gregors fortgeschrittenes Alter, aber das sollte bei der Wahl meiner Freunde keine Rolle spielen. Mein Herz muss einfach nur schneller schlagen, wenn er auftaucht. Und das tat es, wieder. Nur was Gregors Puls anging, hatte ich keine Ahnung. Überhaupt keine Ahnung ...
An diesem Abend vor Silvester trafen sich alle Gäste bei Oma und Opa zum Essen. Ich war auch dabei, half Oma ein bisschen und bediente den Besuch. Das war mir ganz recht, konnte ich so doch mit allen plaudern. Nur mit Jan Gregor plauderte ich nicht, den beobachtete ich lieber. Unauffällig. Dachte ich. Manchmal trafen sich unsere Blicke, zufällig, ich schaute dann weg.
Bis ich mitbekam, dass Kostja mich beobachtete. Er grinste mich an und ich grinste zurück. Das war's dann aber auch. Tschüss, bis morgen. Ich verschwand im Andromedanebel. Und was den freien Wunsch betraf ... Bis zum nächsten Tag hatte ich ja noch Zeit.

Der nächste Tag zog sich zäh wie Kaugummi und wurde immer länger. Jan Gregor traf ich erst mittags. Wir begegneten uns auf der Treppe zur Küche.
„Guten Tag, Katja. Feiern wir heute Abend zusammen oder bist du dann unterwegs?"
„Unterwegs? Wie? Ich? Wo?" Katja, du bist einmalig blöd. Ganze Sätze wären nicht schlecht gewesen.
„Na, feierst du mit deinem Freund?"
„Das kann ich dir doch nicht antun!" – Na bitte, geht doch!

Pah, Freund! Blödmann! Aus Hüten kann man doch nur Hasen zaubern. Und interessante Männer kommen hier nicht vorbei. Und wenn, dann sind die vergeben oder emotionale Blindfische wie Jan Gregor. Der merkte doch weniger als gar nichts. Und du, Katja? Weltschmerz, Sehnsucht?
„Na, dann sehen wir uns ja heute Abend."
„So soll es wohl sein." – Eigentlich eine blöde Antwort, ich hatte einen noch dooferen Spruch auf den Lippen. So was wie: ‚Aber nur, wenn ich meine Brille putze!' – Das konnte ich gerade noch vermeiden. Und ein ‚Ich freue mich.' brachte ich nicht über die Lippen. In meiner Halsschlagader pulsierte es so offensichtlich, das sollte keiner sehen, ich verschwand also in meinem Zimmer und musste nachdenken.
Wollte ich es hergeben, dieses vergangene megaspannende Jahr? Verweile doch, du bist so schön? Ich war hin- und hergerissen. Klar, ich konnte das Jahr nicht festhalten, aber würde das nächste Jahr auch so spannend werden?
Na ja, mein achtzehnter Geburtstag stand vor der Tür, aber was sollte sich ändern? Im Prinzip war mir das scheißegal. Ich zog doch jetzt schon mein Ding durch und meine Eltern ließen mir freie Hand, weil sie es konnten. Kontrolle mussten meine Eltern nicht ausüben. Von meinem Gefühlsleben hatte keiner einen Schimmer und sonst war ich eher unproblematisch und funktionierte bestens. Bis jetzt hatte ich noch nie richtig Scheiße gebaut, bis auf ein paar kleine Ausrutscher.
Mir fiel spontan die Kinoaktion vor drei Jahren ein: Andreas, mein Cousin, verbrachte einen Teil seiner Sommerferien bei uns. Er ist nur unwesentlich älter als ich. Wir haben im Geschäft meiner Eltern geholfen und sind manchmal zusammen abends um die Häuser gezogen. Wie Kumpels eben. Diese Mal wollten wir ins Rundkino mitten in der City. Der Film war echt mies und zum Sterben langweilig. Wir haben die Vorstellung verlassen und ich Andreas genötigt, mit mir essen zu gehen. Schräg gegenüber, auf der Prager Straße, im Hotel Königstein. Kohle hatte ich damals reichlich in der Tasche, schließlich arbeitete ich hart

und hatte im Geschäft meiner Familie immer gut zu meinem Taschengeld dazuverdient. Aber Geld brauchte ich an diesem Abend gar nicht. Wir wurden eingeladen. Von Musikern aus Hamburg. Die planten eine Tour durch die DDR. Warum die sich mit uns abgaben? Diese Frage wischte ich schnell beiseite. Für einen kurzen Moment war ich Teil eines bunten Universums. Bis wir nach Hause mussten. Es war schon nicht mehr spät, eher morgens ...

Die Bahnen fuhren um diese Zeit nicht mehr oder noch nicht und Taxen waren Mangelware. Also laufen. Bloß gut, dadurch war ich schon fast wieder nüchtern, als sie uns entgegengefahren kam: meine Mama, morgens um halb drei, panisch im grünen Trabant, bewaffnet mit dem großen Brotmesser und Opa (Papa war nach seiner Skatrunde wohl zu besoffen) und verpasste mir die erste und letzte Ohrfeige meines Lebens. Ich verstand Mama nicht. Es war doch nichts passiert und schließlich war ich schon vierzehn!

Andreas wurde am nächsten Morgen von seinen Eltern abgeholt.

Alles Spießer.

Gut, im Nachhinein betrachtet hatte Mama vielleicht nicht ganz Unrecht. Aber das würde ich ihr nie sagen. Na ja, vielleicht später mal, wenn sie ihre Enkelkinder verziehen würde.

Jetzt aber lief mir die Zeit davon, es war Silvester und ich musste mal so langsam in die Gänge kommen, gleich wollten alle losfahren. Ich zog also wieder meine Ausgehuniform an und befragte den Spiegel. Die Antwort war schlicht Mist: „Du bist der hübscheste junge Mann hier im Haus."

Na, so was. Hübsch war scheiße und Mann wollte ich auch nicht sein. Heute nicht. Schön und weiblich – das sollten die passenden Attribute sein.

Ich dekorierte mich um. Aus meinem Schrank kamen eine enganliegende schwarze Bluse, ein langer Rock, schwarze Strümpfe und die schicken Schuhe. Das war mir fast zu damenhaft, sah aber umwerfend gut aus.

Auf Make-up verzichtete ich lieber, das wäre dann doch zu viel des Guten. Fertig. Jetzt konnte es losgehen. Ich kroch in meine dicke Jacke und quetschte mich ins Auto zu den Omas und Nina. Mama fuhr. Papa hatte schon mal mit den Russen am Wodka genippt und ließ sich von Opa fahren.

In der Kneipe angekommen, blieb Jan Gregor verschwunden. Wollte der doch nicht mit uns feiern? War ich jetzt enttäuscht? Wieso dachten meine Hormone, dass ich zu einem verliebten Backfisch mutieren wollte? Verweile doch, du bist so schön ... Genau, Goethe, der alte Sack. Hatte mehrere Frauen am Start. Charlotte von Stein, die vielleicht Geliebte und intelligente Brieffreundin kannte ich von meiner Tante. Hatte ich vor ein paar Jahren während der großen Ferien in ihrem Textbuch fürs Theater gelesen. Ein Gespräch im Hause Stein über den abwesenden Herrn von Goethe. Und da war noch die andere, Christiane Vulpius, Geliebte, Ehefrau und Mutter. Welche Rolle wäre meine gewesen?

Ich hätte echt gern eine eigene Bude gehabt. Aber nach dem Stand der Dinge hätte ich dafür Kinder in die Welt setzen müssen. Ohne Kinder keine Wohnung. Und vor der Geburt kam die Schwangerschaft. Und davor ein männliches Wesen. Und was sollte ich mit einem Kerl? Eben! Ich hätte vielleicht eine Wohnung, müsste die dann aber mit einem Kerl und den Gören teilen. Nee, da würde ich lieber zu Hause wohnen und Omas Dachkammern ausbauen!

Da wohnten zurzeit Gregor und die russischen Freunde. Ob sich Gregor kinderwagenschiebend fortbewegen würde? Als emanzipierter Vater würde der auch Windeln wechseln, weil ich gerade ... Hallo, Gehirn? Geht's noch?

Und schon war ich wieder im aktuellen Geschehen.

Mein lustlos angefressener Teller wurde abgeräumt und erst jetzt bemerkte ich, dass ich beobachtet wurde. Von Gregor. Und warum freute mich das? Ich schaute fragend zurück, stand auf und wollte mich mal eben nach draußen verdrücken.

„Magst du mit mir tanzen?“ Gregor war schneller.

„Klar, machen wir.“ War ja auch kein Problem. Die Puhdys ließen uns locker nebeneinander tanzen. Dann wurde es gefühlvoller. Balladen mochte ich eigentlich ganz gerne, aber sollte ich jetzt nicht doch lieber abhauen? Der würde doch merken, dass ich führungsresistent bin.
Die Entscheidung wurde mir von Gregor abgenommen: „Willst du nicht ein kleines Stück näherkommen, dann wird's einfacher.“
Wollte ich?
„Gregor, das glaube ich jetzt nicht, ich habe keine Ahnung und einfach geht anders.“
„Klar kannst du das, wenn das einer nicht kann, dann bin ich das. Ich hoffe, du hast Stahlkappen in deinen Schuhen.“
Jetzt musste ich grinsen. Gregor und sein schräger Humor.
Er fasste meine Hände und zog mich näher an sich, noch etwas näher. Seine Wärme war angenehm spürbar. Sein Duft zog in meine Nase. Eine aufregende Mischung, sehr erdig. Er benutzte wohl kein Duftwasser und wenn, dann war das perfekt. Ich begann mich tatsächlich etwas zu entspannen und gab meine Führungsrolle auf. Aber nur kurz.
„Wenn du mit deinem Freund durch die Clubs ziehst, hört ihr nur Musik oder tanzt ihr dann auch?“
Was war denn das für ne Frage? Wir schlichen im Schmusegang übers Parkett und er fragte nach meinem Freund? Stimmt, seinen Anspielungen hatte ich nie widersprochen. Warum auch? Ich musste mich nicht rechtfertigen, vor meinen Eltern nicht und vor Gregor schon gar nicht. Obwohl mir plötzlich die Vorstellung nicht recht war, dass Gregor dachte, ich hätte einen Freund.
„Ich ziehe mit meinen Kumpels los und habe keinen Freund. Noch nie gehabt und bin ich auch gar nicht scharf drauf!“ So, das wäre ja wohl klar zum Ausdruck gebracht.
Gregor antwortete mal nicht, jedenfalls nicht verbal. Er zog seine linke Augenbraue leicht nach oben. Ich meinte, darin eine Mischung aus „Aha, habe ich mir doch fast gedacht“ und einer Spur Arroganz zu erkennen. So etwas wie: „Die kann ich haben, wenn ich will.“

Trotzdem, es war schön, ihm so nah zu sein. Ich schaute ihn an, direkt in die Augen. Es sollte trotzig wirken, stolz und trotzig. Seine Arroganz war einem undefinierbaren Gesichtsausdruck gewichen. Nicht lesbar für mich. Ich brauchte Buchstaben. Gregor, lass es Buchstaben regnen. Ich konnte meinen Blick nicht von seinem lösen. Hatte ich zu viel von mir preisgegeben?

Die Erlösung kam in Form von knallenden Sektkorken. Das spannendste Jahr meines Lebens ging zu Ende. Die Montagsdemos, die Angst dabei und mein Mut, das Essen mit Gregor im August, die Maueröffnung und die unendliche Freude und Erleichterung darüber, mein Grenzübergang am Checkpoint Charlie, mein erster Besuch in Westberlin, das KaDeWe mit dem kilometerlangen Senfregal.

Die Spannung zwischen Aufbruch und Normalität zerriss mich fast. Sollte ich mich freuen? Keine Ahnung. Und jetzt mischte auch noch Gregor meine Gefühlswelt auf. Scheiße, war das alles schön!

Ich bekam ein Sektglas in die Hand gedrückt und prostete den anderen zu. Nachdem die Familienknutscherei abgearbeitet war, kam Kostja und umarmte mich: „Was auch immer du dir gewünscht hast, es wird sich erfüllen, früher oder später."

Aha, das war wieder einer von Kostjas kryptischen Kommentaren, bei denen die Bedeutung im Nebel verschwunden zu sein schien. Aber irgendwann machte es pling, der Nebel lichtete sich und alles war glasklar. Nur dieses Mal würde die Auflösung wohl fehlen. Ich hatte mir nichts gewünscht. Was auch?

Aber mir wurde in diesem Moment klar, dass sich meine „Kandidatenliste" verändert hatte: Kostja hatte seinen ersten Platz an Gregor abgeben. Und mir wurde klar, dass so eine Liste keinen Sinn ergibt, wenn da doch nur Platz für einen Namen war. Nix Erweiterung. And the winner is ... Trommelwirbel ... Jan Gregor Stein, der ahnungslose Blindfisch.

Ich ging mit den anderen nach draußen, verzog mich aber in stillere Gefilde. Vor der Knallerei hatte ich Respekt. Und manchmal musste man eben auch mal für sich sein. Na ja, allein mit etwa Tausend schwirrenden Gedanken, von denen einer immer mehr Platz einforderte. Der Gedanke, mehr Zeit mit Gregor zu verbringen, fühlte sich wirklich gut an. Ich könnte mit ihm um die Häuser ziehen, stundenlang quatschen, mich ausfragen lassen, ihn ein bisschen foppen. Und Körperkontakt könnte auch ganz angenehm sein. Vielleicht. Könnte man zumindest mal testen. Bei Gelegenheit.

Und plötzlich, wie von Scotty herbeigebeamt, stand Gregor neben mir. Mochte er die Knallerei auch nicht? Wir standen abseits von allen anderen, als wären wir die einzigen Menschen auf der Welt.

„Hey, Gregor, ich schau mir die Knallerei lieber von Weitem an. Schau, von hier oben kannst du die halbe Stadt überblicken. Siehst du, da drüben ist der Fernsehturm."

„Der Fernsehturm ist mir völlig egal und die Knallerei auch. Wir haben vorhin gar nicht angestoßen. Ich wünsche dir, dass ein schönes Jahr auf dich wartet! Es wird auf alle Fälle spannend."

„Ja, das wird es. Ich hätte gerne schon eine Vorschau. Eine kurze Kapitelbeschreibung. Aber was soll's, lasse ich mich eben überraschen. Dir wünsche ich natürlich auch ein schönes Jahr, dass keine Wünsche offen bleiben."

„Keine?"

„Nicht einer!"

Gregor kam näher, noch näher und nahm mein Gesicht in seine Hände. Wir sahen uns in die Augen. Alle blöden Kommentare starben in diesem Moment in meinem Kopf. Gregor küsste mich. Ganz zart und vorsichtig. Die Zeit dehnte sich in unendliche Dimensionen aus. Mein Glücksgefühl auch. Unbeschreiblich. In meinem Kopf explodierten die Gedanken und es wurde still. Nur ein Gedanke blieb.

Ich liebe dich.

Ich liebe dich und nichts weiter. Die Zeit blieb stehen und ich war mittendrin und doch so weit weg. Ich schwebte zwischen den Zeiten. Dieser niemals endende Moment brannte sich in mein Hirn ein. Das Gefühl dazu auch.

Die Sterne funkelten nur für mich und das Glück breitete sich weiter durch mich aus. Meine Finger kribbelten, als wären sie von Ameisen bevölkert.

Ich fing an zu zittern – auch vor Kälte, schließlich hatte ich nur meinen dünnen Fetzen an, meine dicke Jacke hing drinnen auf dem Haken.

„Du schlotterst ja! In meinem Mantel ist noch Platz, wenn du willst.“

„Klar will ich.“ Ich kuschelte mich an Gregor und küsste ihn zurück. Jeder Zentimeter Gregor war körperlich spürbar. Unsere Küsse wurden heftiger und seine warmen Hände lagen auf meinem Rücken, unter der Bluse. Meine Hände wuselten durch seine Haare. Zwischen uns passte kein Blatt Papier.

„Wenn ich gewusst hätte, wie sehr dir meine Küsse gefallen, dann hätte ich dich schon viel früher verführt.“

„Nee, Gregor, verführen geht noch ein bisschen anders, aber deine Küsse sind schön, glaube ich.“

„Ach, glaubst du? Und um das zu wissen ...“

„Brauche ich noch ein bisschen mehr davon.“

„Oh, wir sind aber anspruchsvoll.“

„Absolut. Es soll doch kein Wunsch offen bleiben.“

„Und ich dachte, das wäre einer meiner Wünsche gewesen.“

„Ich habe meinen obendrauf gelegt. Doppelt hält besser.“

Unsere Münder fanden sich wieder und wir standen eng umschlungen. Gregor zog mich an sich und ich presste mich an ihn.

„Fräulein Katja, werden Sie jetzt mal nicht unanständig!“

„Herrlein Gregor, Sie haben damit angefangen. Für weitere Aktionen haben Sie meine Eltern um Erlaubnis zu fragen.“

„Das steht aber nicht auf meiner Wunschliste.“

„Dann schreib's dazu. Oder ich schreibe das auf meine Liste. Also: Gregor fragt meine Mama ob er ... was eigentlich?“

„Unanständige Sachen mit ihrer Tochter machen darf. Du bist ja ne Marke. Was habe ich mir da nur angelacht?“

„Ne rotzfreche Göre.“

„Ohne Rock würdest du wie ein Junge aussehen. Rotzfrecher Bengel passt besser."
„Ich lasse meinen Rock aber an. Und du bist unverschämt! So!"
„Ich zeig dir gleich mal, was unverschämt ist."
„Uhhh, jetzt hab ich aber Angst."
Das waren meine ersten Küsse. Mit Gregor und überhaupt. Charlotte und Christiane winkten mir zu und verschwanden. Nichts, was jetzt noch kommen würde, konnte schöner sein. Das waren meine Gedanken, als wir wieder ins Lokal zu den anderen gingen.
Hatte Mama was bemerkt oder Papa oder grinst mich einer wissend an? Ich hatte keine Ahnung und nur noch Augen für Gregor. War ihm das peinlich? Sollte ich jetzt mehr Platz zwischen uns lassen?
Ich war todmüde und hellwach und fühlte mich erwachsener aber irgendwie auch kleiner und doofer als noch am Morgen. Das erste Kapitel des neuen Jahres hatte begonnen und es hieß GREGOR. Keine Ahnung, ob es eine Kurzgeschichte oder ein Roman werden würde. Und ich ärgerte mich, dass ich darüber keine Kontrolle hatte!
Ich hatte am Kelch der Liebe genippt. Genug, um mich noch an den Geschmack erinnern zu können, aber zu wenig, um das Aroma zu verstehen.
Das wird wohl immer mein Dilemma bleiben. Ich will immer alles! Von allen Extremen, aber bitte gleichzeitig und sofort. Hell und dunkel, heiß und kalt, Nähe und Einsamkeit, unbändige Freude und tiefe Traurigkeit, Hunger und satt sein, kühle Distanziertheit und heiße Liebe.
Ich bin gleichzeitig der zupackende Kerl mit dem Bürstenhaarschnitt und der Gossensprache, aber auch das Burgfräulein, das sich die Zeit des Wartens auf ihre Entjungferung durch ihren Ritter vertreibt, indem sie poetische Briefe und Gedichte schreibt. Mal ehrlich, wer soll das aushalten?
Aber mein Dilemma war mir damals nicht bewusst. Im Nachhinein tut mir Gregor fast ein bisschen leid. Aber nur fast.

JANUAR 1990

Silvester war vorbei und Gregor blieb noch einige Tage. Einerseits hätte ich platzen können vor Glück, auf der anderen Seite wollte ich es für mich behalten und nicht mit meiner Familie teilen müssen.
Darüber musste ich mir erst mal aber auch keine Gedanken machen, Gregor war in den kommenden Tagen unterwegs. Ohne mich, spurlos verschwunden.
Ich verstand die Welt nicht mehr. Mochte er mich oder nicht? Was war ich für ihn, eine nette Episode? Wobei ich nett in diesem Fall mit scheiße übersetzen würde. Eine, die man schnell austauschen kann, falls kurzfristig was Besseres um die Ecke kommt?
Es kam nichts Besseres – und trotzdem, ganz Unrecht hatte ich mit meiner Vermutung damals nicht. Ich verbrachte die ersten Tage des neuen Jahres mit unseren russischen Freunden und meiner Familie. Der Einzige, dem mein Zwiespalt auffiel, war Kostja: „Katja, was ist los? Du schleichst durchs Haus wie eine verprügelte Katze oder du tanzt über den Flur. Du bist in Gregor verliebt."
Ich nickte nur.
„Und was ist das Problem?"
„Gregor ist das Problem. Der sieht mich gar nicht. Wir haben uns geküsst und jetzt bin ich nichts, nur Luft."
„Schau mal, Luft ist was Wunderbares. Ohne Luft könnten wir nicht leben, wir würden ersticken. Lass Gregor Zeit. Wenn er sein Gehirn nutzt, wird er erkennen, dass du wunderbar bist. Gregor ist ein Glückspilz."
„Echt?"
„Habe ich dich je angelogen?"
„Nein."
„Also."

Und dann doch: Gregor und ich fuhren zusammen nach Berlin. Ich hatte trotzdem das Gefühl, allein unterwegs zu sein. Obwohl, mit mir alleine war ich eigentlich nie so einsam wie an diesem Tag in Berlin. Auf dem Rückweg nahm Gregor sogar noch einen Anhalter mit. Der Mann nutzte seinen Verstand nicht nach Gebrauchsanleitung, Kostja hatte sich geirrt, leider. Jetzt schien alles klar.

Doch am nächsten Tag kam die angenehme Vertrautheit wieder. Wir waren unterwegs in seinem kleinen weißen Golf. Die Dämmerung hatten wir schon hinter uns gelassen. Gregor parkte an einem einsamen Feldweg und stellte den Motor ab, löste den Sicherheitsgurt, drehte sich zu mir und fragte: „Katja, was ist los? Du weichst mir aus."

„DU bist doch immer verschwunden. Soll ich dir hinterherlaufen? Bin ich ein Dackel?"

„Ich wollte dich nicht bedrängen. Vielleicht waren deine Küsse nur eine Silvesterlaune? Ich dachte, du kommst auf mich zu, wenn du mehr von mir willst. Nun, in ein paar Tagen fahre ich wieder und da wollte ich ..."

„Du bist echt ein Blödmann. Die letzten Tage hast du dich so rar gemacht, dass ich dachte, deine Katja-Wunschliste ist schon abgearbeitet. Was hätte ich dir denn sagen sollen? ‚Hey, Gregor, warum bist du nicht da und küsst mich?' Ich bin doch nicht bekloppt!"

„Katja, du bist jetzt hier, neben mir. Warum küsst du mich nicht?"

Ich beugte mich zu ihm rüber und küsste ihn. Sehr zurückhaltend. Die Antwort wurde heftiger. Die Autoscheiben beschlugen.

„Auf der Rückbank haben wir mehr Platz und mehr Nähe, was meinst du?"

Oh, Gregor wollte mehr Nähe.

„Mehr Nähe ist gut."

Wir zogen auf die Rückbank um, ich wurde mutiger und legte Gregors Oberkörper frei. Oh, Brustbehaarung. Ob das auch so flauschig ist wie bei ...? Egal, es war flauschig.

Gregor stoppte meinen Entdeckerdrang: „Du bist entweder total unerfahren oder ..."

„Oder was?"
„Oder du weißt Bescheid und kennst dich aus."
„Und was denkst du?" Einfach statt einer Antwort eine neue Frage stellen. Ich hatte von Kostja im vorletzten Jahr die wirklich wichtigen Sachen gelernt.
„Das ist mir eigentlich egal. Hauptsache, du machst weiter."
„Stehen die unanständigen Sachen immer noch oben auf deiner Liste?"
Ich saß auf Gregor mit seinen Händen unter meinem Pullover. Meine Hände waren bereits an seiner Hose angekommen. Sie war noch geschlossen, ich knetete ganz vorsichtig die Beule in seiner Hose. Er streichelte meine Brüste. Oh, so ist das also. Seine Hände umfassten meinen Hintern. Ohne unsere jeweiligen Hosen wäre das sicher noch schöner. Meine Hände machten sich an seinem Gürtel zu schaffen. Gregor atmete tief durch, stoppte meine Hände und fragte mich ernsthaft: „Hast du schon mal Sex gehabt?"
„Was meinst du mit SEX?"
„Na, hast du schon mal mit einem Jungen geschlafen?"
„Nein, das weißt du doch. Nicht mit einem Jungen und auch nicht mit einem Mann."
„Woher soll ich das wissen?"
„Weil ich dir das erzählt habe, Silvester, beim Tanzen. Oder leidest du an Gedächtnisverlust?"
„Stimmt. Ich bin jenseits der Dreißig, da lässt einiges schon mal nach."
„Du armer alter Mann, solange du noch weißt, wie es geht."
Ich hatte nicht gelogen, er hat nach Geschlechtsverkehr gefragt. Ich war noch Jungfrau. Aber natürlich hatte ich mal mit einer Freundin rumgeknutscht, na ja, das zählte nicht. Und ich hatte im vorletzten Sommer fast Sex gehabt. Aber eben nur fast. Wir waren abends im Meer nackt schwimmen gewesen und hatten danach zum Trocknen noch nackt nebeneinander gesessen, ganz selbstverständlich. Er war begehrenswert gewesen und ich auch. Aber ich war noch so jung gewesen, ein bisschen verliebt und war sanft gebremst worden.

Jetzt wollte ich mehr von Gregor, aber auch er bremste mich aus.
„Lassen wir uns doch Zeit damit. Dein erstes Mal willst du nicht im Auto erleben."
„Doch."
„Ich möchte dafür einen schöneren Ort haben. Es darf schon romantisch sein."
Romantisch? So ein Schwachsinn.
„Aber es ist doch mein erstes Mal, ich will keine Romantik, ich will dich."
„Ich habe keine Kondome dabei. Bist du jetzt zufrieden?"
„Ja. Nein. Aber schwanger werden will ich auch nicht."
Wir stiegen aus dem Auto, in dem es arschkalt geworden war, schlüpften in unsere Jacken und standen noch eine Weile eng umschlungen wortlos in der Botanik.
„Lass uns nach Hause fahren, deine Mutter macht sich bestimmt schon Sorgen." Gregor hatte immer noch keine Ahnung. Bei mir zu Hause machte sich keiner Sorgen. Ich konnte machen, was ich wollte. Die große Katja-Freiheit sozusagen. Aber mir war kalt und Gregors Vorschlag war nicht der schlechteste. Also ab nach Hause.
In den nächsten Tagen beteiligten wir uns gemeinsam an den „Gruppenausflügen" mit Opa und den russischen Freunden.
Geheim halten konnte ich meine Liebe zu Gregor nicht mehr. Wollte ich auch nicht. Wir kreisten nicht mehr umeinander, sondern liefen Hand in Hand den anderen hinterher.
„Geht doch!" Kostjas einziger Kommentar zur Lage der Nation.

Unseren vorletzten Abend verbrachten wir im Schauspielhaus, mit den Rittern der Tafelrunde. Das Stück wurde bereits im April 1989 in Dresden uraufgeführt. Christoph Hein hatte die Artus-Sage als Parabel benutzt, um der greisen und dekadenten DDR-Führung den Spiegel vorzuhalten.
Glaubten die alten Männer tatsächlich noch an einen Gral, den sie längst selbst zerstört hatten? Das Volk stimmte massenweise mit den Füßen

ab und verschwand über Ungarn und die Botschaften in Prag und Warschau gen Westen. Nun war die Mauer gefallen.

Hätte das Stück heute wohl erneut Bestand? Für mich gibt es noch eine andere Interpretation, eine sehr persönliche, eine immer noch gültige: „Ich habe gesucht und gesucht. Wenn der Gral auf der Welt wäre, ich hätte ihn finden müssen." – Ritter Lancelot, du hättest einfach weiter suchen sollen. Aber nicht auf der Welt, sondern in deinem Inneren, dort wo alle Antworten auf uns warten.
Das sind doch die spannendsten Fragen. Wer bin ich? Wo komme ich her? Wo gehe ich hin? Warum bin ich hier? Was ist mein Ziel?
Ich denke, wir sind schon halb tot, wenn wir uns diese Fragen nicht stellen.
Auch wenn sich die Prioritäten meiner Reise von Zeit zu Zeit ändern, eine Konstante bin doch ICH. Ich will mit mir sein, in mir ruhen. Ich weiß, wo ich herkomme und warum ich da bin. Wo ich hinwill, weiß ich meistens auch.
Nur manchmal komme ich vom Weg ab und manchmal will ich vom Weg abkommen. Manchmal muss es eben ALLES sein.
In mir wohnen ein abgrundtiefer Schmerz und eine unbändige Freude. Und manchmal beides gleichzeitig.
Und ich will mit anderen verbunden sein. Dann mutiert das Alleinsein zum ALL-EIN-SEIN. Komplizen für immer! Das ist doch mal ein Ziel, für das es sich zu leben lohnt.
Und du, Gregor? Wenn DU das Stück heute sehen würdest, was würdest du über dich erkennen? Wo hast du deinen Gral vergraben? Und willst du ihn überhaupt finden?

Und dann kam der letzte gemeinsame Abend im Januar 1990. Der 8. Januar war ein Montag und gehörte der Straße. Meine letzte Montagsdemo – mit Gregor.
Danach saßen wir noch stundenlang in seinem Auto. Ich wollte nicht

nach Hause. Schlafen wäre Zeitverschwendung und Arbeitsbeginn in der Konditorei war sowieso mitten in der Nacht. Wir knutschten ein wenig. Es folgte einer der seltenen Momente, in denen Gregors sensible Seite die Oberhand gewann. Er nahm mich in seine Arme und flüsterte in mein Ohr: „Ich denke an dich. Schreibst du mir?"

Ich nickte stumm.

„Ich freue mich, wenn wir uns wiedersehen. Vielleicht willst du mich mal besuchen. Oder wir treffen uns in der Mitte?"

„Klar, das machen wir. Ich werde dich vermissen. Außerdem steht noch so vieles auf der Liste." Das war nur die halbe Wahrheit. Scheiß auf die Liste, ich vermisste Gregor jetzt schon. Die Traurigkeit schnürte mir die Kehle zu und ich wollte unter keinen Umständen jetzt heulen.

Wir küssten uns, ich stieg aus seinem Auto und lief zur Haltestelle meines Busses, der mich wie jede Nacht zur Arbeit fuhr.

Ich hasse Abschiede. Man weiß nie, ob man sich wiedersieht. Außerdem hatte ich so viele Fragen. War ich jetzt Gregors Freundin? Oder nur eine nette Abwechslung? Würde er mich vergessen, wenn er wieder zu Hause war?

Ich jedenfalls war bis über beide Ohren verliebt, keine Frage.

Diesmal verblasste nichts.

FEBRUAR 1990

Mein achtzehnter Geburtstag lief erschreckend normal ab, ohne große Fete. Nun war ich auch auf dem Papier erwachsen. Aber was bedeutete das schon?

Praktisch hatte sich für mich nichts geändert. Gregor hatte davon keine Ahnung. Und ich hatte keine Ahnung, dass er ein paar Tage vor mir Geburtstag hatte.

Wir hatten uns seit der Nacht zum 9. Januar nicht mehr gesehen. Einen ganzen langen Monat, in dem ich mir die Finger wund geschrieben hatte. Briefe an Gregor. Und wir hatten viel telefoniert, nächtelang. Tagsüber wurde das Telefon für das Geschäft meiner Eltern benötigt. Außerdem wollte ich ungestört mit Gregor sprechen. Und noch mehr wollte ich ihn wiedersehen.

Das hatte ich auch fast perfekt geplant. In den Winterferien wollte ich meine Tante und ihre Familie in Potsdam besuchen. Gregor sollte zwei Tage später dort auftauchen. Also hatten Tante Christa und ich uns mit Gregor in der Potsdamer Innenstadt verabredet.

Und da kam er nun auf mich zugelaufen, der Gregor. Ich wusste nicht, wie ich mich verhalten sollte. Auf der einen Seite freute ich mich riesig und wäre Gregor am liebsten um den Hals gefallen. Auf der anderen Seite kam mir ein fremd gewordener Mann entgegen, der mit meiner unterkühlten Begrüßung, ich streckte ihm die Hand entgegen, nicht so viel anfangen konnte. Und sein Verhalten ließ auch nicht auf eine unbändige Wiedersehensfreude schließen.

Also stellte ich Gregor erst mal meiner Tante vor: „Christa, das ist Gregor – Gregor, meine Tante Christa.“ Das musste reichen.

Die zwei begrüßten sich sehr formell und steif. Das war echt eine blöde Idee von mir gewesen, Christa und Gregor in diese bescheuerte Situation zu drängen. Christa sollte einen wildfremden Kerl bei sich pennen

lassen, in meinem Zimmer. Selbst bei mir herrschte die absolute Unklarheit, ob Gregor nun mein Freund war oder nicht.
Für Gregor musste das Ganze ebenso unangenehm gewesen sein. Er stand unbeholfen neben uns zwei Frauen und wäre wohl am liebsten wieder abgehauen. Aber meine Tante ist doch die Allerbeste und verschwand unter dem Vorwand, noch irgendetwas erledigen zu müssen. Wir sollten sie zu Hause treffen. Und weg war sie.
Ich stand immer noch wie angewurzelt mit Gregor am Treffpunkt. Ich boxte gegen seinen Oberarm, strahlte ihn an und meinte: „Schön, dass du da bist, ich habe dich vermisst."
„Ja, ich freue mich auch, dich zu sehen."
„Nur sehen?"
Er grinste mich an, umarmte und küsste mich. Wir zogen gemeinsam Hand in Hand durch die Stadt und das Gefühl der Fremdheit verschwand ganz plötzlich wieder. Ich war froh, Gregor war in meiner Nähe. Spätabends tauchten wir gemeinsam bei meiner Tante auf.
Christa war skeptisch, ließ Gregor aber doch bei sich wohnen, sogar in meinem Zimmer. Während unseres Treffens bei mir zu Hause war außer einer wilden Knutscherei nichts passiert. Würde sich das hier ändern?
Als ich aus dem Bad in unser Zimmer kam, lag Gregor schon im Bett (im Schlafanzug!) und beobachtete mich. Gemeinsam in einem Zimmer zu schlafen, war schon eine andere Nummer, als im Auto rumzuknutschen. Ich war mir plötzlich nicht mehr sicher. Was wollte ich von Gregor? Unschlüssig lief ich im Zimmer umher, beschäftigte mich mit sinnfreien Aktionen, öffnete und schloss das Fenster und wusste nicht weiter. Warum sagte der nichts?
Er hätte auch aufstehen und mich von dieser irgendwie unbehaglichen und gespannten Situation erlösen können. Tat er aber nicht. Hatte er etwa vergessen, dass ich noch nie mit einem Mann geschlafen hatte? Also was machte ich jetzt – in mein Bett oder zu Gregor?
Ich behielt meinen Schlafanzug an, kuschelte mich unter seiner Decke

an ihn und wartete ab. Zu dieser Zeit hatte ich überhaupt keinen Schimmer, dass seine Position nicht viel anders als die meine war, sexuelle Erfahrung fast null.
Gregor bewegte sich keinen Millimeter. Irgendwann kam ich auf die Idee, ihn zu küssen. Bekanntes Terrain, nur, dass wir sonst nicht in der Horizontalen waren. Gregor machte keine Anstalten, mehr zu wollen.
Ich ging in mein Bett und schlief ein.
So passierte in dieser Nacht und auch in den folgenden nichts.
Die Tage nutzen wir, im Gegensatz zu den Nächten, gut. Wir gingen schwimmen, besuchten die Glienicker Brücke, den legendären Schauplatz im Kalten Krieg und Ort vieler Agentenfilme, und gingen abends ins Theater. Außerdem war Wahlkampf. Für mich ganz neu und befremdlich, aber durchaus auch spannend. Am 18. März 1990 sollte die erste freie Wahl zur Volkskammer der DDR stattfinden. Und die letzte.
Am 3. Oktober 1990 hörte die DDR auf zu existieren.

MÄRZ 1990

Ende März, ein paar Tage nach der Wahl, holte Gregor mich vom Bahnhof in Hannover ab. Er wartete am Bahnsteig auf mich. Ich wurde ausgiebig begrüßt. Dieses Mal freuten wir uns beide.
Gregor verstaute meine Tasche in seinem Auto. Dieser Golf war fast so etwas wie mein zweites Zuhause geworden. Egal wo ich war, in diesem Auto saß ich neben Gregor und alles war gut.
Heute sollte ich seine Mutter kennenlernen. Die zwei wohnten zusammen, also Gregor noch bei ihr. Für einen Mitte Dreißigjährigen fand ich das schon sehr speziell.
Seine Mutter war für mich ein Kulturschock. Meine Güte, einen so unnahbaren Menschen hatte ich noch nie getroffen. Ein kalter Hauch wehte durchs Zimmer, als ich ihr brav meine Blumen überreichte: „Hallo Frau Stein, schön, dass ich Sie mal kennenlerne. Danke für Ihre Einladung."
„Na, ich habe Sie nicht eingeladen, das war wohl mein Sohn. Mir gefällt das gar nicht. Aber nun sind Sie hier."
„Mutter" musterte mich. Für sie war ich der Kulturschock.
„Wie alt sind Sie überhaupt?"
Warum wollte sie das wissen? Das ging höchstens Gregor was an, aber seine Mutter?
„Achtzehn." Sollte ich Frau Stein nach ihrem Alter fragen? Lieber nicht.
Gregor schob mich aus dem Zimmer: „Komm jetzt, ich zeige dir die Bilder aus Potsdam." Damit war für Gregor das Thema erledigt und ich wollte die kostbare Zeit nicht mit Diskussionen verschwenden. Seine Bilder fand ich schon gut, trotzdem saß ich in seinem Zimmer wie auf heißen Kohlen. Ich hatte mich sehr auf Gregor gefreut und wollte die gemeinsame Zeit genießen.
Aber mit Frau Stein in derselben Wohnung zu sein? Na immerhin war Gregors Zimmer in der oberen Etage und hatte eine Tür. Oben waren

außerdem noch ein Gästezimmer und ein Bad. Seine Mutter residierte unten.
Gregor baute die Leinwand wieder ab und fragte: „Worauf hättest du jetzt Lust?"
Endlich, auf die Frage hatte ich gewartet: „Zeig mir Hannover, ganz lange, bis morgen früh."
Wir entschwanden, nur wir zwei, ohne Kamera, in seinem Auto, dem einzig vertrauten Ort in dieser Stadt. Der Abend wurde lang, es war Kirmes. Wir schlenderten Hand in Hand über das Gelände, wir hielten an jeder Bude und jedes Karussell wurde ausprobiert. Ich fühlte mich wie zwölf und Gregor sich wohl auch.
Mitten in der Nacht fuhren wir wieder zur Wohnung seiner Mutter. Die hatte sich bereits zurückgezogen und wir verschwanden in der oberen Etage.
Als ich aus dem Bad kam, saß Gregor auf seinem Bett. Ich stand in Achselhemd und Shorts unschlüssig mit verschränkten Armen in seinem Zimmer. In Gregors Bett zu schlafen, wäre schon okay, aber mit nur einem Kopfkissen und einer Decke für uns beide?
„Ich schlafe im Gästezimmer?" Das war weder eine Frage noch eine Feststellung, das war eine Enttäuschung. Wieso war ich quer durch die zwei Deutschlands gereist? Um irgendwo unbeachtet in irgendeinem piefigen Gästezimmer zu pennen?
Gregor stand auf: „Kannst du, wir müssten aber noch das Bett beziehen."
Also bei mir zu Hause lief das anders. Wenn Besuch kam, war immer alles fix und fertig vorbereitet. Die Lieben sollen sich wohlfühlen, das war schon immer Mamas Spruch. Und ich? Dass ich hier nicht zu den Lieben zählte ... ich hatte es gemerkt.
Ich nahm Gregors Decke und wollte nach unten, um im Auto zu schlafen. Morgen früh würde ich sofort abhauen, mit oder ohne Gregor.
„Gregor, ich bin müde. Gib mir deinen Schlüssel, ich schlafe unten im Auto, wenn es solche Umstände macht, dass ich überhaupt hier bin."

Er war vor mir an der Tür, stoppte mich, schob mich vor sein Bett, setzte sich hin, nahm meine Hand und zog mich zu sich. In sein Bett. Und er deckte mich zu. Mit seiner Decke. Nachdem er sich neben mich gelegt hatte. Eng an Gregor gekuschelt schlief ich ein.

Am nächsten Morgen wurde ich wachgeküsst. Chewbaccas flauschiger Oberkörper kitzelte an meinen Brüsten. So geweckt zu werden, hatte schon was. Das wäre mir im Auto entgangen. Er war schon ohne Shirt und hatte mein Hemd nach oben geschoben.

Er lag neben mir und schob seine Hand in meine Hose, zwischen meine Beine und streichelte mich, sehr erregend. Seine Zunge erkundete meinen Mund. Nun verschwand meine Hand in seiner Hose und massierte ihn. Ich war so was von bereit, als Gregor mich ausziehen wollte. Er hat immer noch nichts gesagt. Musste er auch nicht, es war offensichtlich, dass wir miteinander schlafen wollten. Ich wollte ihn haben, jetzt. Kondome, schoss es mir durch den Kopf, ich hatte immer noch keine Kondome gekauft, hoffentlich hatte Gregor daran gedacht ...

Dieser Gedanke war allerdings noch nicht ganz zu Ende gedacht, da krachte schwungvoll seine Zimmertür auf. Seine Mutter vergaß das Klopfen und auch den Guten-Morgen-Gruß. Sie kam gleich zur Sache:

„Ohhhh! Sie! Das hab ich mir doch gedacht!“

Bitte? Ich knutschte mit Gregor und die kam einfach so ins Zimmer? Ohne anzuklopfen? Wie peinlich war das denn? Ich zog mein Hemd schnell nach unten und fragte perplex: „Was?“

„Dass Sie meinen Sohn verführen!“

Hä? Jetzt war ich baff. Ihr kleiner Junge hatte das stattliche Alter von dreiunddreißig Lenzen bereits überschritten, er war also steinalt in meinen Augen – der sollte mich verführt haben, falls etwas passiert wäre. Ich blickte seine Mutter ziemlich grenzdebil an und schwieg.

„Und wie Sie dasitzen, in Wäsche! Sie benehmen sich wie eine Nutte!“

Eine Nutte? Keine Ahnung, ob die im Baumwollhemd und Boxershorts vor ihren Freiern saßen. Aber seine Mutter benahm sich wie ein eifersüchtiger Drachen, deren Geliebter mal anderweitig Vergnügen suchte.

Meine Debilität verschwand und ich wurde wieder zur Besitzerin meines Gehirns. Das verschmolz unverzüglich mit meiner großen Klappe: „Dass Gregor hier Prostituierte anschleppt, das ist ja unglaublich! Gut, dass Sie mir das sagen. Also bekomme ich Geld dafür? Von Ihnen? Nun, es ist ja fast nichts passiert, also wären zweihundertfünfzig Mark okay? Den Tarif für die Entjungferung können wir dann ja gemeinsam festlegen. Sie und ich. Gregor hat hier wohl nichts zu sagen."
Seine Mutter schnappte nach Luft. In den Genuss Ihres Rückzuges kam ich trotzdem nicht, sie setzte sogar noch mal einen drauf: „Was wollen Sie eigentlich von meinem Sohn? Sich ins gemachte Nest setzen? Meine Güte, Sie sind doch nur auf mein Geld scharf! Auf mein Geld und meinen Schmuck! Das wusste ich doch von Anfang an!"
Ich schaute Gregor Hilfe suchend an, der sagte immer noch nichts und schaute in meinen Augen eher gelangweilt.
Na gut, sie hatte es nicht anders gewollt: „Frau Stein, jetzt ist es aber gut! Ihr Geld ist mir scheißegal. Das haben wir selber reichlich. Mehr als genug. Andersrum könnte ein Schuh draus werden."
War meine Idee von Liebe ohne Grenzen so weit hergeholt? Ich wollte nichts Materielles. Kohle, Geschenke, Reisen, Titel, Immobilien – mir war das scheißegal. Ich wollte nur Gregor. Und zwar für mich allein. Und für immer. Oder wenigstens für die nächste Zeit. Warum war das so abartig für Gregors Mutter? Oder dachte die, dass ihr Sohn keine Frau abbekäme, für die sie nicht zahlen müsste?
Ich verließ den Raum in Hemd und Shorts und verschwand im Bad. Gregor folgte mir und schloss die Badezimmertür von innen ab: „Meine Mutter ist halt so, mach dir nichts daraus. Mich stört das schon lange nicht mehr."
„Aber mich stört das. In dieser Wohnung ist definitiv eine Frau zu viel anwesend – und das bin in diesem Fall wohl ich. Ich will einfach nur weg."
„Nimmst du mich mit? Bitteeee!" Gregor setzte seinen Dackelblick auf. Ich konnte gar nicht anders und musste lachen.

„Klar, ich lasse dich doch nicht alleine bei diesem ..." Drachen wollte ich fast sagen, aber der Drachen war nun mal Gregors Mama. Mama? Meine Mama ist eine Mama! Gregor hatte eine Mutter. Also „... bei deiner Mutter. Außerdem wäre es schön, wenn du mit mir fährst. Alleine im Zug – darauf habe ich überhaupt keine Lust."
„Tja, dann mach mal deinen Führerschein und kauf dir ein Auto. So als reiche Freundin ..."
„Verzieh dich endlich aus dem Bad, ich muss dringend aufs Klo!"
„Mit oder ohne Mutter?" Er fand seinen Kommentar lustig und verzog sich schnell aus dem Bad. Die Rolle Klopapier flog hinter Gregor aus dem Raum. Aber es gab ja Feuchttücher, wie edel.
Ich sagte noch Tschüss zu „Mutter" und war dankbar, der Eisgrotte lebend entkommen zu sein.
Gregor packte seine Klamotten. Ich wartete in seinem Auto auf ihn. Er kam dann mit seiner kleinen Reisetasche und fuhr mit mir nach Dresden. Ich war froh, dass meine Familie so unkompliziert war und alles okay fand, was ich so tat.
Auch als ich meine Mama mit meinem Bettzeug in der Hand fragte: „Mama, ist doch in Ordnung, wenn ich oben bei Gregor im Gästezimmer schlafe?", antwortete meine Mama entspannt: „Wenn es das ist, was du willst ..."
Na klar, das wollte ich. Wenn Mama wüsste, dass ich nach Gregors Besuch immer noch Jungfrau war, hätte sie Gregor wohl für schwul gehalten oder anderweitig merkwürdig.
Anderweitig merkwürdig, na gut – aber schwul?

APRIL 1990

Das klärte sich beim nächsten Treffen Ende April. Wir wollten uns auf neutralem Boden begegnen. Nur wir zwei, ohne Familie.

Ich fuhr mit dem Zug nach Wernigerode, Gregor sollte mich vom Bahnhof abholen. Ich stieg aus dem Zug und wartete. Kein Gregor. Wieso war der Blödmann nicht da? Ich beschloss, noch eine Viertelstunde zu warten und dann den nächsten Zug zurück nach Hause zu nehmen.

Da entdeckte ich Gregor mit seiner Kamera, ich wurde gefilmt. Auch das noch!

„Willst du mich verarschen? Ich warte schon Ewigkeiten!" Ich maulte ihn an, auch wenn das zugegebenermaßen arg übertrieben war.

„Nein, ich wollte dich ein bisschen zappeln lassen und dabei filmen. Außerdem bist du erst seit fünf Minuten da, möchtest du das sehen?"

„Das will ich nicht sehen. Du bist voll der Blödmann, am liebsten möchte ich dir eine runterhauen. Du alter, blöder ..."

„Alter, blöder was?"

„Student! Genau, Student, noch keine Ahnung haben, aber schon mit den großen Kindern spielen wollen. Du kannst mich mal!"

„Soll ich JETZT an dir rumspielen? Hier sind vielleicht ein paar Leute zu viel, oder stehst du auf so was, so als großes Kind?"

„Ich steh auf dich, falls du das noch nicht gemerkt hast. Fürs Erste könntest du mich ja küssen, falls das keine Umstände macht."

„Macht es schon. Ich muss mich zu dir runterbeugen, dich in den Arm nehmen und ..."

„Tschüss, Gregor, bis irgendwann mal wieder!" Dabei musste ich grinsen. Ich wurde liebevoll in den Arm genommen und geküsst. Zwei Ewigkeiten lang. Na bitte, ging doch! Ich freute mich, ich hatte meinen Gregor wieder. Und der verlor keine Zeit und präsentierte seinen Plan: „Hast du Hunger? Also ich schon, es ist ja schließlich Mittag schon fast

vorbei. Wir können was essen gehen und ich kann dir die Stadt zeigen. Was meinst du?"
„Gute Idee." – Nicht wirklich, ich wäre lieber irgendwo allein mit Gregor gewesen. Die Tour durch Wernigerode wurde dann aber doch schön. Wie lange kannte ich Gregor jetzt schon? Es fühlte sich an wie mein halbes Leben. Warum war das so?
„Du, warum denke ich, dass ich dich schon hundert Jahre kenne?"
„Das wäre dann ein Wunder, wenn wir noch zusammen wären!"
„Bin ich so langweilig? Oder meinst du einfach, weil man nicht so alt wird?"
„Weil es Keine so lange mit mir aushält."
„Das werden wir ja sehen. Ich freue mich jedenfalls, dass ich bei dir bin, und möchte nicht tauschen."
„Ernsthaft?"
„Warum wäre ich wohl sonst hier?"
Jetzt war es Gregor, der ein bisschen sentimental wurde. Ich wurde geküsst. Länger als sonst: „Es ist schon spät, wollen wir fahren?"
„Zu dir oder zu mir? – Kleiner Scherz! Klar wollen wir. Und wohin?"
„Ich bin schon ein paar Tage hier und habe in Ilsenburg ein Zimmer in einer kleinen, ruhigen Pension. Vielleicht gefällt es dir ja."
Mir war echt egal, wo ich schlafen würde, Hauptsache Gregor war da.
Die Wirtin der Pension beäugte mich misstrauisch. So ein junges Ding hatte sie wohl nicht erwartet. Ein junges Ding, das Sächsisch sprach, und ein erwachsener Mann aus dem Westen? Ungeheuerlich!
Ich war froh, als ich endlich mit Gregor allein war.
Wir saßen im Bett, nebeneinander, und quatschten wie immer. Ich rutschte auf Gregors Seite und kuschelte mich an ihn. Immer noch angezogen. Ich küsste ihn. Seine Hände wanderten erst Ewigkeiten später unter mein Shirt.
„Willst du wirklich?"
Ich wusste nicht, ob ich seine Frage süß oder unverschämt finden sollte. War er einfach nur rücksichtsvoll oder doch eher lustlos?

„Gregor, was ist los? Was stört dich an mir? Bin ich hässlich?“
„Quatsch, du bist nicht hässlich. Es gibt da zwar Stellen ...“
„Gregor, es reicht jetzt, das ist nicht lustig.“
„Ich habe noch nie mit einer Frau geschlafen.“
„Willst du mich ...“ Nein, er wollte mich nicht verarschen. Ich sah seine Unsicherheit. Es war ihm peinlich.
„Macht doch nichts. Dann war es also mit einem Mann, dein erstes Mal?“ Gregor schaute mich ungläubig an.
„Ach, Gregor, schau nicht so, das ist doch nicht verboten. Ich habe mal mit einer Freundin geknutscht. Na und? War doch schön.“
„Aber du hast nicht mit ihr geschlafen, also mit deiner Freundin?“
„Was ist n das für ne Frage? Ich wüsste nicht, wie das gehen soll.“
„Das ist eigentlich ganz einfach. Man kann die Finger nehmen oder die Zunge, bis die Frau einen Orgasmus hat. Dann kann man weitermachen oder eben auch nicht. Je nachdem.“
„Dann hast du ja doch schon mal eine flachgelegt?“
„Jetzt willst du es aber wissen. Nein. Weder einen Mann noch eine Frau. Freundinnen hatte ich schon. Aber es ist nie so weit gekommen. Bis auf eine. Die wollte aber jungfräulich in die Ehe gehen. Eines Tages bei mir zu Hause lag sie plötzlich nackt auf meinem Bett. Ich kam aus dem Bad und da lag sie nun. Irgendwie hatte das was. Wir haben uns geküsst und ich wollte schon mehr, aber heiraten? Ich habe meine Hose angelassen und ein bisschen an ihr rumgespielt, mit meinen Fingern und meinem Mund.“
„Aha. Und du? War ER in ihrem Mund?“ Ich hatte weniger als keine Ahnung, was einem Mann gefallen könnte. Die Vorstellung, einen Penis im Mund zu haben ... Aber Frau hat ja auch Hände, sogar zwei.
„Nein, sie hat sich angezogen und ist gegangen.“
„Wie doof ist das denn?“
„Na ja, es ist schön blöd, so liegen gelassen zu werden.“
Und was bedeutete das für mich? Wir hatten uns in den letzten Monaten ein paarmal getroffen, ohne miteinander zu schlafen. Na ja, ich war

eher weniger weiblich, mehr der herbere und sportliche Kumpeltyp. Hatte der sonst vor Frauen Schiss? War ich in seinen Augen eine harmlose Ausgabe meiner Spezies, so zum Üben? Oder hatte er schlicht nur auf mich gewartet? Das wiederum hätte ich sehr schön gefunden, obwohl ich auf einen erfahrenen Mann gehofft hatte.

Egal – „harmlos" konnte auch anders.

Ich klaute Gregors Shirt und schaute ihn an. Meine Hände wanderten über seine Brust zu seinem Bauch und noch tiefer. Seine weiße Haut fühlte sich weich an, seine kontrastreiche schwarze Behaarung verjüngte sich gen Süden und verschwand mit meiner rechten Hand in seiner Hose. Oh, nicht mehr harmlos. Ich küsste seinen Bauch und meine Lippen wanderten weiter nach oben, spielten ein wenig mit seinen Brustwarzen, um dann schließlich seinen Mund zu finden. Er saß immer noch am Kopfteil des Bettes und beobachtete mich. Ich wollte Gregor noch näher sein und setzte mich auf ihn, seine Erregung war auch durch die Stofflagen unserer Hosen spürbar.

Soweit waren wir in seinem Auto auch schon mal gewesen. Aber jetzt wurde auch ich aus meinem Shirt befreit und nun erkundeten seine Hände meine Brüste und meinen Bauch. Sein Mund liebkoste meine Brüste und die fette Narbe dazwischen.

„Du bist unverwechselbar. Optisch und auch sonst. Ich möchte mit dir schlafen. Ich will in dir sein. Ich will dich spüren. Und noch viel mehr. Willst du …"

Weiter kam Gregor nicht, ich saß immer noch auf ihm, küsste den so gar nicht mehr unterkühlten Gregor und ließ mich von seiner Leidenschaft überraschen.

Ich wurde schwungvoll auf den Rücken gelegt und sah Gregor zu, wie er von meinem Mund zu meinem Bachnabel küssend meine Hose von mir trennte und sich seiner Hose entledigte.

Ich hatte Gregor vorher noch nie nackt gesehen. Gregor war eher schmal und so gar nicht muskulös, fast schon androgyn. Genau das gefiel mir. Meine Beine umschlangen ihn. „Gregor, ich will dich, jetzt."

„Hey, wir haben alle Zeit der Welt. Ich will dich genießen. Das ist doch kein Wettlauf."
Meine Güte, wieso ließ der mich so zappeln? Ich war so was von bereit, Gregor befreite sich aus meiner Umklammerung und kniete zwischen meinen Beinen. Seine Finger massierten mich, meine Erregung war fast nicht mehr zu toppen, da tauschten seine Finger den Platz mit seiner Zunge. Ah, so ging das also!
Ich hatte meinen ersten Orgasmus mit Gregors Zunge.
Gregor setzte sich wieder an das Kopfende des Bettes und ich spielte mit seinem Penis. Jetzt schien Gregor doch Gefallen am „Wettlauf" zu finden und sah mich lustvoll an. Nun war nichts mehr mädchenhaft an Gregor, selbst seine Stimme schien Oktaven nach unten gerutscht zu sein.
„Du musst jetzt aufhören, sonst brauchen wir kein Kondom mehr." Sehr rau, sehr männlich und markant.
„Oh!"
Wenigstens einer bewahrte einen Rest von Verstand, Gregor streifte sich ein Kondom über. Da er immer noch am Kopfende saß, setzte ich mich auf ihn und wollte mich in seinen Schoß gleiten lassen. Seine Hände umfassten meine Hüfte. Wir sahen uns dabei in die Augen. Ich sah in seinen Augen genau das, was ich fühlte, eine Mischung aus Lust und Erwartung. Der Schmerz ließ mich zurückweichen. Ich setzte mich neben Gregor und sah ihn an: „Ich habe keine Ahnung und will dabei nicht auf dir sitzen."
Er nahm mich in seine Arme: „Musst du auch nicht! Und ich will dir nicht wehtun. Vielleicht sollten wir doch ein anderes Mal weitermachen."
„Nein, Gregor, wir sollten jetzt …"

Nach vollzogenem Akt gingen wir unter die Dusche, gemeinsam. Zuerst war das befremdlich. Er kniete vor mir, befreite mich von den Spuren unserer Entjungferung und küsste meinen Bauch.
„Tat's sehr weh? Du hast ja geblutet wie …"
„Sag es nicht! Halt die Klappe, du brutaler Mann."

„Echt jetzt, ich war brutal?“
„Ja, brutal unerfahren. Aber du hast ja mich. Weißt du, als Frau von Welt weihe ich dich in die Geheimnisse der verborgenen Frauenwünsche ein.“
„Du?!“ Er lachte und schloss mich in seine Arme.
„Steht hier noch eine unter der Dusche? Sei also nett zu mir!“
„Noch netter? Aber Katja, das hältst du doch gar nicht aus!“
„Pah! Du hast ja keine Ahnung. Ich kann jede Menge Nettigkeiten ertragen.“
„Wie? Du willst mich noch mal in dir haben?“
„Na sicher, aber nicht mehr heute.“
So hatten wir uns zum ersten Mal an den jeweils anderen verschenkt, vielleicht ein wenig ungeschickt, aber mit viel Gefühl.

Tagsüber waren wir im Harz unterwegs wie Japaner, mit voller Kameraausrüstung. Gregor filmte immer und ausschließlich, ich schleppte – auch immer und ausschließlich. Die Grenzanlagen rauf und runter. Und nachts waren wir Forscher, Entdecker – ohne Kamera.
Nach ein paar Tagen wurde ich japanmäßig zum Zug gebracht. Gregor bannte auch das in seiner ihm eigenen unsensiblen Art auf Film und dafür hasste ich ihn, damals.

MAI BIS JULI 1990

Die nächsten Wochen wurden anstrengend und gregorfrei. Fast gregorfrei, auf unsere ausgedehnten Telefonate wollte ich nicht verzichten. Und ich schrieb Briefe, seitenweise. Alles, was mich bewegte, floss durch meinen Stift auf das Papier. Poesie und Alltagsscheiß vermischten sich zu den persönlichsten Briefen an meinen bis dahin besten Freund.

Gregor wurde für mich zum „Übergregor“ – zum Maß aller Dinge. Und ich begriff nicht, dass sich mein Bild von ihm immer weiter vom Original entfernte, meine Blaupause wurde unscharf.

So schob ich die Unstimmigkeiten auf den Druck, den ich mir mit meiner nahenden Gesellenprüfung auferlegte. Theoretisch war ich ein Ass, nur handwerklich leider absolut unbegabt. Mein Meister mutierte zum Drill Sergeant.

Die praktische Prüfung entwickelte sich zur mittelschweren Katastrophe. Ich hatte soweit alles drauf, nur wenn ich aufgeregt war, und das war ich zur Prüfung, zitterten meine Hände wie die meiner Uroma. Mein Meister lieh mir kurzfristig seine Hände. Danke, Meister. Prüfung bestanden.

Endlich hatte ich meinen Abschluss so gut wie in der Tasche. Konditorin war nicht mein Traumberuf. Aber ich hatte einen Berufsabschluss, mit dem ich überall was anfangen konnte. Mein ursprüngliches Ziel waren Abitur und Studium gewesen. Theoretische Physik oder Chemie, egal, Hauptsache Forschung.

Das war zerbröselt, als ich mich um einen Platz für die „Erweiterte Oberschule“ bewerben wollte. Das war 1988 gewesen, ich hatte zum Direktor meiner Schule gemusst und der war ohne Umschweife zum Punkt gekommen: „Also, Katja, Sie wollen zum Abitur zugelassen werden? Studieren? Sie wissen schon, dass Ihre Eltern nicht dem Ideal einer Arbeiterfamilie entsprechen. Also, Sie müssten sich schon verpflichten,

Sie müssen ein Vorbild in unserem sozialistischen Arbeiter- und Bauernstaat sein. Ein Einser-Zeugnis ist dafür nicht genug. Sie müssen schon beweisen, dass Sie das wirklich wollen und unser Vertrauen in Sie gerechtfertigt ist."

Ich, ein Spitzel? Nee, darüber hatte ich keine Sekunde nachdenken müssen. Jeden Morgen in den Spiegel schauen und kotzen müssen? Was für ein beschissenes Gespräch.

„Danke für das informative Gespräch, ich überlege es mir." Einfach nein zu sagen, wäre unmöglich gewesen. Ich brauchte einen guten Schulabschluss.

„Katja, überlegen Sie nicht zu lange, entscheiden Sie klug, die Anmeldefrist ist schon fast abgelaufen."

Ich hatte nur genickt und nie wieder ein Wort darüber verloren. Nur im Nachhinein betrachtet ist das eine kluge Entscheidung gewesen. Ich mag gar nicht darüber nachdenken, ob ich mich irgendwann anders entschieden hätte, falls es die Wende nicht gegeben hätte. Vielleicht würde ich dann heute doch hinter anderen Leuten herschnüffeln?

Unwahrscheinlich, aber eben nicht unmöglich. Ein letztes Fünkchen Unsicherheit bleibt. Und dieses Fünkchen reicht, um die Entscheidungen der anderen nicht zu verurteilen. Außerdem sind wir hinterher immer schlauer, obwohl ...

Ade, erweiterte Oberschule. Ade, Studium. Ade, Forschungsarbeit.

Die nächste Idee war ein Ausbildungsplatz in den Interhotels auf der Prager Straße gewesen, als Köchin. Damit hätte ich den Familienbetrieb übernehmen können oder ab aufs Schiff, raus aus der Enge der Mauern. Mama hatte mich zum Vorstellungsgespräch begleitet. Den leistungsmäßigen Anforderungen hätte ich schon entsprochen – das wurde mir bestätigt. Aber mit dem Ausbildungsvertrag hätte ich mich verpflichten müssen: für drei Jahre zur NVA, mindestens.

„Vielen Dank für das informative Gespräch, ich muss es mir noch einmal überlegen!" Diese Antwort war meine endgültige Absage an das System gewesen. Abgehakt und tschüss.

Ich hatte meinen Ausbildungsplatz in einer kleinen privaten Konditorei in Dresden gefunden, ohne irgendwelche politische Verpflichtungen eingehen zu müssen.
Ich war die erste Auszubildende meines noch recht jungen Meisters. Harte Arbeit kannte ich von zu Hause, aber das frühe Aufstehen war die Härte überhaupt. Mitten in der Nacht klingelte der Wecker, schnell Zähne putzen, in die Klamotten springen, Kaffee und los – und all das hatte nun ein Ende. Nach zwei Jahren Ausbildung war mein Ziel erreicht, ich würde bald meinen Gesellenbrief in den Händen halten. Dank meines Meisters. Das Geschäft meiner Familie war meine nächste Station. Mein Meister ließ mich nur ungern gehen: „Katja, du kannst hier jederzeit wieder anfangen. Ernsthaft. Du bist nur zu Prüfungen nicht zu gebrauchen. Aber sonst ... gute Arbeit!"
„Danke, Meister, für alles, aber die Eis-Front wartet schon auf mich."
Ich ging ein letztes Mal durch die Backstube und den Verkaufsraum, packte meine Tasche mit meinen Klamotten in die eine Hand, die beste Streuselschnecke aller Zeiten zwischen meine Kiemen und zog mit der freien Hand die Tür hinter mir zu. Ich ging zum letzten Mal aus diesem Haus, dabei schien die Sonne direkt in mein Gesicht. Den Geschmack dieser letzten Streuselschnecke und den süßen Geruch, der mich nachts immer schon weit vor der Backstube empfing, werde ich wohl nie vergessen.
Mit diesem Gedanken schlenderte ich zu meinem Bus. Da tauchte ein kleiner weißer Golf neben mir auf. Gregor kurbelte die Scheibe runter: „Ich habe gehört, dass hier eine frisch gebackene Konditorin abzuholen ist. Hast du mir was mitgebracht?"
„Gregor! Mensch, du hier? Um meinen Abgang zu erleben, bist du zu spät, und meine letzte Schnecke wird schon verdaut. Riech mal, zum letzten Mal klebt Bäckerduft an mir. Irgendwie schade. Aber auch schön, ich freue mich. Und ich habe jetzt Urlaub. Und du?"
„Was glaubst du, warum ich hier bin. Ich will dich abholen. Meine Mutter ist zur Kur, wir können zu mir."

„Du, ich weiß nicht, sie will nicht, dass ich bei euch aufkreuze."
„Das ist auch mein Zuhause und du kommst mit."
Ich musste nicht lange breitgeschlagen werden, ein paar Tage mit Gregor zu verbringen, den ich nun schon so lange vermisste? Na klar! Ich freute mich wahnsinnig. Meine Tasche war schnell gepackt und so fuhren wir am nächsten Tag gemeinsam zu Gregor.
Ein seltsames Gefühl beschlich mich im Treppenhaus in der Goethestraße in Garbsen. Gut, „Mutter" war nicht da. Sonst hätte sich Gregor was anderes einfallen lassen müssen. Wir saßen in dem einzig vertrauten Zimmer dieser Wohnung, quatschten und tranken Limo.
Gregor baute den Projektor auf: „Komm, ich will dir die Bilder von unserem Urlaub zeigen. Schließlich hast du die Ausrüstung geschleppt."
„Und du hattest nicht nur schöne Landschaften vor der Linse."
„Stimmt, auch schöne Mädels. Du bist selber schuld, wenn du ständig aus dem Bild läufst. Außerdem muss ich schauen, dass ich die Richtige nicht verpasse."
„Aha. Und wie sieht sie aus, die RICHTIGE?"
„Anders. Lange Haare, blond, schlank und süß, nett eben."
„Was heißt denn nett? Nett ist die kleine Schwester von Scheiße. Sie soll bestimmt auch ein bisschen doof sein. Nicht viel in der Birne, immer verfügbar, willig und häuslich?"
„Und was ist daran falsch?"
„Nichts. Nur das bin dann ja wohl nicht ich. Aber jeder soll das bekommen, was er verdient." Was hatte ich verbrochen, dass Gregor so ein Arsch war?
„Du bist schon okay, nur deine Haare ..."
„Es reicht. Wenn du keine Lust mehr hast, bring mich doch einfach zum Bahnhof."
„Ich fahre dich zum Bahnhof, aber nicht heute. Wir wollen doch ein paar schöne Tage miteinander verbringen. Ach, schau mal, Bahnhof ist das Stichwort."
Gregor, der Blödmann, kommentierte die letzten Abschiedsbilder vom

Bahnhof in Wernigerode. Ich saß im Zug und schaute todtraurig aus dem Fenster.
„Du siehst so energielos auf dem Bild aus, dein Arm hängt schlaff aus dem Zugfenster. Ging's dir nicht gut?"
Was sollte ich darauf sagen? „Nee, ich war einfach nur traurig."
„Ach so."
Hier fiel mir zum ersten Mal so richtig auf, dass Gregor emotional unterentwickelt war. Ein durchaus sehr intelligenter Mensch mit einem emotionalen Defizit. Vielleicht konnte er ja gar nichts dafür, bei der Mutter? Wenn man in einem Kühlschrank aufwachsen musste?
Mein Groll verflog und ich wollte diese miesen Gefühle nicht mehr haben. Und liebte ich ihn nicht gerade deshalb, weil er so anders war?
Ich war meistens auch anders, schon als Kind. Meine Eltern arbeiteten ständig, sodass meine beiden Omas für mich da waren. Die arbeiteten aber meistens auch. Also war ich für mich da. Ich wurde schon als Kind mehrmals operiert, durfte nie wirklich am Sportunterricht teilnehmen und meine politische Einstellung behielt ich für mich. Und trotzdem hatte ich Freunde, vor allem in der Schule. An Integration hat keiner einen Gedanken verschwendet, wir haben das einfach praktiziert. Manche Dinge können ganz einfach sein.
Respekt, Vertrauen, Freundschaft, Dankbarkeit – das habe ich erfahren, ohne dafür kämpfen zu müssen. Ich habe verschenkt und wurde beschenkt.
Mit Gregor was das anders. Ich liebte ihn, keine Frage. Aber Vertrauen und Respekt? Konnte ich ihm vertrauen? Ich hatte immer versucht, Gregor meine genial coole Seite zu zeigen. Und das war mir auch gelungen, meistens jedenfalls. Aber wie sollte er MICH lieben, wenn ich in eine Rolle schlüpfte und Katja 2.0 spielte? Wieso dachte ich, dass mein pures ICH nicht gut genug sein könnte? Wie sollte er mich lieben und respektieren können, wenn selbst ich nicht in der Lage dazu war?
Ich habe wohl immer gehofft, dass Gregor mein Spiel durchschauen und mich davon erlösen würde. Irgendwann ist sie gestorben, die Hoffnung,

und ich bin erwachsen geworden. Aber das kam erst viel später. Ich hätte ALLES für ein ICH LIEBE DICH getan. Und ich hatte die ganze Zeit das unterschwellige Gefühl, das Gregor nichts davon wollte. Das war wie eine Endlosschleife. Ich wollte mehr und Gregor immer weniger. Ich fing an zu kämpfen und konnte den Kampf nur verlieren. Jeden Tag ein bisschen mehr.

„Gregor, ich will einkaufen. Los, wir fahren nach Hannover. Jetzt."

„Yes, Ma'am. Und dann?"

„Schallplatten, wir kaufen Schallplatten."

Das tat ich auch, die letzte Grönemeyer-Platte fehlte noch in meiner Sammlung, aber vorher fand ich eine wundervolle schwarze Ledertasche. Riesig groß. Geeignet zum Transport sperriger Güter aller Art. Schallplatten, Bücher, Mähdrescher und alles, was frau so braucht. Genial.

Gregors Einwand, wann ich mal wieder so viele Bücher durch die Gegend schleppen wolle, überhörte ich großzügig und auch, dass preiswert anders gehe. Mir doch egal, wenn es um Taschen und Schuhe geht. Lieber ein Teil weniger und dafür richtig.

Na ja, Gregor war eher sparsam. Und trotzdem bezahlte ausschließlich er unsere kleinen Ausflüge. Ich wollte Gregor mal einladen, in Hannover – noch vor der Währungsunion.

„Das kommt überhaupt nicht infrage, hast du schon mal ausgerechnet, wie teuer das für dich ist?" Er argumentierte immer mit dem für ihn günstigen Umtauschkurs.

„Klar, in Berlin haben wir für 36 Ost-Mark vier Kugeln Eis geschleckt, zwei für Papa und zwei für mich. Denkst du, ich bin blöd und kann nicht rechnen, oder denkst du, ich kann mir das nicht leisten?" Jetzt wurde ich bockig.

„Du bist weder blöd noch arm, aber du bist meine Freundin und ich lade dich ein. Diskussion beendet."

„Danke, du Gentleman." Wenigstens das letzte Wort wollte ich haben.

Am nächsten Tag fuhren wir wieder in den Harz, ich wollte weg von Gregors Zuhause, irgendwie hing „Mutter" in den Räumen und ich wollte

Gregor für mich. Ich wollte nicht mit Gregor schlafen und dabei das Gefühl haben, gleich würde SIE durch die Tür spaziert kommen.
Aber auch dieser Urlaub endete mit einem Bahnhofsgebäude. Nur wurde ich nicht mehr gefilmt, sondern umarmt und geküsst. Bis der Zug kam.
„Gregor, ich liebe dich sehr." Bis jetzt hatte ich das noch nie so deutlich gesagt.
„Ich mag dich auch." – Nicht wirklich, was ich mir gewünscht hatte.

Zu Hause änderte sich viel, mit der Währungsreform hatten wir endlich „Westgeld". Die D-Mark-Scheine sahen auch viel schöner aus. Und diese jetzt ausschließlich in der Brieftasche zu haben und gefühlt alles kaufen zu können (wenn man es denn konnte), ich fand's großartig.
Die DDR-Mark-Scheine hatte ich meistens bündelweise in der Tasche, wie im schlechten Mafia-Film, man wusste ja nie, ob's mal irgendwo was Lohnendes zu kaufen gab – und für eine solche Eventualität war ich immer bestens gerüstet gewesen, hat nur selten was genützt.
Das Geschäft meiner Eltern änderte sich ebenfalls. Der Eis-Absatz geriet ins Stocken, die Leute wollten lieber Eis am Stiel und Fertigprodukte aus der Tiefkühltruhe. Papa war deshalb viel unterwegs, Kontakte knüpfen und einkaufen. Eine Tiefkühlhalle wurde gebaut, Lkws und Ware eingekauft und Personal rekrutiert. Wir waren jetzt Händler für Tiefkühlkost.
Nur in dieser Zeit war ein so rapider Wandel so schnell und erfolgreich zu schaffen. Der Bedarf an diesen Produkten war riesig und wir waren die Ersten am Markt. Meine Eltern arbeiteten noch mehr als früher. Und da wir das System Marktwirtschaft eh schon jahrzehntelang praktiziert hatten, waren wir damit gefühlt die erfolgreichsten Ossis auf dem Planeten.
Tiefstapeln ist was für Amateure. Wir waren Profis. Im Organisieren, Einkaufen und Verkaufen. Opa war zwar immer unser Buchhalter und für den Eisladen perfekt geeignet, aber das hier wurde definitiv ein paar

Nummern zu groß. Und von Controlling hatten wir weniger als keine Ahnung.

Papa hatte die Idee des Jahrhunderts: „Du musst noch mal lernen. Ich habe ein Praktikum für dich organisiert. Du fährst nach Bremen und schnupperst dort bei den Bierstedts in den Betrieb. Schau dir die Abläufe an. Alles. Lerne Buchhaltung.“

Die Bierstedts waren Inhaber einer riesigen Tiefkühlbude mit Sitz in Bremen und belieferten uns mit ihrem Sortiment.

„Papa, mache ich. Wann?“

„Am besten sofort.“

„Nach meinem Urlaub! Ist doch schon gebucht. Papi, bitte …“ Endlich mal länger als ein paar Tage mit Gregor zu verbringen, darauf freute ich mich schon so lange.

Papa hat mir noch nie einen Wunsch ausgeschlagen. Musste er auch nicht, bisher waren meine Wünsche eher bescheiden gewesen.

„Ja, ist gut, aber nach deinem Urlaub geht's los.“

Urlaub mit Gregor. Ich fühlte mich hin- und hergerissen. Irgendwie wurde ich aus ihm nicht schlau. Klar hatten wir schöne Zeit miteinander, wenn wir zusammen waren, und klar, meistens liebte ich Gregor – wenn er mal nicht an mir rumnörgelte. Meine Haare zu kurz, die Beine zu dick, die Nase zu groß, insgesamt fand er mein Gesicht nett, schöne Augen, nur das Kinn … Ob das noch schlimmer werden würde? Und wenn ich alt wäre, käme dann ein jüngeres Modell?

Und wenn ich ins Familiengeschäft einsteigen würde, dann hätte ich noch weniger Zeit. Die vielen Treffen und Reisen konnte ich dann wohl abhaken. Gregor dagegen hatte irgendwie immer Zeit. Ob er wirklich ernsthaft studierte? Ich hatte keine Ahnung.

Wollte er mit mir zusammenbleiben? Nach Dresden ziehen? Wollte ich das überhaupt?

Zu ihm und „Mutter“ wäre jedenfalls das Letzte, vermutlich der einzige Punkt, wo seine Mutter und ich einer Meinung waren.

So langsam ahnte ich, warum Gregor meinte, dass es keine mit ihm aushalten würde. Aber das stimmte nicht ganz. Wenn ich ihn nicht hasste, dann liebte ich ihn unbändig. War ich vielleicht einfach nur masochistisch veranlagt?

AUGUST 1990

Und endlich war der Tag der Tage da, Gregor erschien bei mir. Fast einen Tag später als geplant.

„Hallo Katja, da bin ich." Und ich wurde mit einem Kuss auf die Wange begrüßt.

„Schön, dass du endlich da bist, es ist mittlerweile ja schon fast wieder früh."

„Bist du verärgert?"

„Verärgert? Ich? Ach, wie kommst n darauf? Kommt drauf an, warum du erst jetzt, mitten in der Nacht, aufkreuzt."

„Na, das war ja was. Ich war doch auf dem Karl-May-Treffen in Leipzig. Von meinem Freundeskreis. Das hatte ich dir doch erzählt ... Na, jedenfalls läuft da so eine nette, äußerst attraktive junge Frau rum und das ist auf solchen Treffen eher selten. Und mit der bin ich noch ins Gespräch gekommen. Du, die wohnt auch in Dresden. Da bot es sich an, sie mitzunehmen und nach Hause zu fahren. Das hat dann doch länger gedauert als gedacht. Wir haben noch stundenlang im Auto gesessen und uns unterhalten, vor ihrer Tür."

„Und wieso hat sie dich nicht mit nach oben genommen?"

„Wollte sie nicht. Sie wohnt noch bei ihrer Mutter und die hätte wohl was dagegen."

„Ach, das is n Ding. Kaum zu glauben, dass es solche Mütter gibt. Gute Nacht, Gregor, ich geh schlafen."

„Kommst du nicht zu mir? Ich hab gedacht, wir essen noch was zusammen und gehen dann gemeinsam ins Bett."

„Also, halte mich nicht für spießig oder so. Ich habe die letzten Wochen gearbeitet wie ein Tier, bin hundemüde und warte die halbe Nacht auf dich. Wenn du noch Hunger hast, du weißt doch, wo die Küche ist. Sei so gut und weck keinen mehr auf. Schlaf gut, bis morgen, nein, bis später."

War der wirklich so naiv oder einfach ein ganz Ausgekochter? Und wenn ich ihn für naiv hielt, war ich dann dumm? Ich ließ Gregor stehen und verschwand. In der Tat, ich war sogar zu müde, um richtig sauer zu sein. So bescheiden, wie dieser Start war, so bescheiden fing auch unser Urlaub an. Unser Flug von Dresden nach Sotschi wurde ersatzlos gestrichen, außer uns wollte da wohl keiner hin.

Also mussten wir unseren Flug umbuchen und um ein paar Tage verschieben. Kostja, den wir besuchen wollten, war nicht begeistert, nützte aber ja nix. Ich hatte keine Lust, mit Gregor zu Hause rumzuhängen. Gregor wohl auch nicht.

„Katja, hast du Lust, nach Prag zu fahren? Wir verbringen da einfach die paar Tage bis zu unserem Abflug."

Prag war – und ist – immer eine Reise wert und mein Groll war längst verflogen. „Klar habe ich Lust, wann fahren wir?"

„Jetzt?"

„Jetzt ist gut."

Ich packte meine Tasche ins Auto und wir fuhren tatsächlich nach Prag. Gregor kannte überall irgendwelche Leute, die günstig Zimmer vermieteten. Das war auch in Prag so.

Wir betrieben Power-Sightseeing. Gregor wollte alles filmen und ich wollte mich einfach nur durch die Gassen treiben lassen, Leute beobachten, irgendwo einen Kaffee trinken, das Leben und die Sonne genießen, die Zeit vertrödeln.

Manchmal verschwand Gregor einfach. Ich fragte mich, ob er wohl irgendwelche Mädels anquatsche. Und sagte mir, dass er wohl nichts tun würde, sondern nur spielen wollte. Na ja, für einen kleinen Welpen war er definitiv zu alt, aber ob da je ein großer Hund draus werden würde? Ich stellte mir Gregor als Familienvater vor und musste über diese absurde Vorstellung selbst lachen. Und ich sah mich nicht als Frau an seiner Seite.

Meine Klappe wurde größer, zusammen mit meinem Selbstbewusstsein.

Gregors zukünftige Frau sollte weniger so wie ich sein. Er wünschte sich ein häusliches Weibchen, nett, adrett und mit „Mutter" kompatibel. Und sie sollte perfekt aussehen.

Dazu gehörten für ihn lange blonde Haare, eine dünne Figur, ein schönes Gesicht. Ein vorzeigbares Weibchen eben. Natürlich sollte man sich mit ihr unterhalten können. Eine gute Ausbildung wäre da von Vorteil, aber Ambitionen auf eine eigenständige Karriere sollte sie nicht haben. Und sie sollte wohl auch aus gutem Hause sein.

Das war ich nicht und das wollte ich auch auf keinen Fall sein! Meine Klappe war zu groß, die Sprache zu gossenhaft und weibliche Anmut? Als die verteilt wurde, habe ich nicht „hier" gerufen. Ich war so, wie ich sein wollte. Echt, direkt, offen, tolerant, humorvoll, klar im Denken und durchaus liebevoll. Wahrlich nicht perfekt, aber doch nahe dran. Ganz nah! Wer mit mir nicht klarkam? Ich dachte immer, dass der noch geboren werden müsste.

Aber darüber musste ich mir erst mal keine Gedanken machen, Gregors Projekt „perfekte Frau" würde sich wohl noch in die Länge ziehen. Und ich war wild entschlossen, meinen Urlaub mit Gregor zu genießen. Denn bei aller Gedankenspielerei war Gregor immer noch der, den ich wollte. Und er konnte ja auch anders. Er konnte humorvoll und witzig sein. Manchmal schwangen wir auf einer Welle, dann war es grandios! Und manchmal hätte ich Gregor erschießen, vierteilen, den Hyänen zum Fraß vorwerfen und dann noch einmal umbringen können.

Von Gregors Sprüchen über seine perfekte Frau wollte ich mich nicht mehr verletzen lassen. Auf keinen Fall. Ganz ausgeschlossen. So lachte ich vieles einfach weg und verschloss den Rest tief in meinem Inneren.

Meine Idee von Seelenverwandtschaft wurde immer kleiner und wir drifteten auseinander, zwischen uns fanden ganze Universen Platz. Ich hatte keine Ahnung, wie das gehen sollte.

Es wurde trotzdem noch nett in Prag. Na ja, nett war mal wieder die nette Umschreibung für scheiße. Aber wirklich lustig war unser letzter Abend.

Wir besuchten ein durchaus edles Restaurant. Wir tafelten und ließen die letzten Tage Revue passieren. Am Nebentisch saß eine ungewöhnlich perfekt gestylte schöne Frau, erst auf den zweiten Blick als Mann erkennbar. Gregor versuchte, diese Frau diskret zu beobachten. Irgendwas schien ihn zu stören. Ich konnte seine Gedanken förmlich lesen. Diese wundervolle Frau wiederum beobachtete Gregor und mich. Na ja, eigentlich nur Gregor, ich war unnötiger Ballast. Ich schmunzelte, obwohl ich sein Verhalten unverschämt fand.

Gregor bemerkte trotz seines unbeholfenen Flirtversuches mein Grinsen: „Was ist denn so lustig?"

„Du, Gregor, du bist lustig."

„Wieso?"

„Weil ... Na, eigentlich ist es eher traurig. Ich sitze mit dir am Tisch und du flirtest so unverschämt. Ich dachte ja schon, dass du vielleicht auf Kerle stehst. Aber so offensichtlich?"

„Du bist doof."

„Stimmt. Und du flirtest mit einem Kerl."

„Quatsch."

„Quatsch? Was ist Quatsch? Du flirtest nicht oder das ist kein Kerl? Putz die Brille und schau mal richtig hin oder frag ihn oder sie. Außerdem sind Männer die schönsten Frauen. Macht doch nichts, ich finde Männer auch viel attraktiver als Frauen und verstehe dich durchaus."

„Du bist wirklich doof."

„Stimmt, ich bin mit dir hier."

Heute weiß ich, dass eine Beziehung mit Gregor außerhalb von Freundschaft für mich nicht erstrebenswert war. Er wollte mich wohl nicht verletzen, aber es ist hart, wenn Kommunikation so gegen die Wand fährt. Wir haben jeder eine andere Sprache gesprochen. Und er konnte nicht lügen, auch kleine Nettigkeiten oder Notlügen gehörten einfach nicht in sein Repertoire. Mit Andeutungen, Anspielungen und unterschwellig ausgedrückten Wünschen konnte er nichts anfangen, weil er das nicht verstand. Gregor brauchte klare Ansagen. Sein „Du bist schon okay" oder „Ich mag dich" bedeutete in meiner Sprache: „Du bist großartig" und „Ich liebe dich sehr".

In den letzten fünfundzwanzig Jahren bin ich vielleicht weiser geworden, auf alle Fälle reifer, jedenfalls nerviger. Ich frage so lange nach, bis alles klar ist. Mit hingeschissenen Halbsätzen bin ich nicht mehr zufriedenzustellen. Und ich versuche, mindestens den kleinsten gemeinsamen Nenner zu finden. Und sei es „nur" die Akzeptanz, dass es keine Gemeinsamkeiten gibt. Punkt.

Noch nicht ganz Punkt.

Gregors Powerflirten. Da wäre ich heute milder und nachsichtiger, denn mal ehrlich: Wer flirtet nicht gerne. Nette Blicke, ein Lächeln, ein kleiner harmloser Spruch, das gehört doch zur Würze des Lebens. Und wenn nun mal nur Männer auf seine Flirtversuche ansprangen, dann war Gregor doch eigentlich ganz harmlos, unbeholfen und ein bisschen blöd. Aber auch diese Erkenntnis kam erst viel später...

Am nächsten Tag fuhren wir zurück nach Dresden, weiter nach Berlin und dann ab in den Flieger nach Sotschi. Ich freute mich immer noch.

Die erste gemeinsame Reise, die weiter als vierhundert Kilometer von meinem Dunstkreis entfernt lag. Ich hoffte auf fast drei harmonische Wochen und viele neue Eindrücke. Gut, die Reiseziele kannte ich schon, aber mit Gregor würde das Erlebnis ein anderes.

Es wurde anders. In Sotschi gelandet, musste ich aufs Klo. Nicht, dass es im Flugzeug kein stilles Örtchen gab, aber: neuer Ort, neues Klo und Katja muss hin.

Ich lief nach der Passkontrolle schnurstracks auf mein Ziel zu und wurde direkt ausgebremst. Eine gemütliche russische Babuschka stellte sich in die Tür und wollte mich nicht reinlassen. Für Jungs eine Tür weiter.

„Babuschka, putz doch deine Brille, ich bin ein Mädchen in Jeans, T-Shirt und Turnschuhen. Schau, das Shirt hat doch rosa Streifen und ich muss ganz dringend!"

Sie gestikulierte schon etwas ungehaltener, zeigte auf meinen Haarschopf und die nächste Tür. Sollte ich jetzt echt aufs Herrenklo?

„Bitte, lass mich nicht aufs Männerklo gehen. Das ist doch peinlich."
Von Gregor konnte ich keine Hilfe erwarten, der lachte sich gerade tot.
Nee, mein Lieber, die Katja kommt hier rein.
Ich zog blank, ließ die Babuschka auf meine kleinen Mini-Brüste schauen und wurde schließlich durchgelassen.
„Dankeschön!"
Freudestrahlend und erleichtert lief ich zu Gregor zurück. Der hatte auch gleich die passende Frage auf den Lippen: „Na, gab's Probleme?"
„Nö, hab nur meine Russischkenntnisse aufgefrischt."
„Mit hochgezogenem T-Shirt?"
„Klar, das macht man heute so. Solltest du auch mal probieren. Vielleicht beißt ja ein hübscher junger Mann an?"
„Und bei dir beißen die Mädels an? Die Babuschka fand auch, dass du ein hübscher Junge bist. Wir zwei sind schon ein merkwürdiges Paar oder was meinst du?"
Wir waren also ein Paar? Gut zu wissen. Na, dann wollten wir mal Spaß haben: „Wir als Homo-Paar? Macht doch nix. Wir sind eben speziell. Oder ist dir das peinlich?"
„Mir ist nie was peinlich."
So trafen wir gut gelaunt auf unseren Freund Kostja, der uns am Flughafen abholte. Kostja ist ein russischer Bär, dem seine Vorliebe für kulinarische Genüsse durchaus anzusehen ist. Seine tapsige Art hat etwas Kindliches, ganz im Gegensatz zu seinem Gesicht. Die klugen Augen und seine neugierige Art, aus sich herauszuschauen, verraten den intelligenten Geist hinter der Stirn. Eine gelungene Mischung aus vielen Gegensätzen. Alles in allem ein beeindruckender Freund.
Das erste Mal hatte ich Kostja ziemlich genau zwei Jahren zuvor getroffen, im August 1988. Da hatte ich fast die gleiche Tour unternommen, die auch mit Gregor auf dem Plan stand. Damals war ich mit meinem Opa gereist.

AUGUST 1988

Kostja holte Opa und mich vom Moskauer Bahnhof ab. Wir reisten mit dem Zug aus Berlin an. Die Reise dauerte fast zwei Tage, die wir mit einem älteren australischen Ehepaar verbrachten. Wir bewohnten gemeinsam ein Vierer-Liegewagen-Abteil. Das waren die ersten Australier, die ich je zu Gesicht bekam, für mich eine äußerst spannende Gelegenheit. Opa kramte seine rudimentären Englischkenntnisse raus, er war nach 1945 einige Zeit als Kriegsgefangener in Texas gewesen. Und ich war froh, mein Schulenglisch mal sinnvoll einzusetzen.

Opa wollte auf der langen Zugfahrt die Landschaften wiedersehen, die er als Soldat im Zweiten Weltkrieg zu Fuß erkundet hatte. Er war vorgeschobener Beobachter und immer vor der Front unterwegs gewesen. Manchmal erzählte er davon. Von der Kameradschaft und vom Widersinn des Krieges. Er sagte dann immer: „Stell dir vor, du stehst da und dir gegenüber steht ein anderer, auf seinem Gewehr das Bajonett aufgepflanzt, was machst du dann? Der hat auch Familie, eine Mutter, eine Schwester, eine Frau, eine Tochter. Du kannst aber nicht überlegen, weil du dann tot bist. Also du oder er? Ich lebe noch, aber was war der Preis?"

Ich sagte dann: „Opa, wenn du dich damals anders entschieden hättest, wäre Papa nicht geboren worden und ich auch nicht." Ich weiß, das ist ein blöder Trost, denn wer wurde stattdessen nicht geboren? Wessen Leben wurde sinnlos ausgelöscht? Was hätte dieser Mensch noch zu sagen gehabt, zu leben und zu lieben?

Wir wurden dann beide still, tranken Tee und sahen schweigend aus dem Fenster. Kostja befreite uns aus der Enge des Zuges und der Schwere der Gedanken. Er lotse uns durch die Weite Moskaus.

Etwas Eindrucksvolleres hatte ich noch nicht erlebt. Die Größe und der sozialistische Pomp Moskaus und Kostjas Art, uns alles im Turbo-Gang zu zeigen, faszinierten mich.

Wir sahen die schönsten Metro-Stationen, liefen über den Roten Platz, bestaunten den Kreml und das Lenin-Mausoleum. Den toten Lenin fand ich gruselig und irgendwie tat er mir leid, so zur Schau gestellt. Am meisten faszinierten mich die lebenden Menschen, die waren anders als zu Hause, sahen anders aus – wie aus den Sechzigerjahren entsprungen – und wirkten wesentlich ernster als meine Landsleute.
Auch Kostja war gefühlt in der Zeit stehen geblieben. Ich war sehr neugierig auf seine Frau und seine Tochter. Die würde ich noch kennenlernen, ließ mir aber trotzdem schon mal ein Bild aus Kostjas Brieftasche zeigen. Sie sahen genauso ernst aus wie unser Begleiter.
Den Abend verbrachten wir noch in Moskau. Kostja hatte in einem sehr noblen Schuppen Plätze für uns „reserviert". Also, er hatte den Oberkellner geschmiert. Wir wurden an den letzten freien Tisch geführt und mir wurde sehr formvollendet ein Stuhl unter meinen Hintern geschoben. Es war völlig grotesk und ich fühlte mich reichlich deplatziert. Jeans, Turnschuhe und mein zerschlissener Rucksack mit dem neuen klitzekleinen Schwerter-zu-Pflugscharen-Aufnäher passten weder zur Abendgarderobe der anderen Gäste noch zum Restaurant selbst. Es erinnerte an einen Ballsaal, in dem vor hundert Jahren rauschende Feste gefeiert worden waren. Riesige Kristallkronleuchter hingen von der abnorm hohen Decke. Meine Oma hatte eine kleinere Ausgabe davon in ihrem Wohnzimmer. Einmal im Jahr nahm sie die Lüster ab, um sie erst in Fitwasser zu baden und anschließend zu polieren. Welche arme Sau musste das hier wohl machen? Dunkelrote Samtvorhänge mit goldfarbenen Troddeln säumten die bodentiefen Fenster. Die Wände waren mit dunklem Holz vertäfelt und auch der Teppich mit dem grün-goldenen orientalischen Muster hatte schon bessere Zeiten gesehen. Für die Restaurantgröße waren erstaunlich wenige Tische im Raum.
Die anderen Gäste unterhielten sich kaum oder sehr leise. Die ausnahmslos alten Männer trugen mindestens einen Anzug, die älteren Damen waren zu tief in den Schminktopf gefallen und wie Weihnachtsbäume dekadent behängt. Die jüngeren Damen hatten weniger Bling-

Bling, dafür für meinen Geschmack zu tief ausgeschnittene Kleider. Oder ich hatte mal wieder keine Ahnung. Es wurde nur geflüstert. Vielleicht ein Dienstessen? Kleine Runde mit den Kollegen vom KGB? Dezent klappte ich meinen neuen Aufnäher in den Rucksack. Ich traute Glasnost und Perestroika in diesem Restaurant nicht.

Die Stoffservietten standen hübsch gefaltet neben einem undurchschaubaren Arrangement von Gläsern und Besteck auf unserem Tisch. Ein Kellner im Frack zündete die Kerze auf dem Tisch an und schenkte chlorhaltiges Wasser aus einer Karaffe ein. Speisekarten gab es nicht, der Kellner zählte die Gerichte auf. Aufgrund der Mangelwirtschaft gab es keine große Auswahl, wir bekamen Kalbsbraten in Madeira-Soße mit winzigen Kartöffelchen und Mini-Karotten. Keine traditionell russische Küche, aber doch essbar. Vom Rotwein wurde mir nur ein Glas kredenzt, aber der war mir eh viel zu lieblich. Und ich bekam Kaffee, endlich. Im Zug hatte es nur Tee aus dem Samowar gegeben.

Und den gab's auch wieder in unserem Nachtzug nach Rostow am Don. Das Abteil war fast identisch mit dem des Zuges von Berlin nach Moskau. Opa war völlig erschossen und schlief sofort auf seiner Liege ein. Mein Opa war schon speziell, er konnte in jeder Lage und an jedem Platz sofort einschlafen. Auch am Steuer seines Autos. Also, Opa schnarchte und ich war zu aufgedreht, um überhaupt an Schlaf zu denken.

„Kostja, ich hole Tee, willst du auch?“ Ich hätte viel lieber noch einen Liter Kaffee getrunken, den gab's aber nun einmal nicht.

„Ja, mit viel Zucker bitte.“

Er verließ mit mir den schnarchenden Großvater und begleitete mich zum Schaffner. Ich hatte für die nächsten Wochen einen Schatten und ging außer ins Bad, aufs Klo und ins Bett keinen Schritt mehr alleine. Ich fand das sehr befremdlich, war ich doch ein großes Mädchen und was sollte mir schon passieren?

Wir wollten Opa nicht stören, einen Speisewagen gab es nicht, also tranken wir unseren Tee auf dem Gang vor dem Abteil. Wir schauten aus dem Fenster und sahen nur unsere Spiegelbilder in der Nacht.

„Warum machst du das, fährst mit deinem Opa tagelang durch die Landschaft, sitzt im Zug und verbringst deine Ferien mit uns alten Männern?"
„Was spricht denn gegen alte Männer? Außer mir wollte keiner mit Opa fahren. Alle fanden das verrückt, eine Reise in Opas Vergangenheit. Ich finde das spannend und großartig. Er ist im Krieg hier gewesen, hat Menschen ermordet, deine Landsleute, und heute sitzen wir gemeinsam im Zug und besuchen dich, deine Familie und deine Heimat. Hättet ihr euch 1942 getroffen, dann hätte nur einer von euch überlebt."
„Aber heute sind wir Freunde, dein Opa und ich. Darüber bin ich froh. Im Krieg gibt es nur Verlierer! Elend, Leid, Verlust und Hass auf allen Seiten. Die Menschen können nur miteinander wachsen und neue Wege gehen."
„Ja, aber dafür muss man vergeben können, sich und den anderen."
„Und das kann man nur, wenn man den anderen kennt, seine Denkweise, seine Bedürfnisse, sein Leben und das, was ihn antreibt. Neue Menschen kennenzulernen und in deren Kultur einzutauchen, das kann man nicht aus Büchern lernen."
„Danke, Kostja, genau das machst du nun möglich. Ich war noch nie in Moskau und in Rostow und jetzt lerne ich dich und deine Familie kennen, wie ihr lebt, was ihr macht und überhaupt. Das würde ich doch sonst nie erleben."
„Morgen lernst du meine Familie kennen. Ich hoffe, du magst sie."
„Wenn die so sind wie du, dann auf alle Fälle. Deine Frau kocht bestimmt gut, wenn man dich so sieht. Da freue ich mich echt. Gute russische Küche, lecker."
Kostja lachte. „Bin ich so dick?"
„Nein, überhaupt nicht, aber ein bisschen plüschig bist du schon."
„Das Wort kenne ich nicht, plüschig. Was bedeutet plüschig?"
„Du bist wie ein Teddybär. Der ist auch plüschig. Nicht dick, aber auch nicht schlank. Plüschig eben."
„Aha, ich bin also ein Bär."

„Genau, ein russischer – mit viel Plüsch."
„Das sage ich morgen meiner Frau."
Der Zug ruckelte weiter durch die Nacht und wir schlürften unseren Tee.
„Bald sind wir in Rostow, wenn wir noch ein wenig schlafen wollen, sollten wir jetzt auch ins Bett gehen."
Wir gingen leise ins Abteil, Kostja machte das Licht aus und legte sich auf die zweite untere Liege, neben Opa.
Ich konnte nicht schlafen, hörte meinem Opa auf der Liege unter mir beim Schnarchen zu und beobachtete Kostja, der auch nicht schlief. Die Notbeleuchtung erhellte das Abteil nur minimal, ließ aber mehr als nur die Umrisse erkennen.
„Katja, schlaf jetzt!"
„Das versuche ich doch und du schläfst auch nicht."
Kostja verfrachtete sein Bettzeug auf die zweite obere Liege, kletterte ebenfalls nach oben, legte sich hin und stützte seinen Kopf auf seinen Arm, sah mich an und fing an zu erzählen. Vom Schwarzen Meer, dem Rauschen der Wellen, die am Strand die Steine zum Rollen bringen, und den Sonnenaufgängen, dem goldenen Licht, das sich in den Wellen spiegelt. Ich flog mit meinen Silberschwingen dahin, überquerte die Meere, tanzte auf den Wellen, sah die grenzenlose Weite und die Kraft des Meeres. Ich wollte hinter den Horizont fliegen. Kurz davor schlief ich ein.
Am nächsten Morgen stiegen wir aus dem Zug in ein Taxi und fuhren zu dem Block, in dem Kostjas Familie wohnte. Voller Stolz verkündete Kostja: „Hier wohnen wir. Und ihr seid unsere Gäste. Herzlich willkommen, tretet doch bitte ein."
Eine eigene Zweizimmerwohnung mit Bad und Küche, das war der pure Luxus in der Sowjetunion. Oft teilten sich mehrere Familien eine Wohnung. Bad und Küche wurden gemeinschaftlich genutzt. Gruselige Vorstellung.
Er stellte uns vor. Seine Frau Mascha war genauso plüschig wie er. Sie sah ein bisschen wie die weibliche Ausgabe ihres Mannes aus. Nur ihr Gesicht war fröhlicher, nicht so ernst. Und ihre Haare fielen weich auf

ihre Schulter. Sie war genauso umsorgend wie ihr Mann. Ich wurde sofort umarmt, geküsst und geknuddelt.
„Wie schön, dass ihr da seid. Ich freue mich. Habt ihr eine gute Reise gehabt und hat sich mein Kostja gut um euch gekümmert, ja? Kommt endlich rein. Und das ist unsere Nina."
Nina war ein sehr schüchternes Mädchen. Große dunkle Augen wie ihr Papa und ein genauso kluges Gesicht. Ein hübsches Mädchen, zwei Jahre jünger als ich und noch ein richtiges Kind.
Ich stellte mich vor, auf Russisch, kam aber nicht weit.
„Bitte auf Deutsch, Nina soll Deutsch lernen."
Es stellte sich heraus, dass Nina besser Deutsch sprach als viele meiner Landsleute, die von Grammatik keine Ahnung hatten. Trotzdem wollte sie nicht Russisch mit mir reden, das habe ihr Papa verboten. Und wenn Papa was sagt ... Also gut.
Nachdem unsere Gastgeschenke, Klamotten, hauptsächlich stonewashed-Jeans, bunte T-Shirts und Kosmetik-Artikel, ausgiebig bewundert worden waren, zog mich Nina aus dem Raum.
Von den zwei Zimmern bewohnte eins Nina, das andere war tagsüber das Wohnzimmer und nachts wurde das Sofa ausgeklappt und der Raum so zum Schlafzimmer umfunktioniert.
Wir hingen also im Zimmer meiner neuen Freundin rum und durchstöberten ihren Bücherschrank und aus einem der Bücher fiel ein Foto eines Jungen, ein Eishockey-Spieler.
„Ist das dein Freund?"
„Das ist Andrej, aus meiner Schule. Wir treffen uns manchmal, Papa darf das nicht wissen. Das gäbe Ärger."
„Der ist aber süß."
„Ja. Du sagst Papa doch nichts?"
„Quatsch, was denkst du denn?"
Ninas Mama rief uns zum Essen. Sie hatte gekocht, für Menschenmassen. Viele der Köstlichkeiten kannte ich gar nicht, Auberginen und Zucchini? Gab es bei uns nicht. So aßen wir mit Pausen stundenlang.

Es war schon fast Mitternacht, als Mascha abräumte. Nina half und ich wurde als Gast aus der Küche verbannt.
„Was soll das, ich habe auch Hände und Füße. Ich bin schon groß und kann mich nützlich machen." Und mal drei Schritte Bewegung würden nach meiner Mast doch nicht schaden, oder?
„Geh rüber, ruh dich aus, morgen wird ein anstrengender Tag."
„Ja, Mamutschka!" Na gut, ich ging zu den Jungs ins Wohnzimmer. Opa saß im Sessel und fachsimpelte mit Kostja über Schach. Na toll, wie langweilig. Ich setzte mich auf den noch freien Platz auf dem Sofa, lehnte mich gegen Kostja, legte die Füße hoch und schlief ein.
Irgendwann wachte ich auf, es war dunkel und ich war allein im Zimmer. Jemand hatte mich zugedeckt und mir ein Kissen unter den Kopf geschoben. Wo waren die anderen?
Ich war völlig verwirrt, stand auf und tapste durch die Wohnung. Ich ging ins Bad.
Nach den Tagen in den Zügen hatte ich den dringenden Wunsch, Wasser über meinen Körper laufen zu lassen. Also gönnte ich mir erst mal den Luxus einer ausgiebigen Dusche. In meine verdreckten Klamotten wollte ich keinesfalls zurück. So schlüpfte ich in den Bademantel, der am Haken hing. Ein Herrenbademantel, also Kostjas.
Ich schaute in Ninas Zimmer, da schlief Opa. Merkwürdig. Wo waren die anderen? Aus der Küche schien Licht durch das Türfenster. Also schaute ich in die Küche. Da lag Kostja auf einer Campingliege und hatte ein Buch vor der Nase.
„Kostja, was machst du hier? Wieso bist du in der Küche und wo sind Mascha und Nina?"
„Die schlafen bei meinen Eltern in der Wohnung. Hier ist doch kein Platz für uns alle. Du hast so tief geschlafen. Wir wollten dich nicht aufwecken. Dein Opa schläft in Ninotschkas Zimmer, du im Wohnzimmer und ich in der Küche."
„Das geht doch nicht, du kannst doch nicht in der Küche schlafen."
„Na, bei deinem Opa aber auch nicht, da kriege ich doch kein Auge zu."

„Aber im Wohnzimmer ist doch genug Platz."
„Katja, ich kann doch nicht bei einer anderen Frau im Zimmer schlafen!"
Ich eine Frau? Lustig. Hatte der mich schon mal angesehen? Junge passte besser. Ich war eher ein Kumpel. Als Frau hatte ich mich noch nie gesehen. Außerdem hatten wir gestern in einem Abteil genächtigt. Zum Diskutieren war ich zu müde. Morgen vielleicht.
„Kostja, du gehst in dein Bett und ich schlafe in der Küche. Du bist doch viel zu groß für die Campingliege."
„Du meinst zu plüschig?!"
„Nein, ich meine zu groß!"
„Du hörst jetzt auf mich und ich bringe dich ins Bett. Jetzt wird geschlafen. Oder muss ich mit dir schimpfen wie mit Nina?"
„Na gut, ich sage nichts mehr."
Ich schlief schon fast im Stehen ein. Kostja baute das Bett zusammen, schüttelte das Kissen auf, befreite mich aus seinem Bademantel, drehte sich verlegen um und wartete, bis ich unter der Decke verschwand. Stimmt, ich war nackt. Egal, mein Schlafanzug war in der Tasche und die stand bei Opa in Ninas Zimmer.
Kostja gab mir einen Kuss auf die Wange und machte das Licht wieder aus.
„Gute Nacht, Kostja."
„Gute Nacht, Katja, schlaf jetzt!"

Die nächsten Tage waren großartig. Ich zog mit den „alten Männern" los. Mascha war Ärztin und konnte ihren Dienst im Krankenhaus nicht tauschen, Nina war bei ihren Großeltern, weil sie für die Schule lernen musste.
So fuhren wir nur zu dritt mit dem Schiff auf dem Don, besuchten das Puschkin-Denkmal, das Lenin-Denkmal, verschiedene Kirchen und Parks, das Ehrenmal mit der ewigen Flamme, schlenderten über die Märkte und ich durfte überall probieren. Die Tage waren warm und auch in den Nächten kühlte es kaum merklich ab.

Opa war abends völlig erledigt. Die vielen Kilometer und die Wärme machten ihm zu schaffen.

Das Abendprogramm ließ Opa ausfallen: „Geht mal alleine los, ich leg mich hin und schaue ein bisschen fern." Ha, wie lustig! Opa verstand kein Wort Russisch! Und eine letzte Anweisung kam immer noch: „Kostja, pass gut auf Katja auf."

So kam es, dass ich mit nur einem der alten Männer ins Konzert ging. Ich hatte nicht wirklich ein geeignetes Kleid dabei, aber meine schwarze Flatterhose und das schwarze Top sahen auch ganz gut aus.

„Oh, junge Dame, wir sehen heute besonders hübsch aus", sagte Kostja beeindruckt.

„Danke, es geht so, du siehst auch gut aus." Bei den Temperaturen hatte Kostja auf seine Anzugjacke verzichtet und wirkte in hochgekrempelten Hemdsärmeln um Lichtjahre jünger.

„Wie ein plüschiger Bär?"

„Genau. Will Nina nicht mitkommen? Opas Platz ist doch noch frei."

„Nein, Nina lernt für die Mathematik-Olympiade und muss früh ins Bett gehen."

Jetzt kam der strenge Vater zum Vorschein. Bloß gut, dass meine Eltern entspannter waren. Ich hielt meine Klappe und wir machten uns auf den Weg.

Das Konzert war toll, klassische Musik. Eine von Tschaikowskis Sinfonien, die sechste und letzte, mich erinnerte sie aber eher an ein Requiem. Ich saß noch ganz versunken in meinem Konzertsessel, als Kostja mich ansprach: „Wollen wir gehen?"

Wir waren tatsächlich die letzten Besucher. Ich nickte nur, stand auf und begleitete meinen Freund nach draußen. Schweigend liefen wir am Ufer des Dons entlang. Wieso gefällt mir ein Requiem? Traurige Musik für einen Toten? Na ja, schon für die Lebenden. Aber zum Abschied.

„Bist du müde, wollen wir nach Hause?"

„Nein, ich denke nur nach. Wieso hören wir uns ein Requiem an? So traurige Musik an einem so schönen Abend."

„Dein Opa wollte das hören, Musik von Tschaikowsky. Aber ein Ballett wurde heute nicht aufgeführt. Das war die Alternative."
„Ob Opa es gemocht hätte? Keine Ahnung. Ich finde, ein bisschen Traurigkeit kann nicht schaden. Aber das war schon sehr traurig. Trotzdem war es schön. Die Musik hat Tiefe, weißt du?"
„Ja, ich weiß. Tschaikowsky hat diese Sinfonie kurz vor seinem Tod geschrieben. Vielleicht hat er das geahnt?"
„Kostja, willst du vorher wissen, wann du sterben wirst?"
„Nein."
„Ich schon. Da wüsste ich einfach, wie viel Zeit ich noch habe, um all das zu tun, was ich tun will."
„Und warum fängst du nicht einfach jetzt damit an? Dann hast du nichts mehr auf deiner Liste stehen, wenn der Tag da ist. Schieb nichts auf und lass nichts weg."
Das klang plausibel und einfach. Trotzdem musste ich darüber eine Weile nachdenken. Wenn auf meinem Grabstein stünde: „Sie hat so vieles gewollt" – nein, das wäre voll sch... schade.
„Sagst du das auch deiner Tochter?"
„Später, wenn sie erwachsen ist. Natürlich."
„Ich bin noch nicht erwachsen, warum sagst du mir das?"
„Weil du das jetzt wissen solltest."
Wieso sprach dieser Mensch in Rätseln? Und warum war es noch so warm heute Nacht? Es war warm, hier floss ein Fluss und es war jemand da, der auf mich aufpasste und dem ich bedingungslos vertraute. Und ich sollte nichts aufschieben ...
„Bleib mal stehen, bitte." Ich zog meine Schuhe aus, entledigte mich meiner Hose und zog mein Shirt aus, drückte alles Kostja in die Hand, lachte über sein Gesicht, das irgendwas zwischen Erstaunen und Ungläubigkeit zeigte, und noch ehe er irgendetwas sagen konnte, war ich im Fluss. Das Wasser war doch viel kälter als vermutet.
„Katja, komm raus da! Oder muss ich dich holen? Bitte! Wenn dir was passiert!"

Also gut. Ich kletterte aus dem Fluss und stand triefend nass und vor Kälte schlotternd vor meinem Freund. War vielleicht doch eine bescheuerte Idee gewesen.
„Bist du total verrückt? Man sollte dich einweisen. Warum machst du so einen Unsinn?" Er meckerte mit mir wie mit seiner Tochter.
„Du hast doch gesagt, ich solle nichts aufschieben." Ich war bockig.
„Zieh dich erst mal an, die Leute schauen schon ganz komisch."
Stimmt, außer meinem Schlüppi hatte ich nichts an. Ich sprang in meine Hose und quälte mich in mein Shirt, gar nicht so einfach, wenn alles nass war.
Das Wasser lief immer noch aus meinen Haaren. Ich schüttelte mich wie ein begossener Pudel und wollte mich bei Kostja entschuldigen: „Tut mir leid, dass du dich wegen mir ärgern musst."
Seine dunklen Augen wurden noch dunkler und musterten mich. Nach einer Weile legte er seinen Arm um meine Schulter, zog mich weiter und sagte: „Du ärgerst mich nicht, ich hatte einfach Angst. Das ist ein Unterschied. Mach das nie wieder."
„Jetzt werden auch noch dein Hemd und deine Hose nass."
„Eine kleine Erfrischung tut mir auch gut"
Wir stiegen in das nächste Taxi und fuhren nach Hause. Es dämmerte bereits.
„Kostja, wie alt bist du eigentlich?"
„Achtunddreißig, warum?"
„Na, wenn du so alt wie Opa wärst, dürfte ich dich nicht so ärgern, nicht dass ich Schuld an deinem Herzinfarkt habe."
„Oh doch, das hast du. Du hast Glück, dass ich nicht dein Vater bin, sonst würde ich dir eine runterhauen."
„Echt?"
„Nein."

Am nächsten Nachmittag reisten wir weiter. Die Familie brachte uns noch zum Bahnhof. Mascha hatte noch allerletzte Anweisungen für ih-

ren Mann: „Kostjenka, pass gut auf unsere Katja und Opa auf, hörst du. Und ruf an, wenn ihr bei Sascha seid, ja. Iss nicht so viel."
Mascha und Nina küssten Kostja zum Abschied. Opa und ich wurden auch geküsst und umarmt. Wir stiegen in den Zug und packten Maschas Fresspaket aus. Innerhalb kürzester Zeit hatten wir alles vertilgt.
„Jungs, ich hole uns mal Tee."
Kostja stand auf, um mich zu begleiten. Ich sah ihn nur an und verschwand mit meinem Schatten Richtung Schaffnerabteil und Samowar. Wir tranken unseren Tee, Opa und Kostja spielten eine Partie Schach und ich hatte mein Buch dabei, „Novellen" von Stefan Zweig. Der Zug ratterte gleichmäßig vor sich hin und ich schlief während des Lesens ein.
Pünktlich vor Sotschi wurde ich geweckt und war noch müde, als wir ins Taxi umstiegen. Sotschi kannten wir schon von früher und fuhren direkt weiter nach Pizunda – heute liegt das in Georgien, damals gehörte es zur Sowjetunion, direkt am Schwarzen Meer. Der Taxifahrer erzählte viel vom Leben am Schwarzen Meer, Kostja übersetzte. Ich sah aus dem Fenster und tauchte in diese Welt ein. Als ich wieder auftauchte, waren wir auch schon da.
Wir stiegen aus dem Taxi und wurden von Sascha empfangen, einem Freund von Kostja und Opa. Sascha war ein merkwürdiger Mensch, er lief auch tagsüber im Schlafanzug herum. Das schien aber niemandem aufzufallen, also war es mir auch egal.
Wir wohnten jetzt bei Sascha. Sascha hatte ein Küchenbalkonzimmer, in dem er selber hauste, und zwei weitere Zimmer. Eins bekam ich und eins teilten sich Opa und Kostja.
Sascha hatte sich ebenfalls Jeans gewünscht. Die hätte er auch bitter nötig gehabt, aber er wollte sie verkaufen, tauschen und verschenken.
Es war bereits abends, als ich noch an den Strand wollte, der von Saschas Wohnung nur zwei Steinwürfe entfernt war. Opa war zu faul und stachelte Kostja an. „Nun geht schon, ich spiele mit Sascha eine Partie Schach."

Sehr lustig, Sascha sprach so gut Deutsch wie Opa Russisch. Spielte aber beim Schach keine Rolle.
Kostja runzelte die Stirn. Ich wollte ihm den Abend mit Sascha und Opa nicht verderben: „Wir können auch hier bleiben oder ich gehe alleine. Ist doch überhaupt kein Problem."
„DU gehst nicht allein. Außerdem sind drei Schachspieler einer zu viel. Wir gehen an den Strand."
Ich hörte das Meer rauschen, es war fast einsam hier. Abseits saßen ein paar Teenies, spielten Gitarre und rauchten ihre Tüten. Kurzentschlossen zogen wir blank und verschwanden im Meer.
„Ich war noch nie in schwarzer Nacht im Schwarzen Meer."
Kostja spann den Faden weiter: „Und ich war noch nie nackt in schwarzer Nacht im Schwarzen Meer."
„Aha. Gehst du überhaupt nackt schwimmen?"
„Mit Mascha? Das würde sie nie tun. Und du?"
„Manchmal. Früher. Mit meiner Tante Christa in den Sommerferien. In Caputh, im See."
Es wurde immer dunkler und wir schwammen zum Ufer zurück und entstiegen dem Meer. Nur der Vollmond erhellte die Szene, ich betrachtete meinen Freund, der auf seine Weise sehr souverän und anziehend wirkte. Unsere Handtücher lagen in Saschas Bude, also setzten wir uns auf unsere Klamotten, schauten aufs Meer und ließen uns lufttrocknen. Mir gefiel die Selbstverständlichkeit, mit der wir das taten.
„Der Mond sieht hier ganz anders aus. Schöner als zu Hause. Und es ist doch derselbe Mond." Jetzt war ich echt kitschig, aber egal. Kostja stieg in meine Überlegung ein: „Die Luft ist ganz anders. Das Meer ist da, das Licht des Mondes wird in den Wellen gebrochen und reflektiert. Natürlich ist der Mond ganz anders als zu Hause. Der Mond war zu Urzeiten das Symbol der Weiblichkeit, des Matriarchats und hat vor Jahrtausenden den Lebensrhythmus der Menschen bestimmt. Bevor die Menschen das Land in Besitz nahmen und Ackerbau und Viehzucht betrieben. Sie gingen jagen und sammelten Früchte."

„Darüber habe ich noch nicht nachgedacht. Für mich hat der Mond einen Pakt mit dem Meer geschlossen. Ebbe und Flut. Alles und nichts im Rhythmus. Ich liebe das Meer sehr. Die Rauheit und die Sanftheit. Du wirst getragen oder du gehst unter. Zwei Moleküle Wasserstoff und ein Sauerstoffmolekül – und so was Großartiges kommt dabei heraus. Mich macht das einfach nur glücklich."

Diese besondere Stimmung und eine Mischung aus Neugier und Faszination ließen mich mutiger werden, als ich sonst war. Ich drehte mich zu ihm. Meine Hände fingen an, seine Brust zu erkunden. Er sah mich fragend an, sagte aber erst einmal nichts und ließ mich gewähren. Ich legte meine Beine über seine und meine Hände wanderten tiefer. Am Bauch verwirbelten sich die dunklen Haare und noch etwas tiefer ...

Kostja fasste meine Hände: „Das willst du nicht."

„Was will ich nicht?"

„Wenn du da jetzt weitermachst, werde ich mit dir schlafen wollen. Das ist doch jetzt schon offensichtlich."

Es war nicht zu übersehen. Das erste Mal, dass jemand so auf mich reagierte und ich daran teilhaben konnte. Meine Hände waren immer noch in seinen gefangen, aber nicht nur meine Hände.

Ich fühlte mich gefangen, angezogen und verunsichert. Ich saß immer noch dicht vor ihm. Zum ersten Mal hatte ich das Bedürfnis nach mehr Nähe. Zu diesem Menschen, der nur ein paar Zentimeter von mir entfernt saß und schon fast von meinen Beinen umschlungen wurde. Kostja küsste meine Hände, ließ sie los und stand auf.

Ich stellte mich vor ihn und musste einfach weiterfragen: „Und was wäre falsch daran?"

„Nichts, daran kann nichts falsch sein. Aber wenn du noch nie mit einem Jungen geschlafen hast, solltest du warten, bis du jemandem begegnest, den du liebst und der dich glücklich macht. Wir könnten jetzt miteinander schlafen, weil wir das so wollen, weil es jetzt einfach zauberhaft ist. Du bist zauberhaft. Aber was ist morgen, nächste Woche, in einem Jahr?"

Ich sah ihm in die Augen und wusste, dass er damit genau ins Schwarze getroffen hatte. Er nahm mich in seine Arme.
Kostja war ein ganz besonderer Mensch, dem ich bereits jetzt blind vertraute und dem ich mich restlos offenbaren konnte. Es war unvorstellbar, dass noch so ein Freund auf diesem Planeten existierte.
Wir stiegen wieder in unsere Klamotten, meine Hand fand die meines Freundes und wir zogen durch die Nacht zu Sascha nach Hause. Opa war noch wach und spielte immer noch mit Sascha Schach. Meine Anwesenheit war nicht notwendig, ich ging schlafen.

So verbrachten wir unsere Tage. In der Sonne am Strand oder im Meer, ich überhörte regelmäßig Kostjas Meckerei, weil ich zu weit rausschwamm, wir fuhren irgendwohin und wir besuchten Märkte. Wir aßen an irgendwelchen Buden am Strand. Die Abende verbrachten die Männer mit Schach. Meistens zockte Opa mit Sascha, manchmal auch mit Kostja, der war aber meistens mit meiner „Betreuung“ beauftragt, was mich freute.
„Katja, ich möchte heute Abend fernsehen, hast du Lust mitzuschauen?“
„Wenn du übersetzt ...“
Die einzige Glotze stand im „Männerzimmer“ auf einem Tisch. Im Raum befanden sich außerdem noch ein Schrank, zwei Betten und ein ungemütlicher Stuhl, auf dem sich Klamotten türmten. Kostja saß auf seinem Bett, rutschte zur Seite und zeigte auf den frei gewordenen Platz neben sich. Also musste ich nicht überlegen und setzte mich mit seinem Kissen, das ich zwischen die Wand und meinen Rücken schob, zu ihm. Wir sahen eine Dokumentation über das sowjetische Raumfahrtprogramm.
„Sind wir alleine in unserem Universum?“
Er beantwortete Fragen manchmal nicht, sondern fragte so lange nach, bis einem die Antwort selber einfiel: „Was glaubst DU denn?“
„Unwahrscheinlich. Es gibt Millionen von Galaxien. Da wird wohl ein Stern mit einem Planeten dabei sein, auf dem Leben entstanden ist. Das wäre doch toll, wenn die uns besuchen?“

„Das wiederum halte ich für unwahrscheinlich. Stell dir vor, es sind Millionen Lichtjahre zu überwinden. Was für ein Antriebssystem wäre erforderlich?"
Ich hörte zum ersten Mal etwas über Raumkrümmung und Gravitationswellen. Er erzählte und irgendwann spann ich den Faden weiter und fantasierte über Zeitreisen.
„Wieso willst du in der Zeit reisen? Diese Zeit ist vielleicht die beste, die wir je hatten." Kluge Frage von Kostja.
Ich musste kurz überlegen: „Stimmt! Aber es geht noch besser. Ich reise in die Zukunft. Da gibt es keine Grenzen mehr, keine Mauern, nicht mal mehr in den Köpfen. Es gibt Brücken und Wege. Egal, ob du aus Berlin, Moskau oder Tokio bist, der Planet Erde ist deine Heimat. Ich lebe dann 2400 oder so. Wenn ich Urlaub habe, besuche ich dich 1988. Wir können dann wieder gemeinsam fernsehen oder schwimmen gehen. Oder ich mache Ausflüge in unsere Galaxie, vielleicht bereise ich dann endlich die Plejaden oder den Gürtel des Orion. Kannst ja mitkommen, falls du Zeit hast."
„Zeitreisen zu unternehmen, wenn man Zeit hat, ist eine gute Idee. Und wenn man keine Zeit hat, reist man einfach in eine andere Zeit. Also habe ich dann immer Zeit. Wo wollen wir uns treffen?"
Genial, einfach genial und einfach zu verstehen.
„Wo ist ganz einfach. Hier. Wann? Na, dann 1988."
„Also jetzt. Wir nehmen das JETZT, was anderes bekommen wir nicht. Es gibt nichts Besseres."
Es ist eigentlich ganz einfach, aber eben nur eigentlich. Ich habe damals nicht ansatzweise verstanden, was das bedeutet: Es gibt nur jetzt. Trotzdem fand ich es schön, jemanden zu haben, der mich und meine verrückten Gedanken verstand und der sich um mich sorgte.
Er legte seine Decke über meine lang ausgestreckten Beine. Ich wollte einfach mehr Nähe und rutschte noch ein bisschen näher an ihn. Unsere Beine berührten sich unter seiner Decke nur fast, trotzdem war seine Präsenz körperlich spürbar.

„Deine Mutter hat einen Fehler gemacht."
Er schaute mich fragend an.
„Sie hätten zehn Jahre mit deiner Geburt warten sollen." Ich wollte das nicht weiter erklären.
„Vielleicht hätte sich deine Mutter mehr beeilen müssen ..." Er verstand mich auch so.
„Nee, mit fünfzehn schwanger werden, ist auch blöd. Außerdem wäre ich jetzt zehn Jahre älter und du hättest trotzdem deine zwei Frauen zu Hause."
„Stimmt, aber wenn ich zehn Jahre jünger wäre, hätte ich nie deinen Opa beim Schachspielen kennengelernt."
„Auch wieder wahr. Also ist alles richtig so, wie es ist?"
„Ja, es ist gut, so wie es ist." Er legte seinen Arm um meine Schulter und wir schauten weiter fern.
Er nahm mich und meine Teenie-Schwärmerei ernst und spielte mit, bewahrte aber immer die nötige Distanz und bremste, bevor die Situation aus dem Ruder laufen konnte. So hatte ich nie das Gefühl, dumm, blöd oder unterlegen zu sein. Er machte sich ein bisschen kleiner, damit ich mich gleichwertig fühlen konnte und ein bisschen mit meiner eben entdeckten weiblichen Seite spielen konnte.

AUGUST UND SEPTEMBER 1990

Ich umarmte Kostja zur Begrüßung im Flughafengebäude in Sotschi: „Ich freue mich so, dich zu sehen. Gut siehst du aus."
„Gut oder plüschig?"
„Gut und plüschig, das eine schließt doch das andere nicht aus."
Gregor konnte mit unserem Gut-und-plüschig-Gequatsche nicht viel anfangen.
„Katja, du bist ja eine junge Frau geworden. Die Liebe steht dir gut."
Ich hielt meine Klappe und beobachtete meine Reisebegleiter. Die zwei begrüßten und umarmten sich. Gregor war sieben Jahre jünger als Kostja, wirkte aber, als könnte er sein Sohn sein. So krass hatte ich den Unterschied noch nie gesehen.
Gregor legte gleich los: „Von wegen, Katja ist eine Frau. Eben wurde ihr der Zugang zum Damen-WC fast verwehrt. Das wundert mich gar nicht, bei den Haaren, sie sieht doch wie ein Junge aus."
„Katja ist ein ganz wunderbarer Mensch. Und die Länge der Haare ist doch völlig unwichtig. Schau doch in das kluge Gesicht, betrachte den schönen Körper und das lebendige Wesen. Du müsstest schon blind sein, wenn du das nicht erkennst."
Ich war geplättet. So etwas Schönes hatte ich noch nie über mich gehört. Gregor auch nicht und er schaute mich mit vielen Fragezeichen an. Ich versuchte, cool zu bleiben, und lachte. Aus Verlegenheit.
Kostja nahm meine Tasche und legte wie immer seinen Arm um meine Schulter: „Geh und misch deinen Gregor auf und lass ihn vorher ein bisschen zappeln. Der hat noch so viel zu lernen."
Er gab mir einen Kuss auf die Wange, zwinkerte mir zu, ließ mich wieder los und hielt ein Taxi an.
„Was war das denn? Schöner Körper? Lebendiges Wesen? Willst du mir dazu nichts sagen?"

„Was? Hat Kostja etwa gelogen?“ Ich sah an mir runter und konnte mein Grinsen kaum verbergen „Wir waren mal schwimmen im Meer. Gehst du nie nackt baden mit deinen Freundinnen?“
Gregor sagte nichts. Schwamm er nicht nackt? Oder hatte er keine Freundinnen, keine zum Nacktbaden? Und wollte ich das wirklich wissen?
Wir stiegen ins Taxi und fuhren ins Hotel. Nach dem Einchecken wollten wir nur unsere Klamotten ins Zimmer schmeißen, um dann gemeinsam mit Kostja an einer Strandbar den Tag ausklingen zu lassen.
Wir verschwanden also in unserem Zimmer. Ich zog mich aus, um meine Wäsche mit einem Bikini zu tauschen. Gregor kam nackt aus dem Bad und küsste mich: „Du siehst echt ganz passabel aus. Und ich will dich, jetzt.“
Er zog mich ins Bett und war nach wenigen Augenblicken fertig. Zum ersten Mal hatte er so sein vermeintliches Revier markiert.
„Jan Gregor Stein, das war das erste und letzte Mal, dass ich mich von dir benutzen lassen habe. Wenn du keine Zeit dafür hast, damit auch ich es schön haben kann ... dann mach's das nächste Mal alleine.“
Ich ging unter die Dusche. Er folgte mir wortlos. Ich wurde sanft abgebraust und geküsst. Ging doch!
Wir trafen unseren Freund in einer Bar am Strand. Ich setzte mich zu Kostja an den Tisch. Gregor fotografierte uns und setzte sich dazu. Wir bestellten eine Flasche georgischen Rotwein und aßen gefüllte Teigtaschen. Mehr brauchte es an diesem Abend nicht. Der Wein war lecker, ich trank und die Herren nippten. Der Tag war anstrengend gewesen, es war warm und der Alkohol wirkte mit nur geringer Zeitverzögerung. Ich war also ganz schön breit und meine Idee war schon ein bisschen außerhalb: „Wie isses, wollt ihr auch schwimmen?“
Die Antwort kam im Chor: „Jetzt? Du bist doch verrückt!“
„Ja, verrückt nach Meer und viel mehr und allem, warum wäre ich sonst wohl hier?“
Ich nahm das kleine Handtuch aus meiner riesigen Handtasche und verschwand. Ich war am Meer und nicht im Meer? Nee, das ging gar nicht.

Ich rannte die paar Meter, zog Schuhe und Kleid aus, schließlich hatte ich als schlaue Frau einen Bikini statt Unterwäsche an, und sprang in die Fluten. Herrlich! Bis auf Kostjas Gemecker: „Ich hab dir schon Tausend mal gesagt ..."
„Bla, bla, bla! Ich soll nicht so weit rausschwimmen, die Strömung ist gefährlich und nach einer Flasche Wein ist man schnell ertrunken – oder betrunken? Egal, Kostja, du musst mich dann eben retten."
„Du bist ganz schön breit und laberst Blödsinn." Jetzt gab Gregor auch noch seinen nutzlosen Kommentar ab.
„Quatsch, nur ein bisschen!"
Gregor sagte immer, dass ihm nichts peinlich sei. Das stimmte aber nicht wirklich, mein alkoholisierter Zustand war ihm schon peinlich, das fiel sogar mir auf. Was für ein Blödmann, der wollte sich auch nur die Rosinen rauspicken. Und so blieb Gregor an der Bar sitzen, während Kostja, ganz Gentleman, mich ins Hotelzimmer begleitete.
Auf dem Weg dahin erzählte ich Kostja von meinem Verdacht mit den Rosinen. Er sagte dazu nichts – was auch? – und verschwand im Bad. Ich rollte mich in beide Bettdecken ein und fuhr Karussell im Bett. Kostja kam mit einem feuchten Tuch wieder, das seinen Platz auf meiner Stirn fand. Irgendwann stoppte das Karussell und ich schlief ein.
Am nächsten Vormittag wachte ich allein im Zimmer auf, duschte eiskalt und machte mich hübsch oder versuchte es wenigstens. Ich spazierte ins Hotelrestaurant. Nichts. Draußen? Da saßen sie, an der Bar von gestern, und frühstückten.
„Guten Morgen. Ich war gestern wohl ganz schön neben der Spur."
Ich wurde von beiden angegrinst, bekam einen starken schwarzen Kaffee und einen blöden Kommentar von Gregor: „Ich habe kaum geschlafen. Du hast geschnarcht wie tausend besoffene Russen. Nicht auszuhalten!"
Fieser Gregor. Böser, ganz böser Mensch.
„Geht es dir gut? Willst du auch Frühstück haben?" Wenigstens einer war gnädig.

„Hmmm. Viel Koffein und mäßig Zucker."

Ich ließ starken Kaffee und süße Teigtaschen in meiner Futterluke verschwinden und fühlte mich langsam wieder wie ein Mensch. Diesen Tag verbrachten wir am Meer. Abends stiegen wir in den Zug nach Rostow. Kostja hatte wieder ein Zugabteil für uns reserviert und so ruckelten wir durch die Nacht.

Und ich stand wieder einmal mit meinem Teeglas vor der Abteiltür und sah nach draußen in die Nacht und hing meinen Gedanken nach. Als ich später ins Abteil ging, war das Schachbrett verstaut und meine Reisebegleiter lagen in ihren Kojen. Unten rechts schlief Gregor bereits, auf der Liege darüber las Kostja in einem Buch.

Ich konnte mal wieder nicht einschlafen und wollte Gregor nicht wecken. So zog ich um. Auf die zweite obere Liege. Nach einer Weile klappte ich mein Buch zu und machte die Leselampe aus: „Gute Nacht, Kostja."

Er schaute aus seinem Buch hervor und lächelte mich an: „Schlaf gut, bis dann." Sein Kopf verschwand wieder hinter dem Buch.

Ich war zu müde, um schlafen zu können. Mein Plan war, so lange sitzen zu bleiben, bis ich umfiel und einschlief. Kostja beobachtete das Elend eine Weile, legte dann sein Buch zur Seite und erzählte mir wieder vom Meer und den Wellen, er sprach ganz leise. Irgendwann verstand ich nichts mehr und schlief ein. Das war das erste Déjà-vu auf dieser Reise. In den nächsten Tagen folgten noch weitere.

Wir fuhren wieder zu Kostjas Familie, lebten in ihrer Wohnung, wurden von seiner Frau bekocht, die wiederum abends mit Nina zu ihren Schwiegereltern zog.

Ich versuchte, Kostja zu überzeugen, dass doch genug Platz für alle da sei und niemand auswandern müsse. Nein, das wurde abgelehnt.

Die Zimmerverteilung war festgelegt. Gregor und ich bewohnten ein Zimmer, Kostja das andere, seine Frauen wurden ausquartiert.

Mascha tadelte mich: „Katja, du weißt doch, Gäste sind heilig!"

Doch, etwas war anders. Die Schiffstour auf dem Don unternahmen wir zu fünft. Ein kompletter Familienausflug. Nina nahm mich zur Seite.

„Erinnerst du dich an deinen letzten Besuch bei uns? An das Bild aus meinem Buch?“
„Andrej? Natürlich erinnere ich mich.“
„Genau, Andrej ist jetzt mein Freund. Seit Kurzem, denkt Papa. Ist Gregor dein erster richtiger Freund?“
„Ja, schon.“
„Und davor?“
„Ach, weißt du. Ich habe da mal einen ganz besonderen Mann getroffen, ist schon eine Weile her. Ich war viel zu jung, als wir uns kennenlernten.“
„Du warst in ihn verliebt und hast nichts gesagt?“
„Ja, nein, doch, irgendwie schon.“
„Und dann?“
„Und dann sind wir Freunde geworden, denke ich.“
„Freunde sind doch das Wichtigste im Leben. Ohne Freunde ist das Leben immer traurig.“
„Und wenn das Leben mit einem Freund auch traurig ist?“
„Kommt drauf an. Vielleicht ist es wie mit den Lieblingsschuhen, wenn die zu klein werden. Die passen dann nicht mehr. Wir behalten sie, weil sie doch so schön sind. Manchmal holen wir sie aus dem Schrank, schauen sie an und stellen sie wieder weg. Das macht traurig, weil wir sie nicht mehr tragen können. Vielleicht sollten wir sie einfach verschenken. Dann könnten wir uns darüber freuen, weil sie einem anderen Mädchen passen und ihr Freude bereiten.“
„Mit den Schuhen hast du sicher recht, aber wir besitzen doch unsere Freunde nicht?“
„Eben. Traurig macht dich doch der Gedanke an Verlust, Mangel oder Lieblosigkeit. Wenn du einen Freund nicht besitzt, dann kannst du ihn auch nicht verlieren. Wenn er ein wirklicher Freund ist, dann macht er dich nicht traurig.“
Ich nahm Nina in meine Arme und hielt sie eine kleine Ewigkeit fest: „Du bist ein kluges Mädchen. Andrej ist ein Glückspilz. Und wenn der nur halb so klug ist wie du, dann weiß er das.“

„Echt?"
„Echt, Nina. Genau das macht Freundschaft aus. Liebe und Freiheit. Liebe will nichts, hat keine Bedingungen. Sie ist einfach da oder eben auch nicht."
„Mein Papa sagt, dass immer genug Liebe da ist. Liebe ist wie die Sonne. Die Sonne scheint immer. Egal, ob die Wolken Schatten werfen. Über den Wolken scheint die Sonne immer. Und nur, weil wir sie manchmal nicht sehen, ist sie nicht weg."
Nina lief zu ihren Eltern und kuschelte sich zwischen ihre Mama und ihren Papa. Kostja schaute mich fragend an und ich lächelte zurück. Gregor hatte das verpasst, er filmte die Uferlandschaft.
„Hey mein Lieber, ich bin auch noch da."
„Katja, das sehe ich nie wieder, lass mich filmen."
„Dieser Augenblick kommt auch nie wieder."
Er packte seine Kamera in die Tasche. Ich umarmte und küsste ihn.
„Warum liebst du mich?"
„Ich weiß nicht, ob ich dich liebe. Weil ich nicht weiß, was das ist. Solche Gefühle sind mir fremd. Du bist eben einfach da und das ist schön."
Eine logische Antwort von Gregor. Er log mich nicht an, redete nichts schön und machte keine halbherzigen Komplimente.
Heute erscheint mir das in einem anderen Licht, damals war die Antwort einfach nur unbefriedigend. Ich hatte immer das dringende Bedürfnis, ihn irgendwie aus seiner Starre zu befreien. Für mich war Gregor ein Gefangener. Aber was war er für sich? Ich dachte wohl, ich müsste ihn nur noch mehr lieben, dann wäre schon genug Liebe da, um für uns beide zu reichen. Und ich müsste mir mehr Mühe geben. Um sein Herz aufzutauen.
Welche Ironie. Es ist immer genug Liebe da. Ohne Mühe. Einfach so, weil die Natur das so will. Sein Herz war nie erfroren. Er kannte eben nur nicht meinen Überschwang an Gefühlen, vom puren und alles überstrahlenden Glück bis zu zum Tode betrübt sein. Die Gefühle und Bedürfnisse der anderen waberten für ihn verschwommen im Nebel.

So vergingen unsere Tage in Rostow. Wir unternahmen die üblichen Touren für Touristen: Stadtrundfahrt, Staatszirkus, Puschkin-Denkmal, Lenin-Denkmal und das Ehrenmal des gefallenen unbekannten Soldaten, das von Hochzeitspaaren am Tag ihrer Trauung besucht wird. Die Mädels im Brautkleid und die Jungs schick im Anzug. Eine ernste Angelegenheit für den hoffentlich schönsten Tag. Ob es für mich diesen Tag je geben würde? Ich im weißen Kleid? Mit Gregor? Ungewiss bis unwahrscheinlich. Ich liebte ihn schon sehr, genug für zwei – aber um mit Gregor glücklich zu sein, dafür eben zu viel, dachte ich. Also NEIN.

Der zweite Abend gehörte dem Nachtleben. Wir wollten tanzen gehen, Kostja war das nicht geheuer. Also schlenderten wir alleine los, ohne unseren Freund, direkt in den Tanzschuppen. „Kostja lässt uns alleine gehen, ich soll dich aber beschützen, im Notfall, falls die Frauen über dich herfallen."
„Ach ja? Das kannst du?" Es gab keinen Kommentar über mein schönes Kleid oder die schicken Schuhe. Stattdessen glotzte Gregor die Tussen an. Rostows Frauen sollen die schönsten in der Sowjetunion sein. Hier waren sie versammelt und wir mittendrin. Ich hatte mich auf Zweisamkeit inmitten des Trubels gefreut. Noch mal nö.
Gregor hatte seine Kamera in Kostjas Wohnung gelassen, weil ich darauf bestanden hatte, wegen der gewünschten Zweisamkeit. Nun konnte er sich nicht dahinter verstecken und beobachtete mehr oder minder diskret die Damenwelt: „Ich werde doch wohl noch gucken dürfen!?"
Das, was an mir nagte, war keine Eifersucht. Ich war hilflos, traurig, verletzt und in diesem Moment der einsamste Mensch auf dem Planeten. Das Paradies hatte mich verdaut und ausgespuckt. Asylantrag abgelehnt. Hatte Gregor einen Haken hinter mich gesetzt? Noch nutzbar, aber schon mal weitersuchen?
Ich ging an die Bar, setzte mich müde auf einen der freien Hocker und bestellte Wodka. Ich drehte der Tanzfläche den Rücken zu. Beim Theaterstück „Gregor will baggern" wollte ich nicht zuschauen.

Aber wie sagt man: Andere Mütter haben auch schöne Söhne. Und hier war schon mal einer: Igor, nachts Barmann und tagsüber Student der Philosophie. Klar, was sonst. War mir auch egal, er konnte nett plaudern. Nach dem ersten Wodka vermischten sich meine paar Brocken Russisch ganz mühelos mit Englisch und Deutsch. Normalerweise trinke ich so was nicht, nur wenn ich frustriert bin. Und das war ich. Also weg mit dem Scheiß, auf Ex.

Ex war das Stichwort. Mein gefühlt zukünftiger Ex-Freund pilgerte auf meinen Barhocker zu: „Katja, du kannst ja doch Russisch. Frag doch mal die langhaarige Blonde da drüben, ob sie mit mir tanzen will."

„Gregor, wen soll ich fragen? Hier gibt es Hunderte langhaarige blonde Frauen, eine schöner als die andere. Alle austauschbar. Frag doch selber oder schwing deine Hüfte. Blödmann. Ich hau schon mal ab. Bis morgen."

Ich verabschiedete mich von Igor, stand auf und wollte zahlen. Igor wollte mein Geld nicht: „Es ist mir eine Freude, dich einladen zu dürfen. Schick deinen schwulen Freund in die Wüste und suche dir einen anständigen Kerl. Einen, für den du die Schönste bist, na, du weißt schon. Ich bin morgen Nacht wieder hier."

Wieso schwuler Freund? Hatte ich was verpasst? Gregor war merkwürdig und manchmal abartig, aber schwul? So wie der die Tussen anglotzte? Vielleicht fischte er an beiden Ufern und ich als taffes Wesen war für ihn ... ja, was denn? Quatsch, ich war eine kluge und schöne Frau mit einer Schwäche für Kerle, die mich eigentlich nicht wollten. Weil ich dann beweisen musste, dass ich doch die Beste war. Mein Ehrgeiz wurde befeuert und ich dämliches Wesen packte aus meiner Zauberkiste aus. Wieso war ich so?

„Danke, Igor, für deine Einladung. Und für dein Angebot. Sex ist nicht das Problem. Liebe ist das Problem. Der Blödmann weiß gar nicht, was das ist."

Igor schien ein echt netter Kerl zu sein. Er war vielleicht zu wenig Arschloch und somit direkt durch das Raster meines aktuellen Beuteschemas gefallen. Das sollte ich vielleicht mal ändern, vielleicht sollte ich mein Barometer umstellen, mehr auf liebevoll und weniger auf abartig. Aber nicht heute. Für so eine Neujustierung müsste ich definitiv nüchtern sein.

Auf keinen Fall wollte ich Gregor heute loswerden. Der sollte keine von den Tussen abschleppen. Ich schmiss mich an ihn, steckte meine Zunge in seinen Hals, wuselte durch seine wunderschönen schwarzen Haare und schob ihn auf die Tanzfläche. Ich hing wie eine Klette an ihm. Das war MEINER, alle blonden und aufgetakelten Tussen sollten das sehen. Wie ein aufgescheuchtes Weibchen verteidigte ich mein Revier. Mein schräger Auftritt interessierte genau genommen keine. Er blieb ebenso unbeachtet wie Gregors unbeholfene Flirtversuche. Ich war ein Schaf und schoss mit Kanonenkugeln auf noch nicht mal klitzekleine Mini-Spatzen. Scheiße war das peinlich!

„Gregor, ich will nach Hause. Jetzt!"

„Spielverderber! Dazu fällt mir ein, morgen will Kostja mit uns ins Konzert, du weißt doch, dass ich das nicht mag."

„Was magst du nicht?"

„Klassische Musik. Muss ich wirklich mit, das artet doch in Quälerei aus. Ich bleibe zu Hause und spiele mit Nina."

„Was, Doktor?"

„Schach natürlich!"

Am nächsten Abend war definitiv klar, dass Gregor nicht mit ins klassische Konzert kam. Und er wollte auch nicht zu Hause bleiben: „Ich ziehe mit meiner Kamera los und will noch mal in den Club. Das findest du eh blöd. Vielleicht beißt ja eine an."

„Mach doch, was du willst. Gib Igor Mischas Nummer, falls du zu einer anderen ziehst. Und sei nicht dumm und zieh ein Kondom an."

„Wer ist Igor?"

Ich zuckte mit den Schultern und putzte mich raus. Pah, Rostower Schönheiten, die waren mir echt egal. Ich wollte nie wieder so schräg sein wie in der vorherigen Nacht.

Und wenn Gregor eine abschleppte? Irgendwann würde er sowieso mit einer anderen vor mir stehen, sie stolz präsentieren und mich nach meiner Meinung fragen. Ich würde ihn nicht noch einmal fragen, ob er doch mitkommen wollte, heute. Und ich wollte ihm zeigen, was er verpasste. Mein schwarzer Einteiler war der Hammer. Vorne hoch geschlossen, dafür zeigten Rücken, Schultern und Arme viel nackte Haut. Das Ganze wurde von sündhaft teuren Sandaletten komplettiert. Dieses rattenscharfe Teil hatte ich extra für Gregor gekauft. Nun wurde es ohne Gregor ausgeführt. Seine Wirkung verfehlte es allerdings nicht. Fertig angezogen wurde ich von Gregor inspiziert.

„Ist das nicht ein bisschen viel?"

„Findest du? Wenn ich weniger anhätte, wäre ich fast nackt. Nur Frau Chanel, ein String und ich."

Gregor glaubte mir nicht und öffnete den Verschluss meines Hammer-Teils.

„Du hast ja echt nichts drunter! So gehst du ohne mich aus?"

„Dann komm doch mit! Oder was denkst du, könnte passieren?"

Ich wurde ausgiebig geküsst und überlegte kurz, ob ich Gregor nicht einfach weitermachen lassen sollte. Aber nö! Ich zog mich wieder an.

„Nichts natürlich, Kostja geht doch mit dir."

Das war das Stichwort. Es klopfte an die Tür: „Wir kommen zu spät."

„Nein, Kostja, kommen wir nicht, ich bin fertig." Ich schlüpfte noch in meine Sandaletten und schnappte meine schwarze Jacke.

Kostja hatte wieder seine umwerfende Ausgehkluft an. Schwarzes Hemd, Ärmel hochgekrempelt, Kragen weit offen, schwarze Hose und schwarze Slipper. Wir trafen uns im Flur und bestaunten einander.

„Kostja, du siehst gut aus, gar nicht plüschig."

„Und ich bin sprachlos."

„Sag das mal Gregor."

„Katja wird immer schöner, findest du nicht auch?"

„Vielleicht ... Katja, vergiss deine Tasche nicht!"

„Kostja hat alles, was ich so brauche. Viel Spaß beim Mädels gucken."

Die Doppeldeutigkeit war keine Absicht, war mir aber gerade recht. Ich war so sauer, dass er nichts mitkam. Ich hatte den ganzen Aufriss nur für ihn veranstaltet und außerdem hatte Kostja die Konzertkarten bereits gekauft. Seine Frau hatte Dienst und Nina Schule. Also blieb sein Platz leer.

Kostja bemerkte meinen Unmut und setzte sich im Taxi neben mich: „Sei nicht sauer auf Gregor. Es wäre doch viel blöder, wenn er mitkommt, obwohl er keine Lust hat. Freunde sollten sich so etwas nicht antun. Und wir werden heute einen schönen Abend haben, versprochen."

Der Abend wurde wundervoll. Bis zum ersten Ton war das Konzert eine Überraschung für mich. Und bis zum letzten Ton ein Genuss.

„Tschaikowsky, ich danke dir. Schön, dass du daran gedacht hast." Das Konzert war zu Ende und wir liefen mit der zähen Masse aus der Konzerthalle.

„Ich habe gewusst, dass du dich darüber freuen würdest. Willst du jetzt zu Gregor, sollen wir nach Hause fahren?"

„Nein, ich möchte mit dir noch ein Glas Wein trinken."

Kostja kaufte eine Flasche Rotwein, ließ sie entkorken, schwatzte dem Kellner zwei Gläser und eine Decke ab und wir zogen los.

„Wenn du nicht wieder in den Don springst, setzen wir uns ans Ufer und können da ein Glas Wein trinken." Kostja breitete die Decke aus, wir setzten uns und nippten am Wein.

„Wieso kaufst du eine ganze Flasche?"

„Du Dummerchen, wie soll der Wein sonst an den Don kommen?"

„Auch wieder wahr. Übrigens, ich kann heute gar nicht in den Don springen. Nicht in diesem blöden Fummel. Und um das nackt zu tun, dafür sind hier definitiv zu viele Leute."

„Aber du bist sehr anziehend, in deinem ‚blöden Fummel'. Wenn ich dich nicht schon mögen würde ..."

„Und damals, am Strand, hast du mich da auch gemocht?" Diese Frage hatte sich so in mein Hirn gebrannt, ich musste sie einfach loswerden.

„Ja, natürlich! Sehr."

„Und ich mochte dich auch sehr, damals am Strand. Schon im Zug nach Rostow hast du mich verzaubert, in der Nacht, als ich nicht einschlafen konnte und dir zuhörte. Du hast mir vom rauschenden Meer erzählt ...“
„Ich weiß.“ Wir hingen unseren Gedanken nach, keiner mochte etwas sagen. Und dann doch: „Auch ich wollte das, wollte dir zeigen, was Liebe zwischen Mann und Frau bedeuten kann. Aber du warst eben noch keine Frau. Und Sex hätte doch alles zerstört, das konnte ich nicht zulassen, weil ich dich sehr mag.“
„Du warst so vertraut und bist es irgendwie immer noch und wieder. Warum weißt DU, was ich fühle und wer ich bin? Du hast mir schon gezeigt, was Liebe bedeutet. Das tust du auch jetzt, ganz selbstverständlich. Im Zug, im Taxi, zu Hause und hier. Und mit dir fühle ich mich nie klein und dumm. Ich finde keine Worte, die das beschreiben.“
„Weißt du, ich liebe meine Mascha wirklich sehr. Sie ist klug, warmherzig und schön, sie ist die Mutter meiner Tochter. Und ich fühle mich mit dir verbunden und mag dich. Irgendwann wird es vielleicht eine Zeit für uns geben, sicher nicht mehr in diesem Leben. Und klein und dumm? Das warst du für mich nie.“
„Du glaubst an Wiedergeburt, an ein Leben nach dem Tod?“
„Ein Leben? Viele Leben. Warum sind wir uns so vertraut, obwohl wir kaum Zeit miteinander verbringen? Warum weiß ich, was du gerade denkst und fühlst? Somit kann unser Zeitverständnis nicht der entscheidende Faktor sein.“
„Und was ist es dann?“
„Kluge Frage. Lass uns zurückreisen. Ich glaube an ein Bewusstsein, das die Entstehung unseres Universums verursacht hat. Alles war eine Einheit und als solche in diesem Bewusstsein enthalten. Dann hat sich alles innerhalb kürzester Zeit ausgebreitet, Raum und Zeit und alle Möglichkeiten sind entstanden. Und trotzdem blieb alles verbunden. Die Energie, alle Grundlagen aus denen wir gemacht sind, existieren seit der Geburt des Universums oder noch viel länger. Wir sind Möglichkeiten aus diesem Bewusstsein, manifestierte Möglichkeiten.“

„Wer entscheidet dann, welche Möglichkeiten real werden und welche nicht? Und wohin verkrümelt sich das Bewusstsein, wenn es keine Möglichkeiten mehr sind?“
„Du bist das Bewusstsein, es ist auch in der Luft, im Wasser, in jedem Stein, in mir, alles lebt durch das Bewusstsein. Vielleicht können wir es mit den Händen greifen oder atmen oder sehen. Manche nennen es Gott oder ordnen es einem der großen Avatare zu. Ich nenne es Liebe.“
„Dann entscheide immer ich? Ich bin das Bewusstsein?“
„Ja.“
„Dann ist alles möglich?“
„Ja, alles. Alles, was du für möglich erachtest. Wenn es keine Zweifel mehr gibt, nur noch ein ‚ES IST‘ – dann ist alles möglich.“
„Dann treffen wir uns wieder, irgendwann, später oder früher. Es ist möglich, weil wir verbunden sind? Irgendwie verwirrend.“
„Aber das eröffnet dir doch neue Perspektiven?“
„Das ist absolut schräg, unglaublich, verwirrend und wundervoll. Wir können alles haben? Liebe, Frieden, Freiheit? Alles? Wir müssen uns nur entscheiden? Und wenn wir uns falsch entscheiden? Was machen wir dann?“
„Vielleicht können wir aufhören, in Kategorien wie falsch und richtig, gut und böse zu denken. Vielleicht gibt es deshalb nie wirklich Frieden. Also Frieden, nicht die Zeit zwischen zwei Kriegen.“
„Jetzt verstehe ich gar nichts mehr.“
„Doch, du hast das schon verstanden. Du musst das nur wirken lassen. Irgendwann sagst du: ‚Aha, so ist das also.‘“
„Aha, im nächsten Leben sage ich dir, ob’s bei mir funktioniert hat.“
„Genau.“
Ich dachte über das eben Gehörte nach. Ob ich das je verstehen würde, war mir unklar. In dem Maße, in dem ich es mit dem Kopf nicht verstehen konnte, wurden meine inneren Freunde geweckt, rissen ihre Ärmchen nach oben und schrien: „Juchhuuu, ENDLICH sagt einer ihr mal, wie die Kiste hier funktioniert!“

Ich hatte bis zu diesem Moment keine Ahnung von der Existenz meiner inneren Freunde gehabt. Waren die schon immer da gewesen? Aber warum konnte ich die jetzt plötzlich hören? Ich war komplett verwirrt.
Mein kluger Freund riss mich aus meinem Gedankensalat. Er stand auf, knöpfte sein Hemd auf und zog sich bis auf die Unterhose aus. Das Ganze kommentierte er mit: „Der Don wäre enttäuscht, wenn keiner von uns beiden reinspringt." Und schon war er verschwunden.
„Kostja, komm wieder raus. Oder muss ich mit dir schimpfen wie mit Nina. Komm raus oder ich muss dich rausfischen!"
Musste ich nicht. Kurze Zeit später stand er wieder vor mir, dieses Mal aber triefend nass.
„Sind der Don und du jetzt zufrieden?"
„Fast." Er schloss mich in seine Arme und küsste mich, anfangs sehr zärtlich, dann versank ich in einem Strudel aus Tausenden funkelnden Lichtblitzen. Seine Hände wanderten auf meinem Rücken südwärts und ich umschlang ihn. In diesem einen Moment waren wir losgelöst von Zeit und Raum. Dieser eine Moment war überirdisch und unbeschreiblich schön. Und im nächsten Moment standen wir wieder am Ufer des Dons.
„Jetzt ist er zufrieden, der Don. Und ich bin es auch. Das musste sein. Ich weiß jetzt, dass du herb und süß schmeckst, gleichzeitig. Jetzt weiß ich das. Dafür danke ich dir."
„Und du hast ihn mir geschenkt, den Don – und dich."
„Ja."
„Und du bist fast trocken, dafür sind meine Klamotten nass."
„Das macht doch nichts. Das bisschen, was du anhast, trocknet doch schnell wieder."
„Was habe ich doch für einen scharfsinnigen Freund."
Kostja zog sich an. Ich verabschiedete mich vom Don und ließ den Zauber dieses Augenblickes los. Es tat einen kurzen Moment weh, aber das festzuhalten zu wollen, wäre unmöglich und somit sinnlos gewesen. Und es schien mir nicht richtig.

„Es kann nur fließen, wenn du es loslässt. Das Glück kannst du nicht festhalten und die Liebe auch nicht. Je mehr du es teilst und freigibst, umso mehr wird dir geschenkt. Das ist die Magie des Lebens. Ist doch ganz leicht, oder?“
„Wieso weißt du das alles?“
„Erinnerst du dich nicht? Plejaden? Vierter Stern links? Ich war der im schwarzen Hemd. Die wirklich wichtigen Sachen habe ich von dir gelernt.“ Dabei lächelte er mich an, legte seinen Arm um meine Schulter und lief mit mir zum nächsten Taxi.
Es war unheimlich und tröstlich zugleich. Dieser Mensch sah mich wirklich und gab Antworten auf nicht gestellte Fragen. Ich war verwirrt und stand mit meinen Gedanken am Abgrund. Aber da ist ja bekanntlich die Aussicht am Schönsten.

Mit uns ging auch die Nacht nach Hause. Gregor erwartete uns schon: „Da seid ihr ja, ich hab mir schon Sorgen gemacht. Ist was passiert?“
Kostja antwortete für mich: „Nein, das musst du nicht, dir Sorgen machen! Ich bin doch da. Nach dem Konzert haben wir uns eine Flasche Wein gegönnt, am Ufer des Dons. Und wir sind durchs Universum gereist und die Zeit ist stehengeblieben. Oder meine Uhr? Deine Freundin ist eine sehr kluge Frau, das solltest du wissen. Ich gehe jetzt schlafen, das solltet ihr auch tun.“
Er verschwand in seinem Zimmer.
„Was hat Kostja denn für einen Auftrag?“ Eine kluge Frage von Gregor.
„Einen ganz besonderen, glaub ich. Und du? Hattest du einen schönen Abend?“
„Ach, ich weiß nicht. Alleine war es doch langweilig. Mit dir macht sogar Frauen angucken mehr Spaß.“
„Ja, aber nur, bis du dich neu verliebst.“
Gregor war eben Gregor. Er lebte heute und fragte nicht nach morgen, nächster Woche oder dem nächsten Jahr. Und ich wollte planen, Sicherheit haben und mich an Gregor festhalten können. Ich wollte mit den

Füßen auf der Erde stehen und Gregor hob die Arme in den Himmel und ließ sich treiben. Beides hätte sich vereinen lassen und ich hätte alles haben können. Ich hätte nur meine Liebe zu Gregor ‚loslassen' müssen, mich einlassen auf das, was war, statt mich an meiner Vorstellung davon festzuklammern, wie es in meinen Augen hätte sein sollen. Dann hätte Gregor mir seine Liebe vielleicht schenken können – auf seine Weise. So einfach wäre das gewesen. Doch ich hatte davon keine Idee, keine Ahnung. Ich glaubte, die zu sein, die stärker liebte, mehr Gefühl investierte. Ich ging immer davon aus, dass Gregor sich mit mir geirrt hatte und mich irgendwann fallen lassen würde. Wie bescheuert war das? Ich hatte die Liebe messen wollen. Aber Liebe ist kein Investment, mit Zins und Zinseszins.

„Du bist doof. Ich mag dich sehr! Oder weißt du das etwa nicht?" Damit hatte Gregor alles an Nettigkeiten über mich ausgeschüttet, was er geben konnte. Nur ich konnte das damals nicht begreifen.

Die nächsten Tage verbrachten wir noch zusammen. Wir fuhren wieder zu dritt nach Sotschi und Pizunda. Wir gammelten am Strand, besuchten Klöster, fuhren Tretboot, schlenderten über die Märkte. Die Jungs spielten Schach und gingen manchmal mit mir schwimmen. Die Strandbars lockten mit ihren Köstlichkeiten und ich verbrachte viel Zeit mit meinen neu entdeckten inneren Freunden.

Die Nächte verbrachte ich ausschließlich mit Gregor, am Strand oder in Saschas Wohnung. Und ich lebte nur heute, das Morgen wohnte auf einem anderen Stern, Lichtjahre entfernt.

So gingen der September und unser gemeinsamer Urlaub dahin. Wir flogen zurück nach Berlin, Gregor fuhr mich nach Hause, um am nächsten Tag wieder zu entschwinden.

Das Morgen hatte mich wieder.

AUGUST 2015

September 1990 – das „Morgen" von damals ist nun schon fast genau fünfundzwanzig Jahre Geschichte. Und eben habe ich zum ersten Mal nach einem Vierteljahrhundert Pause mit Gregor telefoniert. Ich weiß gerade gar nichts mehr. Und was ich fühle? Es fühlt sich sehr ambivalent an. Sehr spannend.

Da ist immer noch eine selbstverständliche Vertrautheit. Ich habe mich nicht eine Sekunde fremd gefühlt. Als hätten wir gestern erst telefoniert und davor vorgestern. Will ich Gregor wiedersehen? Na klar, was denn sonst. Ich bin so neugierig, wer er jetzt wohl ist. Würde ich ihn wiedererkennen? Und er mich?

Auf der anderen Seite hatte es einen guten Grund, dass ich vor fünfundzwanzig Jahren die Kurve gekratzt habe. Genau genommen waren es zwei Gründe gewesen: Gregors arschiges Verhalten und Markus, mein Nordlicht.

OKTOBER 1990

Nach unserem Urlaub begann mein Praktikum in Bremen. Das erste Mal war ich allein so weit weg von zu Hause. Ich wohnte in einem kleinen Hotel in Seehausen, mitten in der Pampa, sehr ländlich und fast schon einsam. So sollte es von Oktober bis Mitte Dezember bleiben.

Ich schnupperte in einen mittelständischen Großhandelsbetrieb, familiengeführt und seit Ewigkeiten im Geschäft, solide Kaufmannsleute. Und ich sollte den Betrieb kennenlernen.

Ich durchlief die verschiedenen Abteilungen. Alles relativ easy, bis auf die Buchhaltung und das Controlling. Ich hatte null Ahnung, wozu der ganze Aufriss gut sein sollte. Hier kam Carsten zum Einsatz, Sohn der Inhaberfamilie, mitten in den Zwanzigern, charmant, gut aussehend und Ziel der Begierde meines Opas, der mich mit Carsten verkuppeln wollte. Opas Spruch: „Denk mal an den Nutzen für uns alle …“

„Carsten, ob ich das hier lese oder du Chinesisch mit mir sprichst, ich weiß noch nicht mal im Ansatz, was das soll. Und ich bezweifle, dass ich das je begreifen werde.“

„Genau deshalb habe ich dir das mitgebracht, ein Buch über die Grundlagen der Buchführung. Aus meinem Fundus. Vielleicht hilft das weiter. Lies das und frag mich. Aber erst nach dem Mittag.“

Er schnorrte ungeniert meine Kippen und ging mit mir zum Essen. Mit Carsten zu essen und zu plaudern, war lustig. Aber Tiefgründiges war dem netten Sunny-Boy nicht zu entlocken. Machte auch nichts. Wir kamen nicht einmal in die Nähe eines Funkens, der hätte überspringen können. Ich war für Carsten so attraktiv wie ein Brötchen und Carsten für mich wie mein Bruder. Gruselige Vorstellung! Opa, leider keine Synergieeffekte! Und überhaupt nicht schade. Ich liebte doch Gregor!

„Morgen ist Feiertag, du weißt schon, Buß- und Bettag.“ Nein, ich wusste das nicht, ließ mich aber gern von Carsten aufklären. „Meine Mutter veranstaltet ein Kohlessen. Es kommen fünfzig Leute zu Besuch, deine Eltern übrigens auch. Ich hole dich morgen früh ab, du feierst mit uns und bekommst eins der Gästezimmer für die Nacht. Weißte Bescheid?"

Jo, alles klar! Carsten holte mich ab, seine Freundin, eine echte Sahneschnitte, saß schon im Auto und wir rasten zu seinen Eltern, ans andere Ende der Stadt. Carsten und die Sahneschnitte verschwanden im Nirwana, im Wellnessbereich des Hauses. Wobei Haus etwas untertrieben war, Palast traf es besser. Ein Palast auf einem Anwesen, das groß genug war, um mehrere Gärtner zu beschäftigen.

Ich traf auf die Hausherrin und ihre Mutter und wurde vorgestellt: „Mutti, das ist Katja. Die junge Dame aus Dresden, die ein Praktikum bei uns absolviert – und das ist meine Mutti, Mina Bremer."

Frau Bremer war ungefähr im Alter meiner Großeltern. Eine kleine, zarte Frau in einer Kochschürze.

„Schön, dass du da bist. Ich koche heute für euch. Kommst du mit in die Küche? Willst du mal in die Töpfe schauen?"

Klar wollte ich. Eine nette ältere Dame am Herd, das erinnerte mich stark an meine Oma. Und ein bisschen Heimweh hatte ich schon. Frau Bremer nahm mich unter ihre Fittiche: „Kochst du zu Hause auch?"

„Nee, das macht meine Oma, die kocht für alle. Ich arbeite normalerweise bei meinen Eltern im Betrieb. Da bin ich froh, wenn's mittags was Anständiges gibt."

„Das bekommst du heute. Schau, die Hochzeitssuppe habe ich schon gestern gekocht. Kohl, Pinkel, Kochwurst und Kasseler sind hier, da die Kartoffeln. Rote Grütze und Vanillesoße kühlen schon ab. Wenn du mir helfen willst ..."

„Klar, das mache ich gerne. Sie müssen mir aber ..."

„Nicht Sie. Ich heiße Mina. Wenn du Sie zu mir sagst, dann denke ich, dass ich alt bin."

Es klingelte und der Nächste kam in die Küche. Eine männliche und jüngere Ausgabe der Chefin kam mit einem kleinen Jungen auf dem Arm um die Ecke: „Moin, Mutti, das riecht aber gut. Ist schon was fertig?"

„Nimm deine Schnute aus dem Topf! Wir haben schon Besuch. Das ist Katja. Katja, das sind mein Sohn Markus und mein jüngster Enkel Basti."

Wir begrüßten uns, Markus schnorrte eine Kippe von seiner Mutter, setzte sich mit uns an den großen Küchentisch, schnackte mit mir und inhalierte die Zigarette.

Ich bekam Basti auf den Schoß gesetzt und Markus verdrückte einen Teller Kohl mit Pinkel.

„Ich muss wieder los, Basti will unbedingt noch Esel gucken im Bürgerpark. Vielleicht sehen wir uns mal! Macht's gut, bis dann." Und weg waren die zwei.

Meine Eltern kamen in dem Moment, als Markus und Basti verschwanden. Der Abend wurde opulent. Nach dem Essen kamen Espresso und Aquavit auf den Tisch. Ich verdrückte mich zu Mina in die Küche. Sie saß am großen Küchentisch. Ich habe noch nie jemanden zufriedener eine Zigarette qualmen sehen.

„Willst du?", fragte sie und schob mir die Kippen und das Feuerzeug zu. Die Zigaretten waren in dieser Familie ein sozialistisches Gut. Es schien in dieser Beziehung keinerlei Privateigentum zu geben. Wer welche dabeihatte, der ließ andere mitrauchen, und wer keine hatte, der schnorrte sich durch.

Carsten schnorrte immer und gerne bei mir. Wie mein Bruder Udo, der verleibte sich auch gern meine Sachen ein, am liebsten meine Kohle. Natürlich nur leihweise, aber wiedergesehen habe ich davon nie etwas. Das war auch der Grund, warum ich auf Menthol umgestiegen war. Alle schauten angeekelt auf die Packung und schüttelten den Kopf, alle außer Carsten. Mina rauchte auch Menthol.

Ich nahm dankend an und lehnte mich an den Küchenblock in der Mitte der Küche.

„Wieso bist du noch in der Küche und hast nicht mit uns gegessen?"

„Also, wenn du den ganzen Tag kochst, hast du abends einfach keinen Appetit mehr. Ich hatte eben ein Marmeladenbrot."

„Stimmt, manchmal tut ein Kontrast gut. In der Bäckerei habe ich auch gerne eine Wurstsemmel gegessen, direkt nach der Streuselschnecke und vor den Petits Fours."
„Ich koche lieber, so frei nach Schnauze, ohne Rezept, weißt du."
„Klar, ist kreativer. Macht meine Oma auch so. Die guckt in den Kühlschrank und zaubert dann."
„Da hast du eine prima Oma."
„Stimmt, sie ist ein bisschen wie du."
Wir plauderten, räumten dabei die Spülmaschine ein und schrubbten die Töpfe, den Rest würde morgen die Haushaltshilfe erledigen. Ich brachte Mina noch zu ihrem Auto.
„Tschüss, mien Deern, pass gut auf dich auf. Arbeite nicht nur, das Leben soll auch Freude bereiten."
„Mach's gut, Mina. Ich versuch's! Komm gut nach Hause."
Drinnen wurde ich bereits vermisst und es wurde noch ein schöner Abend. Ich feierte noch mit den anderen, verschwand erst am frühen Morgen in meinem Zimmer, ignorierte mein Buch und schlief sofort ein. Meine Eltern traf ich noch zum Frühstück im Hotel, sie düsten am nächsten Tag nach Hause.

NOVEMBER 1990

Bremen war eigentlich doch ganz schön. Und es könnte noch schöner werden, denn Gregor wollte mich am Wochenende besuchen.
Es war ein klarer und frostiger Samstagmorgen, mitten im November. Es roch schon nach Winter. Ich verließ mein kleines Hotel in Seehausen. Meine Mitfahrgelegenheit sammelte mich ein. Wir fuhren in die City. Ich wollte mich am Roland mit Gregor treffen, wartete aber am Parlamentsgebäude, da ich nicht die Erste am Treffpunkt sein wollte. Gregor hatte mich bereits entdeckt.
„Mensch, Gregor, ich freue mich so, dich zu sehen. Ich hab dich sooo vermisst."
„Du siehst so anders aus, du bist anders und du klingst auch anders. So norddeutsch."
„Freust du dich gar nicht?" Mein Sächsisch war tatsächlich schnell dem speziellen Bremer Slang gewichen. Aber sonst hatte sich nicht viel verändert. Na gut, ich war vielleicht selbstbewusster geworden. Fiel ihm das auf?
„Doch. Ich freue mich, dich zu sehen."
Ich küsste ihn und zog mit ihm weiter. Wir spielten Touristen und streiften durch die Böttcherstraße, den Schnoor, das Viertel und zurück an der Weser entlang wieder zum Roland und in den Ratskeller. Ich wollte Gregor unbedingt schick zum Essen einladen. Sonst hatte Gregor immer alles bezahlt. Das musste sich ändern. Er kam mich besuchen, in meiner Stadt. Klar war Bremen nicht wirklich meine Stadt, aber ich war schon über einen Monat hier und fühlte mich zu Hause und erwachsen.
Nach dem Essen gönnte ich mir einen Kaffee und eine Kippe.
„Seit wann rauchst du?"
„Meine erste Zigarette habe ich auf dem Schulhof geschnorrt. Ich war vielleicht fünfzehn und wollte kein Baby mehr sein. Gruppenzwang. Je-

denfalls habe ich mir da fast die Lunge aus dem Hals gekotzt. Na ja, ich denke, mein Konsum hält sich in Grenzen. Zum Kaffee oder zum Rotwein rauche ich schon ganz gern mal."

„Ich mag keine Raucher. Und auch keine Raucherinnen."

Wieso reduzierte er einen Menschen aufs Rauchen? Schwachsinn. Außerdem sollte der sich mal nicht so anstellen. Er möchte auch keine mit kurzen Haaren und keine mit strammen Schenkeln und auch keine selbstbewussten Frauen. Und trotzdem besuchte er mich in Bremen und war gerne in meiner Nähe.

„Und ich mag keine Meckerfritzen."

Gregor schwieg. Das war sehr seltsam und ich fühlte mich nicht wohl dabei, sagte aber ebenfalls nichts. Dieser Tag verlief nicht nach Gregors Geschmack. Hatte das was mit mir zu tun?

Er fuhr mich ins Hotel und brachte mich nach oben in mein Zimmer.

„Willst du bleiben?" Was für eine doofe Frage. Ich hatte mich schon die ganze Zeit darauf gefreut, mit Gregor allein sein zu können.

„Ach, ich weiß nicht."

Was für eine Scheiß-Antwort! Ich freute mich über jede Stunde, die uns geschenkt wurde und er? Ach, er wusste es nicht?

„Dann fahr vorsichtig. Rufst du mich an, wenn du zu Hause bist?"

„Nein." Er küsste mich. „Ich bleibe hier."

Er ging ins Bad und ich hörte kurz darauf die Dusche rauschen. Ich folgte ihm und betrat ebenfalls die Duschkabine. Ich nahm das Duschgel und fing an, ihn einzuschäumen. Meine Hände streichelten ihn sanft. Er drehte sich zu mir, um das Shampoo auf meinem Körper zu verteilen. Seine Hände umfassten meine Brüste und spielten mit meinen Brustwarzen. Seine Lippen folgten seinen Händen. Das warme Wasser rann über unsere Körper. Ich musste grinsen.

„Lachst du mich aus?"

„Nicht ganz. Ich musste grad an unser erstes gemeinsames Duscherlebnis denken. Ich wollte eigentlich nach Hause fahren. Wir waren schon blöd. Zu blöd zum ... na, du weißt schon ..."

„Zum Kondom anziehen? Das kann uns heute nicht passieren. Ich hab keins dabei.“
„Wie, jetzt? Du kennst aber schon die Geschichte mit den Bienchen und den Blümchen? Kleine Gregors passen grad gar nicht.“
Gregor sagte nichts und stieg aus der Dusche. Ich blieb, wo ich war. Gregor kam wieder ins Bad, schnappte sich ein Handtuch und trocknete mich ab. Das Handtuch war Nebensache, seine Hände liebkosten mich – und brachten die mahnenden Stimmen in mir schnell zum Schweigen. Noch mindestens zwei Tage bis zur empfängnisbereiten Zeit sollten gefahrlos genügen. Ich ließ mich von Gregor ins Bett tragen.
Er ließ sich unendlich viel Zeit, das war neu und steigerte meine Lust. Und als es fast nicht mehr schöner werden konnte, hörte er auf und fragte mich, ob er so ohne Kondom mit mir … Er wartete, bis ich ihn aufforderte, auch das war neu, ebenso wie gleichzeitig einen Höhepunkt zu haben.
Wir schliefen in meinem Bett, eng umschlungen wie ein Knäuel Wolle. So wachten wir morgens auch wieder auf.
„Ich habe von dir geträumt. In meinem Traum habe ich mit dir geschlafen. Immer wieder. Du konntest gar nicht genug von mir bekommen und ich auch nicht von dir.“
Oh, Gregor hatte von MIR geträumt. Ich übrigens auch von ihm, aber mein Traum hatte nichts mit Sex zu tun gehabt: Wir waren schon alt gewesen und auf der Weser gepaddelt. MEINEN Traum behielt ich für mich.
Ich lag immer noch neben ihm, in seinen Armen. Das war das letzte Mal, dass wir uns so nahe kamen.

Den Tag verbrachten wir noch zusammen. Die Sonne schien und nur kleinste Wölkchen zeigten sich, um direkt wieder zu verschwinden. Gregor fuhr mit mir nach Worpswede, eine ehemalige Künstlerkolonie im Bremer Umland. Wir schlenderten durch die Galerien und ich genoss den schönen Tag und Gregors Anwesenheit.

„Weißt du, wir sind nun fast ein Jahr zusammen. Silvester sind wir zusammengekommen. Da wäre es doch eine gute Idee, wenn wir uns Silvester wieder trennen. Ein ganzes Jahr ist wirklich ausreichend. Lass uns doch einfach Freunde bleiben", sagte er plötzlich aus heiterem Himmel. Ich sagte dazu nichts. Ich war so getroffen und verletzt. Nichts hätte in diesem Moment schlimmer sein können. Wieso kündigte er so was an und wieso wollte er mich leiden sehen? Gerade noch hatten wir uns geliebt. Wir hatten uns gegenseitig verschenkt und ich hatte ihn praktisch noch in mir. Und jetzt warf er das weg? Und wollte mein Freund sein? Das Wild wird erschossen, verarbeitet und gut. Kann man mögen oder nicht. Ich jedoch fühlte mich angeschossen, auf dem Haken hängend, ausblutend und mein ausgestopfter Kopf hing als Trophäe über seiner Eingangstür, sodass jeder sehen konnte: Die habe ich zur Strecke gebracht.

„Gregor, so machen wir das. Sicher hast du Recht. Bist du jetzt bitte so reizend und fährst mich zurück?"

„Wir wollen doch noch ins Café. Ich fahre dich später ..."

„Nein, du fährst mich jetzt ins Hotel zurück!"

„Ist dir nicht gut?"

Der Kloß in meinem Hals war einfach zu dick, Worte passten da nicht mehr durch. Und wenn, hätten die das Ventil der Tränendrüsen geöffnet. Und das musste ich verhindern. Meinen Schmerz wollte ich nicht teilen. Nicht mit Gregor. Nicht mehr mit Gregor. Keine Emotionen.

Ich sagte also nichts, zuckte nur mit den Schultern, vergrub meine Hände in meinen Taschen, drehte mich um und lief zum Auto.

Es hätte schön werden können in Worpswede. Nun mochte ich den Ort nicht mehr.

Gregor tat, wie ihm befohlen, und fuhr mich ins Hotel, um anschließend selbst nach Hause zu fahren. Ich wollte einfach nichts mehr fühlen. Es war, als würde ich einen Teil von mir amputieren und sterben lassen.

Ich küsste ihn zum Abschied mit der Gewissheit, dass das Gestern vorbei war. Würde ich morgen aufwachen und hätte einfach nur schlecht

geträumt? Oder war die Realität doch einfach nur grausam. Würde es wiederkommen, das schöne Gestern? Würden Gestern und Gregor irgendwann grinsend vor meiner Tür stehen: „Ha, ha, reingefallen – versteckte Kamera!“ Der Blödmann hat in der Tat einen schrägen Humor und manchmal nicht alle Latten am Zaun, aber darüber riss doch selbst Gregor keine Witze.
Mir wurde schlecht. Gregor war verschwunden und ich umarmte das Klo. So krank und einsam hatte ich mich schon lange nicht mehr gefühlt. Alles, was mir zu diesem Zeitpunkt wirklich etwas bedeutete, floss die Weser stromabwärts. Wie sollte ich mit Gregor befreundet bleiben können? Mit ihm zu sprechen, ihn zu treffen und ihn nicht mehr lieben zu können? Nur mit einem Stückchen Gregor zufrieden sein zu müssen? Nein, ich konnte nur ganz oder gar nicht, barfuß oder Lackschuh.

Ich kam nicht zum Grübeln, ich hatte zu tun. Eine Messe wollte vorbereitet werden. In den nächsten Tagen stand Warnemünde auf dem Plan. Mir war das sehr recht.
Von Warnemünde selbst bekam ich in der Tat nicht viel mit. Am ersten Abend räumten wir die Messestände ein, es gab ein gemeinsames Abendessen. Ich hatte keine Lust, nach dem Essen noch irgendwas zu unternehmen. Die Müdigkeit floss wie flüssiges Blei durch meine Glieder und ich verschwand früh in meinem Zimmer.
Messearbeit war komplett neu für mich. Neu und spannend. Ich mixte die Cocktails für die Besucher. Die meisten waren echt nett und wollten ein wenig plaudern. Es gab ein paar harmlose Flirtversuche, die ich eher lustig fand. Und einer wollte mich für den Abend buchen, als Messehostess – es blieb beim Wollen, meine Ansage war deutlich, so sehr, dass ich mal wieder vor mir selbst erschrak. Ich ließ mich doch nicht abschleppen!
In meinen Pausen ließ ich mich am Kaffeestand blicken. Die Droge meiner Wahl wurde von Markus ausgeschenkt, dem Bruder der Chefin, doch dieses Mal tauchte er ohne seinen Sohn auf.

„Du trinkst ja noch mehr Kaffee als ich." Markus war ehrlich beeindruckt.
„Die Alternative wäre mein Cocktailmix. Davon schaffe ich nicht mehr als einen, wenn ich zurechnungsfähig bleiben soll. Dass die Leute sich damit schon vormittags die Birne vollknallen ... Nee, lass mal, dein Kaffee ist schon lecker. Der Tag wird lang und ich bleibe fit."
„So soll es sein."
„Ich muss dann mal wieder ... alkoholische Getränke mixen. Wir sehen uns ..."
„Heute Abend an der Hotelbar? So gegen neun?"
„Warum nicht!" Ich wollte nicht schon wieder nach dem Essen direkt im Bett verschwinden. Ein bisschen Unterhaltung konnte mir nicht schaden, ich würde zur Abwechslung auf der anderen Seite des Tresens sitzen und schließlich war es der letzte Tag, am nächsten Morgen stand nur noch die Rückreise an.
Außerdem macht der Mann einen sympathischen Eindruck und sah nicht aus wie ein Mädchen. Blonde Haare, strahlend blaue Augen, breite Schultern, schöne Hände. Beim Lachen strahlte sein ganzes Gesicht. Und mir gefiel seine angenehme, tiefe, männliche Stimme. Er hörte zu. Wenn er was sagte, dann passte das wie Arsch auf Eimer. In der Freizeit lief er in Jeans und T-Shirt rum, während der Messe trug er einen Anzug und ein dunkles Hemd. Hossa! Die Tochter meiner Mutter war ehrlich beeindruckt. Extrem beeindruckt.

Markus versetzte mich. Er lief an der Bar direkt an mir vorbei, schnurstracks auf seinen Kollegen zu, setzte sich zwei Plätze neben mich und trank Gin-Tonic. Aha.
Irgendwann bemerkte er mich. Er sah mich an, stand auf und stellte sich neben meinen Barhocker: „Ich bin ein Idiot!"
„Stimmt."
„Kann ich das irgendwie wiedergutmachen?"
„Nein."
„Schade, kommst du trotzdem mit?" Er reichte mir seine Hände, zog

mich vom Barhocker und ging mit mir nach draußen. „Es tut mir wirklich leid, ich habe dich nicht gesehen. Verzeihst du mir?"
„War es denn wichtig?"
„Wie, wichtig? Ach, du meinst, weil ich noch was zu klären hatte? Nein, das war nicht wichtig."
„Wenigstens erzählst du mir keinen Schwachsinn."
„Das würde ich nie tun. Willst du an den Strand?"
„Ja, nachts am Strand, das ist der pure Luxus."
Wir schlenderten am Ufer der Ostsee entlang. Der Mond ließ das Meer glitzern und lag wie ein Silberstreifen auf den rauschenden Wellen. Die Nacht war klar und trotzdem für Ende November noch recht mild. Es roch nach Meer.
Wir liefen schweigend nebeneinander her. Ich fand das sehr schön. Manchmal macht Quatschen einfach alles kaputt. Die Nacht umarmte mich und spendete Trost. Ich dachte an Gregor und an Silvester, das Vergangene und das Kommende.
Irgendwann schob sich Markus' Hand in meine. Gregor und Silvester verschwanden. Markus blieb stehen und nahm sich noch meine andere Hand. Der Mond beleuchtete die Szene. Wir sahen uns eine kleine Ewigkeit an, dann kam Markus näher und küsste mich. Ich war erstaunt, der Kuss war Frage und Antwort gleichzeitig.
„Ich wollte dich nicht überfallen, aber fragen wollte ich auch nicht."
Ich blieb stumm. Er legte seinen Arm um meine Schulter und wir liefen schweigend weiter. Aber nicht lange.
„Was ist denn mit Bastis Mutter? Weiß die, dass du fremde Frauen küsst?"
„Nein, aber das wäre ihr auch völlig egal. Wir leben schon lange nicht mehr zusammen."
„Und Basti?"
„Der ist jedes zweite Wochenende bei mir."
Wir liefen schweigend weiter, dann ergriff ich Markus' Hand und blieb stehen. Ich stellte mich auf die Zehenspitzen und küsste ihn.

„Ich wollte auch nicht fragen. Und außerdem …"
Ich kam nicht weiter. Wir standen eng umschlungen am Ufer und küssten uns. Es gab uns, das Wasser, die Wellen und die Nacht. Es dämmerte bereits, als ich gefragt wurde: „Und du, so weit weg von zu Hause, kommt dein Freund dich wenigstens besuchen?"
„Hat er. Ich weiß aber nicht, ob er noch mein Freund ist."
„Willst du mehr erzählen?"
„Nein. Ich weiß es nicht. Das letzte Mal, als er da war, wollte er sich von mir trennen. Also, noch nicht, aber er hat es für Silvester vorgesehen."
„Bitte? Noch mal – für Blöde. Dein Freund will sich von dir trennen, in einem Monat, das weiß er heute schon. Und bis dahin will er noch dein Freund sein? Wie geht das denn?"
„Ich habe keine Ahnung."
„Ist dein Freund geistig irgendwie nicht ganz fit? Blind? Ein Hellseher? Oder einfach nur dämlich?"
„Gregor ist weder blind noch doof, denke ich. Wir kennen uns schon eine Weile, er studiert in Hannover und wir sehen uns nur sporadisch. Beim letzten Besuch hatte er diese grandios bescheuerte Idee mit der Trennung und ich habe keine Ahnung, was das soll. Ich habe ihn einfach nur geliebt und geglaubt, er liebt mich auch."
„Dein Freund muss komplett bescheuert sein. Eine Frau wie dich lässt man doch nicht einfach weiterziehen. Vor allem dann nicht, wenn man von dir geliebt wird."
„Du, Markus, ich bin auch blöd, meine Füße sind nass!"
„Meine auch! Und es wird bald hell. Lass uns zurücklaufen. Vielleicht können wir uns noch eine Weile aufs Ohr hauen."
„Ja, irgendwie bin ich müde, glaube ich, und verwirrt. Ich will nur noch schlafen."
Wir liefen ins Hotel zurück, Markus brachte mich noch bis zu meiner Zimmertür und küsste mich. „Bis nachher, schlaf gut."
Ich befreite mich aus meinen Klamotten und den nassen Schuhen, ging unter die Dusche und schlief bereits, ehe mein zweites Bein im Bett war.

Das Zimmertelefon weckte mich. Markus war dran: „Guten Morgen. Geht es dir nicht gut, willst du nicht frühstücken?"
„Doch, ich bin in fünf Minuten unten"
In Windeseile machte ich mich fertig und sinnierte dabei über den Abend. Mit Markus fühlte sich die Welt anders an. Ganz selbstverständlich verzaubert und großartig. Vertraut und sicher. Ich musste nicht die großartige, kluge und witzige Katja spielen. Einfach nur Katja war genug.
Alle Aussteller saßen bereits an der Tafel, als ich mich zu Markus setzte.
„Ich bin noch so müde."
„Verstehe ich. Kaffee?"
Ich nickte. Außer Kaffee wollte ich eigentlich nichts, quälte mir aber doch ein Käsebrötchen und ein Ei zwischen die Kiemen.
„Ich muss noch meine Sachen packen", entschuldigte ich mich so schnell wie möglich wieder und wollte verschwinden.
Markus folgte mir.
„Meine Schwester fährt erst heute Nachmittag nach Hause. Du könntest noch ein Stündchen schlafen. Oder du fährst mit mir, was ich ja viel schöner finden würde."
Wir standen im Aufzug und Markus sah mich fragend an.
„Ich bin in einer Viertelstunde unten. Wenn du mich übersehen solltest, fahre ich mit deiner Schwester."
Markus lachte: „Ich war nur gestern blind. Und denselben Fehler mache ich nie zweimal. Bis gleich, ich freue mich."
Markus machte denselben Fehler vielleicht nicht zweimal. Aber ich? Was machte ich da überhaupt? Keine Ahnung, erst einmal würde ich mit Markus nach Bremen fahren. Einen weiteren Plan hatte ich nicht.

AUGUST 2015

Fast fünfundzwanzig Jahre nach der Messe in Warnemünde habe ich einen Plan! Ich bin mit Markus verheiratet. Er ist mein Nordlicht und ich liebe ihn seit fünfundzwanzig Jahren. Klar wird die Sonne manchmal von Wolken verdeckt, aber sie scheint immer, die Sonne. Ich weiß das und Markus weiß das auch. Er ist geradlinig und direkt. Die kürzeste Strecke zwischen zwei Punkten ist eine Gerade, Probleme heißen Herausforderungen und sind da, damit wir daran wachsen können. Wenn wir mit einem Thema fertig sind, kommt das Nächste. Er ist perfekt organisiert und kennt seine Stärken. Die hat er zu seinem Beruf gemacht. Die Schwächen werden liebevoll ignoriert, manchmal wird damit ein bisschen kokettiert und dieser Aufgabenbereich ist irgendwie bei mir gelandet. Aber das ist ok, fällt das doch auf meine „Stärken-Seite". Wir ergänzen uns schon gut.

Markus ist eigentlich ein Traum von einem Mann, kann supergut kochen und hinterlässt danach die Küche perfekt. Er weiß, wo die Waschmaschine steht und wie sie funktioniert, kennt den Staubsauger, den Wäschetrockner, den Rasenmäher. Nur Fensterputzen und Bügeln sind nicht in seinem Repertoire. Und es ist schon unverschämt, sogar der Sex ist nach fünfundzwanzig Jahren noch aufregend.

Wir kennen uns echt gut. So gut, dass wir nicht mehr miteinander reden müssten. Telepathie funktioniert zweifelsfrei.

Wir hatten auch echt miese Zeiten. Wirtschaftlich und partnerschaftlich. Vor zehn Jahren gab es auch eine Zeit ohne Markus. Ich bin für drei Jahre ausgezogen und habe zum ersten Mal alleine gelebt. Na ja, fast alleine. Kontakt hatten wir immer. Wir sind Freunde geblieben. Aber irgendwie wollten wir doch mehr. Vor sieben Jahren sind wir wieder zusammengezogen und im Dezember 2013 hat der Standesbeamte sein Stempelchen für uns auf ein Stück Papier getackert.

Aber wenn es der Kuh zu gut geht, dreht sie Pirouetten auf dem Eis. Die Profi-Kuh wagt vielleicht sogar eingesprungene Sitzpirouetten oder so. Ich habe also Gregor wieder ausgegraben. Mit Gregor taucht aber auch ein unterschwellig waberndes Gefühl auf, meine ungeklärte und vergessene Vergangenheit anschauen und klären zu wollen und zu müssen. Wenn meine inneren Freunde so aufgeregt sind, Gregor wieder zu hören und zu sehen, dann ist die Zeit dafür jetzt reif.
Seit meinem Brief an Gregor sind drei spannende Wochen vergangen. Ich will für eine Woche zu meinen Eltern nach Dresden und meine Tante in Potsdam besuchen, die seit Kurzem wieder dort wohnt. Auf dem Hinweg könnte ich einen kleinen Umweg fahren und Gregor besuchen. Ich rufe Gregor an und will das Treffen klarmachen: „Du, Gregor, ich will dich sehen. Am Sonnabend fahre ich nach Dresden. Du liegst sozusagen fast direkt auf dem Weg. Kann ich bei dir reinschneien?"
„Genau, ist doch praktisch, alles miteinander zu verbinden, komm vorbei, ich freue mich!" So ist er also immer noch, der Gregor – praktischen Argumenten kann er sich nicht verschließen.
Markus schon, er ist skeptisch. Warum ich Gregor treffen will. Und warum ich zu ihm nach Hause fahre. Neutraler Boden wäre doch besser. Ich versuche, es zu erklären. Gregor hat unser gemeinsames Jahr festgehalten. In Bildern, auf Bändern und er hat tatsächlich Tagebuch geführt. Und ich darf mir alles reinziehen, alles lesen und ihn alles fragen. Das ist doch großartig.
Wie sehr ich ihn wirklich sehen will, versuche ich vor Markus zu verbergen. Ich will wissen, ob mein Geruchssinn mit meiner Erinnerung übereinstimmt. Ich erinnere mich an so vieles nicht mehr und ich bin so neugierig. Und ich freue mich wie ein kleines Kind kurz vor Weihnachten. Ich frühstücke noch mit Markus und versuche, die Situation erträglich zu gestalten. Die Spannung ist mit Händen greifbar.
Heute Nachmittag fahre ich doch zu meinen Eltern weiter. Was stellt er sich vor? Gregor öffnet die Tür und wir fallen übereinander her? Lächerlich!

Markus stellt meine Reisetasche ins Auto. Ich trinke noch meinen Kaffee aus und ziehe dabei schon mal meine Schuhe an. Damit bin ich fast so groß wie Markus. Er steht vor mir und lässt sich zum Abschied von mir küssen.

„Fahr vorsichtig und ruf an, wenn du bei Gregor bist. Ich liebe dich."

„Ja und ja. Mache ich alles und ich liebe dich auch."

Markus begleitet mich zum Auto, ich steige ein und fahre los. Silly singt für mich: „Ich sag nicht ja". Es wird spannend, denke ich. Ich habe mal wieder keine Ahnung, was ICH sagen will. So fahren keine Ahnung und ich zu unserem ersten Treffen mit Gregor in diesem Jahrtausend.

Ich bin viel schneller vor Gregors Haustür als geplant und mir ist immer noch kein sinnvolles erstes Wort zur Begrüßung eingefallen. Na gut, dann eben nicht. Ich drücke den Klingelknopf.

Der Türsummer signalisiert, dass er mich reinlässt, und Gregor ruft durch die Gegensprechanlage: „Ganz oben!"

Du Dummerchen, das weiß ich doch. Ich war schließlich schon mal hier, vor gefühlten hundert Jahren. Mir zittern die Knie. Was erwartet mich wohl ‚ganz oben'?

Das Treppenhaus konkurriert mit der Zeit, beide werden immer länger. Nur mein Puls rast immer schneller. Scheiße, was mache ich hier? Umdrehen, abhauen? Nein ich bin kein Schisser mehr. Außerdem will ich Gregor endlich wiedersehen. Eine Stimme habe ich ja schon von den Telefonaten. Sie passt nicht mehr so ganz zu meinem Bild von Gregor. Und ich habe die Worte meiner Freundin im Ohr: „Achtundfünfzig ist schon ganz schön alt."

Macht nichts, die Jahre sind auch an mir nicht spurlos vorbeigerauscht. Ich bin dreiundvierzig, habe die beste Zeit meines Lebens und mich haut nichts mehr so schnell um. Und endlich weiß ich, dass ich ein liebenswerter Mensch bin.

Papas flapsiger Spruch, ich sei schließlich ein Qualitätsprodukt, fällt mir wieder ein. Ich muss schmunzeln. Und in diesem Moment sehe ich Gregor.

Er lehnt im Rahmen seiner geöffneten Wohnungstür und grinst mich an. Auch er freut sich, mich zu sehen. Soll ich ihm die Hand geben, ihn küssen oder umarmen? Wir entscheiden uns wohl gemeinsam für Letzteres.
„Schön, dass du mich besuchst. Hast ja ganz schön lange gewartet!"
„Stimmt, manchmal dauert's eben etwas länger. Jetzt bin ich da."
„Ja, ich freue mich, wirklich."
Gregor nimmt mir mein Gedöns ab und ich schlüpfe aus meinen Sandaletten. Wir stehen ewig im Flur und müssen uns immer noch angrinsen. Von dem schlaksigen Jungen ist nicht viel übrig geblieben. Gregor wirkt jetzt gesetzter. Immer noch groß und schlank, aber das Androgyne fehlt. Und grau ist er geworden, hat aber immer noch volle Haarpracht. Ich widerstehe dem Drang, ihm durchs Haar zu wuseln. Ist ja schließlich nicht mehr „mein Gregor". Ich kann gar nicht aufhören, ihn anzusehen und mich zu freuen. Und er ist höflicher geworden: „Du siehst immer noch genauso aus wie früher."
Obwohl, sollte das ein Kompliment sein? Ich streiche über meine wunderschönen megakurzen Haare und sage: „Stimmt, danke schön. Du siehst aber auch gut aus. Nur ein bisschen älter und grauer."
„Ich war am Donnerstag beim Friseur und hab mir die Haare tönen lassen, für dich!"
„Grau?!"
„Ja, klar. Wie denn sonst? Normal sind die jetzt weiß, findest du das etwa schöner?"
„Grau ist schon in Ordnung. Ich war diese Woche auch beim Friseur. Extra für dich sind sie nicht ganz so kurz wie sonst." Ich will ihn nur ein bisschen ärgern.
„Sieht ganz gut aus!"
Hä? Ich fasse es nicht, seit wann sind denn kurze Haare okay? Dieser Streit zog sich schließlich durch unser ganzes gemeinsames Jahr.
„Dein Haarschnitt ist wenigstens eine Aussage und richtig kurz. Und außerdem bist du ja nicht mehr meine Freundin und kannst rumlaufen, wie du willst."

Nein, Gregor wurde nicht ausgetauscht.
„Danke für dein Kompliment – so was Schönes hast du noch nie über meine Haarpracht verlauten lassen."
Und schon sind fünfundzwanzig Jahre weg. Geschmolzen. Ja, den Tag heute verbringe ich mit Gregor, ich freue mich. Jetzt muss ich ihm doch durchs Haar wuseln. Manche Dinge ändern sich nie.
Gefühlte Stunden später führt er mich in seiner Bude rum. Na ja, Bude ist ein kleines bisschen tiefgestapelt. Zwei Etagen, zwei Bäder und viele Zimmer. Sein Kommentar: „Kennst du ja alles schon, ich habe ein bisschen was verändert, hier und da."
Klar war ich schon mal hier, aber da lebte er mit seiner Mutter zusammen in der Wohnung. Gregor hat sich ausgebreitet. Überall Bücher, Tausende. Sortierte Bücher. Interessante Bücher, einige könnten meine sein.
„Du kannst mich hier einschließen und in zwei Wochen wieder rauslassen, nein, lieber in vier. Ich brauche nur ein Telefon und genügend Klopapier ... Das ist echt der Hammer! Du wohnst in einer Bibliothek."
Das Zimmer, in dem wir damals unsere Zeit verbracht haben, ist jetzt sein Eisenbahn- und Lenin-Zimmer. Ich bestaune die Modellautos und natürlich „seinen" Lenin.
Ich weiß schon, dass Gregor ne Meise hat, aber Lenin-Denkmäler im Eisenbahnzimmer?
In dem Zimmer, wo wir früher übereinander hergefallen sind? Kein Wunder, dass Julia ihre eigene Wohnung hat.
Gregor hat sich mittlerweile auf dem kleinen Sofa unter dem Dachfenster ausgebreitet. Er nimmt seine Brille ab und reibt sich die Augen: „Das war früher mein Zimmer. Erinnerst du dich noch?"
Ich stehe mitten im Zimmer und schließe meine Augen. Langsam kommen Erinnerungen wieder. „Das Sofa ist neu. Dein Bett stand da und dein Schreibtisch? Das weiß ich nicht mehr." Ich gehe zur Tür. „Der Schlüssel fehlt immer noch."
„Der wird auch nicht mehr benötigt."

Ich will nicht mitten im Zimmer stehen bleiben und setzte mich neben ihn. Da Gregor breit und bräsig auf dem Sofa lümmelt, quetsche ich mich zwischen ihn und die Sofalehne, ganz dicht neben ihn. Seine Wärme irritiert und ist angenehm zugleich.
Ich frage ihn: „Kein Sex?"
Gregor lacht: „Jedenfalls kommt keiner stören. Mutter ist schon lange tot."
„Oh, das tut mir leid."
„Sie war schon krank, als du zum ersten Mal hier warst. Ein paar Jahre später ist sie gestorben. Aber deine Nachfolgerin hat sie noch ordentlich beschimpft."
„Na dann ist's ja gut."
Wir schauen uns an und müssen wieder grinsen, beide.
„Mein Schlafzimmer ist jetzt nebenan. Komm mit."
Er schiebt mich in sein Schlafzimmer. Der Raum ist groß. Auf der einen Seite hat er eine Sitzgruppe mit Lesesessel und einem Tisch. Auf der anderen Seite steht das Bett, vom Lesebereich durch ein Regal getrennt.
Er steht immer noch hinter mir. „Du kannst auch weitergehen. Auf der anderen Seite ist der Balkon. Lass uns rausgehen."
Der Dachbalkon ist schön und unverfänglich. Ich schaue über die Brüstung. Gregor steht wieder hinter mir. Meine Ohren hören ihn reden, in meinem Gehirn kommt davon nichts an. Ich genieße einfach den Moment. Er riecht immer noch so verdammt gut und seine Gegenwart ist verwirrend. Ich könnte mich auch ganz langsam umdrehen und ihn umarmen.
Zu spät, in dem Moment ist Gregor mit seiner Erzählung fertig und wir gehen wieder in sein Schlafzimmer. Nun bekomme ich jede Menge Informationen zu seiner Wandgestaltung. Briefmarken: Deutsche Einheit, Berliner Mauer und Politiker aus der Wendezeit. Wieder höre ich nur halb zu, bis er mich fragt: „Gefällt es dir?"
„Dein Schlafzimmer?"
„Ja. Mein Schlafzimmer, die Bilder, meine Wohnung und ..."

„Und?"
„Na, und alles eben."
„Ich freue mich, hier zu sein, ich bin wirklich gern hier und fühle mich wohl. Und ja, dein Schlafzimmer ist schön. Nicht so schön wie früher dein Zimmer nebenan. Aber den Grund kennst du ja."
„Meine Mutter fehlt dir!" Gregor kann sein Grinsen kaum unterdrücken.
„Nicht unbedingt. Sie hat gestört, als wir miteinander schlafen wollten. Dabei könnte sie uns heute nicht stören." Oder? Die Frage schlucke ich schnell runter. Was soll das denn werden? Aller guten Dinge sind drei? Gregor hat immer noch eine anziehende Wirkung und er ist verdammt charmant geworden.
„Meine Freundin hat einen Schlüssel. Stell dir mal vor, wir machen hier so rum und Julia steht plötzlich in der Tür."
Dabei verändert sich Gregors Tonlage in die eines Mädchens, das mit seiner besten Freundin gackert. Gregor wirkt dabei irgendwie arg tuntig. Und das törnt ab. So was von. Danke, mein lieber Gregor. Du hast mich soeben gerettet. Ich hatte mich gerade glatt wieder in dich verliebt, nur ein wenig oder ein wenig mehr, aber nur für fünf Minuten. Und die sind jetzt vorbei. Ich muss trotzdem erst mal tief durchatmen und spiele mit: „Ja, das wär echt n Ding! Ein durch deine Freundin induzierter Koitus interruptus würde mich aber sehr an deine Mutter erinnern."
„Irgendwie schon. Das ist doch aufregend, oder?"
„Es gibt Dinge, die muss ich nicht noch einmal erleben."
„Mit mir zu schlafen?"
„Gregor, lass uns mal nach unten gehen, ich möchte einen Kaffee."
„Den Wunsch kann ich dir erfüllen." Er verschwindet in der Küche.
Ich stöbere schon mal weiter. In seinem Wohnzimmer. Noch mehr als die Büchermassen flasht mich die Schallplattensammlung. Alles aus dem Osten ist zu finden. Sein Frank Schöbel mit und ohne Chris Doerk, die komplette Puhdys-Sammlung, Karat, City, Ute Freudenberg, Petra Ziegler und – oh Gott, halt mich fest – alle alten Silly-Platten. Schade, heute Nachmittag will ich ja weiter.

Wir quatschen wie vor hundert Jahren, nein – viel besser. Stundenlang und über alles. Dabei hören wir Gregors Schallplatten und ich muss seine Deko bewundern. Wobei, Deko ist nicht das Wort meiner Wahl. Ich habe noch nie gesehen, dass ein heterosexueller Mann so ein Power-Dekorateur ist. In Glaskaffeekannen sind ganze Welten gebastelt. Nippes und schöne Sachen wechseln sich ab. Es gibt kaum einen freien Zentimeter in den Regalen. Freiraum und Leere gibt es in dieser Wohnung nicht.

Dagegen sieht es bei mir zu Hause nackig aus und ich frage mich, welche arme Sau hier wohl putzen muss.

Die Wohnung ist wie Gregor. Alles ist gnadenlos vollgestellt, der Weg zum Kern, zum Mittelpunkt, zur Seele gleicht einem Irrgarten. Gregor erzählt viel. Von irgendwelchen mir unbekannten Menschen. Ich versuche zuzuhören, schweife ab und ahne, dass ich die wichtigen Dinge erfragen muss. Mit Gregor ist das wie mit seinem Bücherregal, ICH muss mir das aussuchen, was ich von Gregor will. Ich höre zu und freue mich, dass manchmal der kleine Junge verschmitzt aus dem kontrollierten Gregor rausguckt und spielen will.

So rauscht der Vormittag davon. Das zentrale Thema ist nun das Mittagessen. Das ist mir so lange wurscht, bis das Wort Italiener fällt. Italiener mit Sommergarten. Und heute scheint die Sonne. Oder wir könnten auch ... Nix da, wir gehen zum Italiener, beziehungsweise wir fahren. Also ich fahre und Gregor sitzt neben mir. Das gab's noch nie. Sonst ist er immer gefahren. Mein Platz war neben ihm. Was er jetzt wohl macht, der kleine weiße Golf?

Als ob Gregor meine Gedanken lesen könnte, meint er plötzlich: „Mein Auto ist auch rot, aber knallig, nicht so gedeckt wie deins."

„Schade, du hast den weißen Golf nicht mehr?"

„Der ist kurz nach dir gegangen. Ich habe mir einen Sportwagen gekauft, Baujahr zweiundneunzig. Einhundertzwanzig PS."

„Hubraum?"

„Keine Ahnung."

„Endgeschwindigkeit?“
„Wieso, fährst du etwa schnell?“
„Du nicht?“
„Nein, hast du eine Ahnung, was so ein Sportwagen verbraucht?“
„Wenn du richtig aufdrehst, kannst du einen Tanklaster hinterherziehen. Na und? Warum fährt man dann so eine Karre? Zum Sparen?“
„Wir denken also immer noch verschieden.“
„Anzunehmen.“
Das ist mir gerade so was von egal. Ich suche uns einen Tisch im Sommergarten aus. Gregor will in den Schatten, ich lasse mir lieber die Sonne ins Gesicht scheinen. Ein Kompromiss ist schnell gefunden. Und wieder muss ich im Kreis grinsen. Wir sitzen im Sommer 2015 beim Italiener in Garbsen auf der Terrasse und essen gemeinsam zu Mittag.
Ich muss ein paarmal tief ein- und ausatmen, um das glauben zu können. Was vor einem Jahr so möglich gewesen wäre wie Weihnachten und Ostern im selben Monat zu feiern, ist heute Realität.
Ich beobachte Gregor hinter meiner Sonnenbrille beim Essen. Unser erstes Date fällt mir ein. Im Sommer 1989.
„Du, Gregor. Ich denke gerade an unsere allererste Verabredung.“
„Ja, ich erinnere mich. Das war im Sommer. Du hast damals ausgesehen wie ein Junge. Kurz geschorene Haare. Wir waren ungarisch essen. Also ich habe gegessen, du hast nur drin rumgestochert.“
„Du hast Recht, es war so spannend und ich bekam vor lauter Aufregung nichts runter. Ich hatte mich schon ein bisschen in dich verguckt, damals. Und du dummer alter Mann hast davon nichts mitbekommen. Hast mich einfach übersehen.“
„Für wie blöd hältst du mich? Ich habe dich nicht übersehen, was glaubst du denn? In Rathen, bei der Karl-May-Aufführung, warst du abweisend und stumm. Aber unser erster gemeinsamer Ausflug war schön. Ich hatte doch den Friseurtermin in dem Salon in der Prager Straße und du hast mich begleitet. Anschließend sind wir durch die Stadt gebummelt und waren im Restaurant. Du warst so süß. Ich hätte dich schon gerne

geküsst, habe es aber gelassen. Ich musste am nächsten Tag nach Hause fahren. Und die Mauer stand noch. Außerdem hattest du einen Freund, dachte ich."

„Stimmt, das dachtest du. Trotzdem sind wir Händchen haltend weitergezogen. Bis zu deinem Auto. Ich hätte dich auch gerne geküsst."

„Warum hast du das nicht getan?"

„Ich habe mich nicht getraut."

Gregor fängt an zu lachen. „DU hast dich irgendetwas nicht getraut? Du warst die mit der größten Klappe von allen und bist vor lauter Selbstbewusstsein fast geplatzt! Das glaube ich dir nicht!"

„Echt jetzt? Das hast du von mit gedacht? Nee, ich war schüchtern und wollte das einfach nur überspielen. Bin ich übrigens immer noch."

„Schüchtern?! Du bist vieles, aber das nicht."

Interessant. Meine Eigenwahrnehmung stimmt mal wieder nicht mit meiner Außenwirkung überein. Aber detailliert fragen will ich Gregor heute nicht. Obwohl mir schon viele Fragen unter den Nägeln brennen: Was denkst du über mich? Findest du mich schön? Würdest du über mich herfallen wollen? Liebst du mich noch? Bin ich bescheuert?

Wir bekommen unsere bestellten Getränke.

„Dann sage ich mal Danke. Danke, Gregor, für diesen schönen Tag. Danke, dass du da bist und ich dich besuchen kann. Es ist einfach nur großartig, dass die Mauer gefallen ist. Kein Mensch braucht Mauern, Gräben und Zäune. In Wirklichkeit brauchen wir doch einfach nur eines ..."

„Ein gutes Essen."

„Wenn du das so sehen willst. Ich würde Liebe sagen. Aber gutes Essen ist auch okay."

Gregor schaut mich fragend an und lässt meinen letzten Satz kommentarlos stehen.

Heute habe ich mir Antipasti ausgesucht. Klein, aber fein und echt lecker, diese Happen, und das Hefeweizen zischt. Alkoholfrei, Gregor lässt sich gern fahren und ich will am Nachmittag noch nach Dresden weiter.

Er verdrückt sein Nudelgericht und trinkt, genau wie früher, immer noch Limo. Meine Antipasti verschwinden auch noch in seinem Bauch. Ich war wohl zu langsam oder zu schnell satt. Oder ich habe wieder kaum einen Bissen runterbekommen. Es gibt Dinge, die sich niemals ändern.

Gregor zahlt. Dabei fällt mir ein, dass er früher immer bezahlt hat. Es wird Zeit, dass sich manche Dinge ändern.

„Möchtest du noch ein paar Schritte laufen? Wir haben hier einen schönen See. Wenn du willst ..."

„Ja, ich will, wohin soll ich fahren?" Was habe ich eben gesagt? Gregor hat das nicht gehört oder ist einfach nur höflich. Früher wäre „Ja, ich will" nicht unkommentiert geblieben. Aber jetzt lotst mich Gregor zum See.

Er hat wohl nicht viel mit Frauen zu tun. Jedenfalls nicht mit welchen, die hochhackige Designerschuhe tragen. Meine würde ich hier garantiert ruinieren, also ziehe ich sie aus und laufe barfuß durch die Botanik. Seit wann bin ich eine, die Angst um ihre Schuhe und die Pediküre hat? Also danke, Gregor.

Ich kremple meine Hosenbeine nach oben, setze mich auf einen Steg, lasse die Füße im Wasser baumeln und deute auf den Platz neben mir. Gregor setzt sich und behält die Schuhe an.

Das Frauenthema drängt sich irgendwie auf.

„Gregor, Butter bei die Fische. Wie ist es mit Julia? Ich will alles wissen. Wie habt ihr euch kennengelernt? Wann zieht ihr zusammen? Wie ist das nun, habt ihr noch Sex?" Habe ich das eben wirklich gefragt? Das glaube ich jetzt nicht.

„Was willst du zuerst wissen? Wie ich dich kenne, die Sache mit dem Sex, oder?"

Scheiße, ich hab's gefragt und Gregor hört alles, wenn er will. Und er ist nicht diplomatisch. War er noch nie. Immer direkt, egal ob dann Blut fließt.

„Nö", lüge ich. „Das Kennenlernen wäre ein angemessener Anfang."

„Vom Kennenlernen erzähle ich dir zu Hause, dazu muss ich dir Bilder zeigen. Damit wird die Geschichte sehr lustig. Zusammenziehen ist zurzeit kein Thema, Julia wohnt in der Nähe des Krankenhauses, in dem sie arbeitet. Und zur Nachtschicht die weiten Wege zu fahren, ohne Auto von meiner Wohnung aus, das wäre sehr beschwerlich. Also doch direkt der Sex. Julia hat das Bedürfnis nicht. Da war lange Zeit nichts mehr. Vielleicht zwei Jahre? Und jetzt, wo du hier auftauchst ... Also letzte Woche, da wollte sie ... da haben wir miteinander geschlafen. Julia stellt sich vor, dass du und ich, dass wir miteinander schlafen werden, dass du mich wiederhaben willst und ich Kinder mit dir zeuge."
Hossa, das ist mal ne klare Ansage. Ich will vieles, aber keine Kinder und schon gar nicht von Gregor. Und ob ich in diesem Leben noch einmal mit ihm schlafen werde? Küssen wäre vielleicht ganz schön: „Ah ja. Und was sagst du dazu?"
„Na, dass du verheiratet bist und das ja wohl nicht geht. Julia meint: gerade deshalb, Sex mit dem Ex ist wohl im Trend."
„Ach, echt?" Ich drehe mich zu Gregor und küsse ihn. Einfach so.
„Wir wollen doch deine Julia nicht enttäuschen. Und wer von uns beiden macht sich zuerst nackig? Nee, mal ernsthaft, wir haben unsere Chance verpasst, also die Chance auf ein gemeinsames Leben mit Kindern, Hund, Fischen, Haus und Garten. Julia hat merkwürdige Fantasien."
Gregor küsst mich zurück. Es fühlt sich ein bisschen wie früher an. Vertraut und erregend. Aber auch neu. Nach diesem halben Tag, den ich mit Gregor gemeinsam verbracht habe, scheint alles möglich zu sein. Von „geht gar nicht" bis „ich will ihn haben". Es ist schon verrückt, die Zeit hat unsere Gefühle füreinander konserviert. Ich muss ihn nicht fragen, was er in diesem Augenblick denkt. Ich weiß es.
„Ist es das, was du willst?" Gregor weiß es auch, fragt aber doch.
„Vielleicht? Erst mal will ich wissen, ob du Julia liebst."
„Darüber sprechen wir nicht, Julia und ich."
„Das habe ich dich doch nicht gefragt, liebst du Julia?"
„Ach, ich weiß nicht."

Scheiß-typische Gregor-Antwort.
„Ich weiß vielleicht gar nicht, was Liebe ist. Ich warte immer noch auf die Richtige. Weißt du, auf den Hund kann ich verzichten, Kinder hätte ich schon ganz gern."
Warum ich nicht die Richtige war? Für ihn? Das weiß ich ganz genau, aber ich werde ihn trotzdem noch mal danach fragen, irgendwann.
„Du lässt Julia auf Sparflamme köcheln und hoffst, dass dir eine opulente Sechs-Gänge-Menü-Hammerfrau auf einem Silbertablett serviert wird?"
Ich weiß, dass ich diese Hammerfrau bin. Und ich weiß auch, dass er nie auf diese Idee gekommen ist. Aber das ist nun schon so lange Geschichte.
„Wenn das tatsächlich deine Intention ist, solltest du mit Julia sprechen, das wäre vielleicht fair. Oder willst du dich von Julia trennen?"
„Nein. Solange ich nichts Besseres gefunden habe und sie mich behält."
„Was ist das denn für ein Scheißspiel, wasch mich und mach mich nicht nass? Bist du eine Handtasche und Julia ein Platzhalter? Wetteifert ihr um den ersten Platz im Opferspiel?"
„Ach, das ist doch Quatsch, außerdem ich hatte schon mehrere Frauen zwischen dir und Julia."
„Und neben Julia?"
„Was denkst du denn von mir?" Statt einer Antwort eine neue Frage, das wäre auch meine Taktik, wenn ich mein Gegenüber nicht anlügen will und meine Antwort mein Unwohlsein erzeugen würde.
„Du bist echt ein netter Kerl und ich bin die Letzte, die Moral predigen will. Warum auch, ich würde dir fünf Frauen gleichzeitig gönnen, wenn dich das glücklich machen würde. Aber das bist du nicht, oder?"
Es folgen sehr abstruse Frauenepisoden und Wunschvorstellungen. Mir erschließt sich der Sinn nicht wirklich. Was sucht er, was er nicht schon längst gefunden hat? So langsam dämmert es mir. Der sucht immer. Seine Mama hat über alle hergezogen und war mit keiner zufrieden. Und jetzt wird gnadenlos weiter nach der perfekten Besten gesucht.

„Gregor, du machst dich doch selbst unglücklich. Kannst du nicht mit dem Guten, das du zweifelsfrei hast, zufrieden sein? Was ist falsch daran, dich für Julia zu entscheiden und keine Energie mehr für eine Idee zu verschwenden, die dich nicht glücklich macht? Was suchst du, was du nicht schon längst gefunden hast?"
Seine Antwort kommt spontan: „Manchmal finde ich mein Leben einfach vergeudet, ich habe nichts daraus gemacht und jetzt bin ich zu alt."
Jetzt bin ich baff, damit habe ich nicht gerechnet: „Was hättest du denn anders machen wollen?"
„Alles. Meine Mutter hat mir immer vorgehalten, dass ich zu blöd bin."
„Wie, zu blöd?"
„Na ja, zu blöd, um die richtige Frau zu finden, und im Beruf auch, ich hab's zu nichts gebracht."
„Du warst Dozent für Steuerrecht, hattest Schüler. Das hat dir doch Freude bereitet. Und die Prüfung zum Steuerberater ist auch kein Spaziergang. Wieso ist das nichts?"
„Weil ich nichts daraus gemacht habe. Ich habe keine Kanzlei und Dozent bin ich schon lange nicht mehr. Ich habe noch eine Zeit für eine Kanzlei gearbeitet, bei Bedarf. Das ist aber auch vorbei. Und des Geldes wegen muss ich nicht arbeiten."
Stimmt, Gregor ist finanziell unabhängig. War er früher schon. Die größte Sorge seiner Mutter damals war schließlich, dass ich nur an ihre und seine Kohle wollte. Das war so absurd und wäre es immer noch. Nun, Geld macht nicht glücklich, das sehe ich an Gregor. Aber das ist auch nicht die Aufgabe des Geldes, uns glücklich zu machen. Geld auf der Bank zu stapeln und Kontoauszüge zu betrachten, kann vielleicht schön sein, mich verzückt das nicht. Aber damit etwas Sinnvolles zu finanzieren, Freude zu bereiten, einen schönen Tag zu haben, sich und andere zu beschenken – das ist schon schön.
Wenn dieser Gregor noch mein Gregor von früher ist, dann ist sein Ausgabeverhalten eher sparsam. Dagegen spricht erst mal nichts, aber ich habe das Gefühl, dass Gregors ganzes Leben so verläuft. Sparsam. Sein

Feuer lodert nicht. Er lebt auf Sparflamme, fühlt auf Sparflamme und liebt auf Sparflamme. Das ist so schade, da hat einer fast unbegrenzte Möglichkeiten und weiß nichts damit anzufangen.
Ich haue meine dagegen bescheiden anmutende Kohle eben raus. Ich arbeite gern, meistens jedenfalls, verdiene gern Geld und lebe für meine Verhältnisse keinesfalls bescheiden.
„Dann mach doch jetzt was daraus. Du kannst doch deine Ressourcen nutzen, um für dich Erfüllung und Freude zu finden. Dafür ist es nie zu spät. Aber das ist deine Entscheidung. Genau wie mit Julia. Was ist denn an ihr nicht richtig?"
„Julia ist nett und sieht auch nett aus. Ich hab mich an sie gewöhnt. Aber ich kann nicht mit ihr reden. Eine Mischung aus Julia und dir wäre gar nicht schlecht. Mit dir kann ich über alles reden und durch die Gegend ziehen und Spaß haben. Du bist lustig, hast eine große Klappe und du fährst mich durch die Gegend. Und Julia hätte ich dann für zu Hause."
Ach, schau an. Ich komme tatsächlich in den erlauchten Kreis der Gregor-Frauen? Wie ekelig. Na gut, Gregor kann nicht lügen und erzählt frei von der Leber weg. Das hat schon was. Mich jedenfalls spornt das an, noch mehr aus Gregor rauszukitzeln: „Mit mir fährst du durch die Gegend und die schöne Blonde sitzt zu Hause, kocht und putzt? Wie funktioniert eigentlich der Sex bei dir, wo Julia doch nicht mehr will? Tote Hose, Handbetrieb oder gibst du tatsächlich Geld für das Bordell aus? Gregor, du musst noch an deinem Konzept arbeiten. Das ist allenfalls Amateurliga."
Gregor ist sprachlos. Nichts. Keine Antwort. Er zieht seine linke Augenbraue nach oben und setzt seinen leicht überheblichen Gesichtsausdruck auf.
„Komm, Gregor, lach doch mal. Ist doch lustig. Oder habe ich dich verletzt? Das war nicht meine Absicht."
„Das kannst du gar nicht, mich verletzen. Das schafft niemand."
Also doch verletzt. Ich habe seinen wunden Punkt getroffen. Ich greife seine Hand und so laufen wir weiter, Händchen haltend.

„Gregor, lass uns wieder fahren, ich will die Bilder noch sehen und einen Kaffee haben."
„Alles, was du willst. Wollen wir noch Kuchen kaufen?"
„Du isst gerne Kuchen?"
„Ja, am liebsten Julias selbst gebackenen."
„Dann fahren wir mal zum Bäcker."
„Sehr gut. Los, lauf schneller!"
Wieder bei Gregor bekomme ich Kaffee und schaue Gregor beim Kuchenessen zu. Und ich erfahre endlich die Kennenlern-Story. Das geht über Amateurliga weit hinaus, das ist Profiqualität vom Allerfeinsten. Fast bepisse ich mich vor Lachen. Mitte der Neunzigerjahre hat Gregor an einer Dating-Show beim MDR mitgemacht. Die Kandidaten stellten sich vor und zeigten sich von ihrer Schokoladenseite. Und das Beste an der Sache: Gregor hat den Mitschnitt noch und ich darf ihn mir ansehen. Respekt! Und Respekt an Julia, die sich von Gregors schrägem Auftritt nicht hat abschrecken lassen. Gregor wollte nicht so wirklich anbeißen und lieber noch weitersuchen. Das hat Julia nicht abgehalten. Jetzt sind die zwei seit fast zwanzig Jahren ein Paar.
Julia ist eine attraktive Frau mitten in den Fünfzigern, sympathisches Gesicht, nette Figur, für meinen Geschmack ein bisschen zu introvertiert, passt aber zu Gregor wie Arsch auf Eimer.
So erlebe ich seine letzten fünfundzwanzig Jahre mit. Nach mir war erst mal Frauen-Pause. Mein konsequenter Kontaktentzug war für ihn wirklich krass. Er zog nach Leipzig und war dort Dozent für Steuerrecht. Wer's mag.
Irgendwann ging es in Sachsen-Anhalt weiter und da kam sie dann, meine Nachfolgerin. Auch hier sehe ich Bilder. Schönheit liegt einfach nur im Auge des Betrachters.
Seine Mutter hatte was gegen die Frau (will nichts heißen) und ihr Vater musste Gregor gehasst haben. Ein Blödmann aus dem Westen (der Klassenfeind) schnappte seine Tochter weg, das ging nun wirklich nicht. Hier steige ich jetzt aus der Geschichte aus, es wird unerträglich. Ernst-

haft. Die Tussi war zwanzig (auch noch mein Geburtsjahr) und Gregor Mitte dreißig.
Und dann lassen die sich von den Eltern gängeln? Wie krank ist das denn?
Ihr Vater meinte wohl, dass sie nicht mehr wiederzukommen bräuchte, wenn sie mit dem Besserwessi wegführe. An Gregors Stelle hätte ich mir die Alte geschnappt und wär davongerauscht, wenn's die große Liebe gewesen wäre.
Gregor ist davongerauscht, aber allein. Verstehe einer diese Weicheier, Warmduscher und Muttisöhnchen.
Ich könnte mich fast aufregen über so viel Unentschlossenheit. Aber das ist nicht zum Aufregen, eigentlich ist das todtraurig.
„Warum riskierst du nichts? Wovor hast du Angst?"
Gregor versteht meine Fragen nicht wirklich: „Wovor soll ich denn Angst haben? Bettina hat sich einfach nicht für mich entschieden. Das hast du doch auch nicht."
„Nee, DU hast doch immer nach anderen geschaut. Was war das denn für eine Liebe? Ich war ein Platzhalter und einfach und angenehm zu haben. Und ich wollte alles. Dich und deine Liebe."
„Einfach warst du nie. Und auch kein Platzhalter. Ich habe dich sehr vermisst, damals. Und jetzt würde ich dich wieder vermissen."
Oh, eine meiner Fragen wurde eben indirekt beantwortet. Wenn Gregor mich wieder vermissen würde, heißt das doch, dass er mich liebt, immer noch irgendwie, oder gernhat zumindest. Nun, ich würde ihn auch vermissen, nicht wieder, aber eben auch.
Es kommen noch andere Ereignisse, aber nicht mehr so spektakulär. Noch weitere Frauen zwischen Nummer zwei und Julia. Kurzgeschichten. Nachdem Gregor mir gebeichtet hat, dass seine Mama zu mir noch am nettesten war, lache ich mich schief und falle vom Sofa. Ich bin eben doch die Beste.
Gregor hat die Videos unserer gemeinsamen Zeit schon rausgesucht. Ich tauche in die Vergangenheit ein und betrachte uns in seinen Filmen. Es

ist so spannend, traurig, schön, aber auch echt witzig. Manchmal sind wir zusammen auf dem Film zu sehen. Meine Güte, ich hatte fast vergessen, wie sehr ich den Typ in diesem Film geliebt haben muss. Manchmal war ich todtraurig und Gregor hat's nicht gemerkt. Ich betrachte also die riesigen Rehaugen dieser traurigen jungen Frau und dieser blöde Typ hinter der Kamera reißt dämliche Sprüche, sie solle doch seine Mutter grüßen. ICH hätte ihm ja die Fresse poliert, sie hat nur traurig geschaut. Aber es gibt auch viele lustige Szenen. Zum Beispiel in Georgien, ich esse Chatschapuri und werde dabei von Gregor gefilmt und ausgefragt. Manchmal habe ich einen maßlosen Hang zu Übertreibungen. Einen dieser Momente hat Gregor erwischt, mein vor lauter Selbstbewusstsein fast platzendes Ich erzählt ihm und der Kamera irgendwelchen Dünnschiss. Kaum zu glauben, aber auch das war wirklich ich. Ich hatte es vergessen.

Gregor weiß alles noch ganz genau und kommentiert in seiner liebenswerten Art. Damals habe ich die Filmerei gehasst, heute liebe ich ihn dafür. Er gibt mir meine Erinnerungen zurück. Ich beobachte uns in den Filmen und gleichzeitig ihn, schließlich will ich ja auch neue Erinnerungen schaffen.

Manche Dinge ändern sich nie.

„Gregor, ich müsste jetzt eigentlich losfahren. Aber ich würde auch gerne weiterschauen und mit dir quatschen."

Er grinst und sagt: „Mach doch!"

„Wie jetzt?"

„Du kannst gerne bleiben, ich beziehe dir das Bett im Gästezimmer und lege dir Handtücher ins Bad. Musst nur deine Klamotten aus dem Auto holen."

Ich erledige zwei Telefonate. Mein Mann Markus spricht nicht wirklich mit mir – der ist stinksauer – und meine Mama wünscht mir viel Spaß. Wie jetzt, viel Spaß? Mama!

Gregor hat meine Tasche raufgetragen, Tee gekocht und für uns Essen gemacht. Genau wie zu Hause, nur ein anderer Mann. Ich hatte bis jetzt

nur zwei Männer. Und ich dachte immer, dass diese zwei Männer verschiedener nicht sein könnten.
Ganz genau. Beide ignorieren emotionslos Fußball und Sport (im Fernsehen und im wahren Leben), beide sind absolute Song-Contest-Fans. Markus schaut gnadenlos alles, auch die Vorentscheide, und Gregor fährt da sogar hin. Beide sind Ende der Fünfzigerjahre geschlüpft. Beide sind auf ihre Weise charmant und klug und in beide habe ich mich während des ersten Augenblicks sofort verliebt. Beide könnten vielleicht Freunde sein, gäbe es mich nicht.
Und ich überlege weiter. Im Fall der Fälle – es ist natürlich ausgeschlossen – aber falls doch ... Bliebe Gregor jetzt Nummer eins oder könnte er auch Nummer drei werden?
Hä?! Katja, du hast nicht mehr alle Latten am Zaun! Hör auf mit diesem Schwachsinn und iss.
Es ist schon Samstagnacht, eigentlich Sonntagmorgen. Gregor ist müde, ich nicht. Ich gehe unter die Dusche und bin froh, meinen Bademantel dabeizuhaben. Sonst schlafe ich ohne Klamotten, aber hier?
Gregor kommt im Schlafanzug um die Ecke. Wie ein großer Junge, Shirt in der Hose. Zum Schießen. Kein Kommentar!
„Gute Nacht, Katja, schlaf schön."
„Das letzte Mal, als du mich in diesem Haus zugedeckt hast, hast du mich geküsst.
„Stimmt nicht, du bist vorher eingeschlafen."
„Echt?"
„Echt."
Ich überlege einen kleinen Moment und frage weiter: „Weißt du, was wirklich schade ist?"
„Na?"
„Stell dir mal vor, deine Mama schaut uns gerade von irgendwo zu. Was die wohl denken würde? Schade, dass ich das nie erfahren werde."
„Mutter würde nicht denken, die würde hier einen Mordsbudenzauber veranstalten. Das würdest du nicht mitbekommen wollen."

„Aber vielleicht würde sie sich auch freuen. Für dich. Dass wir uns wieder begegnet sind und einen schönen Tag hatten. Und vielleicht würde sie mich auch mögen. Sie wüsste ja, dass ich nicht an ihre Kohle will und auch nicht an deine."

Gregor schweigt. Ich werde fürsorglich zugedeckt und bekomme noch ein Glas Wasser auf den Nachttisch. Jetzt wird's unheimlich. Genau so funktioniert das bei mir zu Hause auch. Meine zwei Männer müssen Zwillinge sein, von verschiedenen Eltern, aber egal.

Normalerweise käme jetzt ein „Wollen wir noch kuscheln?" – „Aber nur kurz." Ich muss grinsen, das ist ja gar nicht mein Zuhause und das ist nicht mehr mein Gregor, der vor dem Bett steht (im Schlafanzug, das ist der Unterschied!) und mich zudeckt. Es ist gut so, wie es ist. Einen so entspannten Umgang hatte ich mit Gregor nie. Aber gekuschelt hätte ich schon gerne.

Ich liege in Gregors Gästezimmer, starre an die Decke und kann nicht schlafen, ich ziehe mich wieder an und spiele Wandertag. In den unteren Räumen kann ich keine Ruhe (oder Nähe?) finden. Auf dem Balkon beobachte ich den Mond und die Fenster der Nachbarn – morgens um halb drei ist das nicht wirklich spannend.

Soll ich auf dem Flur leise sein? Oben sind Gregors Schlafzimmer und sein Eisenbahn-mit-Lenin-Zimmer. Ich klemme das Bettzeug unter meinen Arm, gehe im Dunkeln die Treppe nach oben und stehe unschlüssig im Flur. Seine Schlafzimmertür ist nur angelehnt, soll ich doch die Chance nutzen? Dass Gregor nicht abgeneigt ist, lassen viele kleine Gesten erkennen. Und ich? Was lassen meine Gesten erkennen?

Ich entscheide mich nicht für sein Schlafzimmer und lege mich auf das Sofa in dem vertrauten Zimmer, sage Gute Nacht zu Lenin und beobachte wieder den Mond, dieses Mal durch das Dachfenster. Dabei denke ich an den vergangen Tag und an Gregor.

Bin ich eingeschlafen? Gregor steht vor mir und ich darf alles sehen, was ich in unserer gemeinsamen Zeit damals nicht sehen konnte. Er ist wirklich eine Perle, ein Diamant. Nur weiß er das nicht und stolpert

unbeholfen durch sein Leben. Er ist einer der klügsten und im Grunde liebevollsten Menschen, die mir begegnet sind, und hat auf der anderen Seite so schräge Ansichten und grantelige Verhaltensweisen, dass er andere Menschen abschreckt und verprellt.
Ich stehe vor Gregor und will ihn wachrütteln. Mach doch die Augen auf und schau! Erkenne doch endlich, wer DU wirklich bist. Und als wäre das nicht genug, alle Gefühle wollen noch einmal gefühlt werden. Hä? Hallo, das ist nicht lustig.
Selten genug, dass ein Mensch sich so offenbart, die Schichten und Zeiten abfallen und der Kern, die Seele übrigbleibt.
Warum jetzt und warum Gregor?
Ach ja, die Übung heißt: nicht hinterfragen und annehmen und hingeben. Muss ich nicht verstehen, habe ich keine Ahnung von, mache ich trotzdem.

Gregor weckt mich und setzt sich zu mir auf das Sofa. Meine Gehirnzellen wachen nur langsam auf. Aber sein Duft ist schon bei mir angekommen. Gestern war ich mir nicht schlüssig, irgendwas Unbekanntes klebte an Gregor. Und ja, heute Morgen riecht Gregor wie immer. Sehr erdig mit einem Hauch von Sandelholz und Zitrusnoten. Ich bin noch nicht ganz wach, öffne aber trotzdem meine Augen.
Was ist heute für ein Tag? Warum sind Gregors Haare grau und wann kam dieses merkwürdige Sofa in Gregors Zimmer? Wieso liege ich auf dem Sofa? Ist es schon hell?
„Ich konnte auch nicht schlafen, ich hab dich unten rumlaufen hören und du bist an meiner Tür vorbeigelaufen, dein Geruch wehte durch den Raum. Ich hab gedacht, du kommst in mein Zimmer."
... in sein Zimmer? Und ich bin wo? Nee, die richtige Frage wäre WANN? Langsam komme ich in 2015 an, für die Feinheiten der Kommunikation bin ich eigentlich noch zu müde. Aber: gedacht oder gehofft?
Diese Frage bleibt ungestellt und unbeantwortet. Vorerst.
Meine Augen realisieren, dass sich Gregor bereits rasiert hat. Er sitzt

in Schlafanzughose und Unterhemd auf dem Sofa. Er hat sich schon gewaschen, sein Schlafshirt mit einem Unterhemd getauscht, aber die Schafanzughose noch an?
Er sitzt also gefühlt halb nackt neben mir auf dem kleinen Sofa und ich lege meine Beine dekorativ auf seinen Schoß. Die Schlafdecke war zu dick und liegt jetzt auf dem Boden. Mein Shirt zeigt mehr, als es verdeckt, aber die Jogginghose hängt noch korrekt über meinem Hintern. Gregor betrachtet meine Brüste durch das dünne Shirt. Seine Gedanken sind fast lesbar auf seine Stirn tätowiert. Er wendet den Blick ab und sieht mir in die Augen. Eben lag ich auf dem Rücken, nun stütze ich mich mit meinen Armen ab und sitze immer noch mit meinen Beinen auf seinem Schoß dicht neben ihm. Dabei sehe ich ihn an, das kann ich auch, ganz ungeniert. Ich fasse mit meiner linken Hand in seinen Haarschopf und lasse meine Hand weiter wandern. Seine Brustbehaarung ist immer noch flauschig, nur mein Chewbacca ist grau geworden. Ich küsse ihn auf die Wange und flüstere in sein Ohr: „Hey du, ich bin noch gar nicht so ganz da."
Gregor umfasst mich, zieht mich weiter zu sich ran und küsst mich. Sehr fordernd. Ich sitze fast auf ihm. Seine Finger spielen mit meinen Brustwarzen, die sich durch das Shirt abzeichnen. Meine Hände sind unter Gregors Hemd gewandert und streicheln seinen Bauch.
„Macht nichts. Ich bin auch ein wenig verwirrt. Eben wollte ich …"
Ich muss nicht fragen, was er eben wollte, die Beule in seiner Hose hat eine stattliche Größe erreicht. Ich wüsste schon gern, ob der kleine Gregor immer noch so viel Freude bereiten kann. Ich rutsche von Gregors Schoß und schiebe meine Hand in seine Hose. Ich umfasse ihn nur ganz zart und stelle mir vor, was ich als Nächstes tun könnte, bis er mich auszieht und wir miteinander schlafen. Der Gedanke nimmt fast körperliche Züge an. Gregors Stöhnen lässt mich wieder auf dem Sofa ankommen. Seine gierige Zunge ist immer noch in meinem Mund.
„Lass nicht los! Bitte!" In diesem Moment ergießt er sich in meiner Hand. Das ging schnell.

„Es tut mir leid, so wollte ich das nicht. Ich konnte es nicht bremsen. Soll ich dich noch streicheln?“
Was tut ihm leid, dass er einen Orgasmus hatte? Oder dass er dabei nicht in mir war? Wie auch immer, Gregor hat sich entladen und ist fast wieder im Normalmodus angekommen. Ohne seine Lust will ich ihn nicht in mir haben. Auch nicht seine Hand.
„Nein, sollst du nicht.“
Wir sind beide im August 2015 angekommen. Der Zauber ist vorbei.
Gregor geht es wohl genauso, er steht auf: „Ich mache uns mal Frühstück.“ Er verschwindet erst im Bad, dann in seinem Zimmer und geht angezogen in die Küche.
Na ja, gleich beim ersten Mal übereinander herzufallen, ist ja auch doof. Ich brauche eine Gehirnwäsche. Wieso eigentlich „erstes Mal“? Ich gehe ins Bad und dusche ausgiebig. Heiß und kalt.
Frühstück. Schade. Befriedigender Sex wäre jetzt schöner, für Frühstück ist es auch noch viel zu früh. Ich trinke Tee und kaue lustlos auf dem Marmeladenbrot, dass ich eben von Gregors Teller geklaut habe, soll er sich doch ein neues schmieren! Ich warte vergebens, dass er das Intermezzo auf dem Sofa kommentiert. Und ich sage auch nichts. Das Frühstück verläuft schweigend.
Ich bin immer noch hundemüde und mit der Welt unzufrieden, als Gregor seine Aufzeichnungen rauskramt und zu lesen anfängt. Er liest mir vor, was er über unsere gemeinsame Zeit geschrieben hat. Mehrere hundert Seiten. Handgeschrieben. Ich tauche in die Geschichte ein und bin weg.
Bin ich eingeschlafen? Gregor macht mir Kaffee. Endlich, großartig! Ich trinke auch schon mal Tee, aber ohne Kaffee geht nichts. Meine Entzugserscheinungen verschwinden und ich bin wieder fast die Alte.
Und ich würde gerne noch bleiben. Ein bisschen. Oder ein bisschen länger.
„Wollen wir noch zusammen essen? Um die Ecke ist eine Dönerbude, wir können draußen sitzen.“

Kann Gregor doch meine Gedanken lesen?
„Hey, gute Idee, so machen wir das!"
Wir sitzen also an einem der Tische vor der Imbissbude. Gregor isst einen Döner und ich habe mir Falafel und Salat ausgesucht, echt lecker. Und die Sonne scheint mir wieder ins Gesicht. Und endlich kommt es, das Glücksgefühl, das sich den ganzen Vormittag schon so rar gemacht hat. Ich beobachte Gregor beim Kauen. Kleine, schnelle Mundbewegungen, wie ein Hase. Warum ist mir das noch nie aufgefallen? Habe ich das nur vergessen oder ist das neu?
Während ich so darüber nachdenke, hält an der roten Ampel neben uns ein junger Mann in seinem aufgemotzten Schlitten und mit einer dunkelhaarigen jungen Frau an seiner Seite und schreit zu mir rüber: „Schmeckt dir das Essen hier?"
Ich grinse ihn an: „Echt lecker, aber bei der Freundin sollte dir das doch egal sein."
Das Mädchen lacht, die Ampel wird grün und die zwei rauschen davon. Gregor kommentiert: „Passiert dir das öfter, dass du von fremden Kerlen angequatscht wirst?"
„Klar, nicht nur von Kerlen. Immer wenn ich im Kreis grinse. Und dann teile ich das gerne. Ist übrigens ganz einfach und die Freude kommt doppelt zurück."
„Aha. Warum erlebe ich so was nie?"
„Zieh mal öfter ein freundliches Gesicht an und lächle!"
Gregor zieht eine Grimasse und tippt mit dem Zeigefinger an seine Stirn. „Quatsch."
„Dann eben Quatsch. Du bist der Experte für dein Leben und ich für meins. So einfach ist das."
„Aha. Vielleicht ist das so. Ich werde darüber nachdenken. Aber erst mal fahren wir nach Hause und ich mache dir noch einen Kaffee. Du willst sicher bald losfahren."
Da hat er direkt mal eine richtig gute Idee, also zwei gute Ideen. Bis auf das Losfahren, das ist eine Scheißidee, aber so ist es nun mal. Es

ist mittlerweile Sonntagnachmittag. Zurück bei Gregor mache ich es mir auf seiner Dachterrasse gemütlich und bekomme den versprochenen Kaffee serviert. Er verschwindet und kommt mit einer Schallplatte wieder: „Die wollte ich dir schon im letzten Jahrtausend schenken. Aber da du nie im Knast bei den Ösis warst, liegt sie immer noch hier. Besser spät als nie."
Ich schaue auf das Cover. Amiga Pressung. Frank Schöbel und Freunde. „Komm wir malen eine Sonne". Ich freue mich und lache.
„Danke, Gregor!" Ich bin perplex, das ist ein einmalig schönes Geschenk.
„Wenn du sie nicht willst, vielleicht ist das was für deinen Neffen?"
„Bist du bekloppt? Das ist meine Platte. Ich freue mich so unglaublich, dass du das nicht vergessen hast. Du bist mein allerbester Ex."
„Ich bin dein einziger Ex!"
„Stimmt. Das ist mal ein Alleinstellungsmerkmal. Mein erster, einziger und allerbester Ex, den man so haben kann. Wie geil ist das denn! Hey, Frank Schöbel! Da guckste, was! Die Katja ist auf der anderen Seite von keiner Mauer! Yippie. Es gibt nur noch Mauern im Kopf, aber nicht mehr lange! Und die Erde dreht sich schneller und meine Sonne scheint heller und ich scheiß auf Gravitation! La la la."
„Ist alles in Ordnung bei dir? Brauchst du einen Ausflug in die Klapse?"
„Nee, ich habe doch heute Ausgang. Gönn mir auch mal was. Und jetzt muss ich los. Sonst lässt du mich wirklich noch einweisen. Und das geht doch nicht, meine Mama wartet auf mich und macht sich bestimmt schon Sorgen."
„Ach! Seit wann das denn?"
„Ups, na seit ich fast erwachsen bin. Also seit letzter Woche! Bringst du mich noch runter und trägst meine Tasche zum Auto? Ich nehme die Schallplatte!"
Gregor nimmt meine Tasche, meinen gefüllten Kaffeebecher, einen Apfel und einen Schokoriegel und packt alles in mein Auto.
„So, spiel schön mit den anderen Kindern. Pass gut auf. Es ist warm heute, quäl mal den Motor deines kleinen Autos nicht so."

„Danke Gregor, dass ich bei dir sein durfte. Es war sehr, sehr zauberhaft, einfach großartig und ist es noch."
„Ja, es war wirklich ein schönes Wochenende. Kommst du wieder? Fahr vorsichtig und ruf mich an, wenn du da bist", sagt der Zwilling meines Mannes, nimmt mich in seine Arme und küsst mich.
„Mache ich, alles!" Mehr fällt mir schon ein, ich schlucke es aber runter und fahre los.
Und wieder weiß ich nicht, ob ich mich freuen soll. Über so viel Nähe und so viel Distanz. Gleichzeitig. Das, was ich immer wollte. Wirklich? Wasch mich und mach mich nicht nass? Liebe ich Gregor immer noch? Das ist das Thema dieser Tage. Eine Reise in meine Vergangenheit.
In der Zeit zu reisen, ist eine Möglichkeit, nicht nur mit den Augen zu sehen. Bin ich schlau oder blöd oder ist das egal? Also CARPE DIEM!
Markus fällt mir ein – und sein Abschiedsgruß vom Samstagmorgen: „Ich wünsche dir, dass du findest, was du suchst." Ein schlauer Mann, ich weiß das.
Ich bin also wieder auf der Autobahn und reise weiter in der Zeit zurück. Die Fahrt zu meinen Eltern dauert länger als geplant, Baustellen und Staus. Ich bemerke irgendwann, dass ich im Vollautomatik-Modus fahre und stelle meine Gedanken ab, versuche es zumindest, um unfallfrei anzukommen.
Ich bin aus Gregors Filmen noch nicht wieder aufgetaucht, als ich bei meinen Eltern vor der Tür stehe. Mama grinst mich an. „Wie war's, schön?"
Auch heute will ich meine Erinnerungen nicht teilen, erzähle dann aber doch. Von Gregors zauberhaften Bemühungen. Dem schönen Tag gestern. Ich verschweige aber meine neu gewonnen Erkenntnisse.

Tagsüber sind wir viel unterwegs oder sitzen zusammen und unterhalten uns. Viel. Über alles. Die Vergangenheit. Plötzlich interessiert sie mich doch, meine Vergangenheit. Und die meiner Familie. Mir wird bewusst, dass ich vieles nicht mehr weiß oder nie wusste.

Und ich streune mit Papa durch mein Dresden. Eine großartige Stadt. Die Hitze brennt den Asphalt weich. Wir schwitzen wie die Schweine, aber das ist uns egal. In meiner Jugendzeit war das mein Revier und jetzt ist vieles anders, großartiger vielleicht.
Die Ruine der Frauenkirche ist dem wunderschönen Neubau gewichen. Jedes Mal wenn ich sie sehe, kann ich einfach nur staunen und mich freuen. Es ist der Ort der Vergebung, des Zusammenhalts, der Großzügigkeit und des Neuanfangs. Die Krypta der Frauenkirche ist mein Ort. Ein Ort der Ruhe, der Tiefe und der Erinnerungen. Und ich kann diesen Ort überall mit hinnehmen. Ich muss nur meine Augen schließen und mich zwischen den Zeiten treiben lassen.
Spät abends telefoniere ich mit Gregor und erzähle ihm von diesem Tag. Ich sitze auf der Dachterrasse, genieße die tropische Luft, beobachte den Mond und die vorbeiziehenden Wolken.
Als wir auflegen, sind vier Stunden vergangen, ist es schon wieder fast morgens. Früher haben wir auch viel telefoniert, aber so lange?

SEPTEMBER 2015

Nach meinen Eltern in Dresden besuche ich meine Tante und ihren Mann in Potsdam. Wieder. Eine Rundreise seit der Wende. Und auch hier schließt sich der Kreis.
Ich freue mich. Wir haben uns seit Ewigkeiten nicht gesehen und sind uns doch so vertraut. Das erste Mal spreche ich über meine Verwirrung. Über mich. Tante Christa hört zu, dabei wird immer klarer, dass ich alles erleben will – der Schmerz ist mir egal.
Abends fahre ich wieder nach Hause. Fahren ist nicht das richtige Wort. Ich krieche staubedingt und habe wieder viel Zeit zum Erinnern. Zu Hause komme ich erst am Morgen an, völlig erledigt und gedankenversunken. Markus hat auf mich gewartet. Er nimmt mich in den Arm und ich muss mir seine Vorwürfe anhören. Gerechtfertigt, ich hätte mich zwischendurch melden sollen.
Mein Zuhause hat mich wieder.
Ich denke viel über meine Zeit mit Gregor nach und fange an zu schreiben. Briefe an Gregor. Während des Schreibens weiß ich nicht, ob ich sie abschicken werde. Egal, schreiben hilft mir, klarer zu denken.
Ich schicke einige Briefe doch ab. Und spreche mit Gregor darüber, über alles. Meine Gedanken und Gefühle, meine Arbeit, meine Freunde, meine Liebe zu Markus. Mittlerweile müsste mich Gregor besser kennen als jeder andere. Außer Markus, der spielt aber gerade Muschel – die zugeklappte Variante.
Ich telefoniere oft mit Gregor und ich habe das diffuse Gefühl, irgendwas nachholen zu müssen.
„Gregor, ich möchte noch den Rest der Bilder und Filme von uns sehen. Und vorlesen musst du auch noch. Und dich würde ich auch gern sehen."
„Wann bist du hier?" Er freut sich wirklich und wir verabreden uns erneut.

OKTOBER 2015

Der Zeitpunkt hätte angemessener nicht sein können. Eine Woche nach dem Silberjubiläum der Wiedervereinigung, also am 9 und 10. Oktober. Die zweite Wiedervereinigungsfeier, die wir als Freunde erleben.
Ich frühstücke noch mit Markus, packe meine Tasche und fahre los.
Dieses Mal weiß ich, was mich erwartet. Gregor öffnet die Tür, ich will ihn umarmen, er ist schneller und küsst mich. Es wird spannend, denke ich und freue mich auf unsere gemeinsamen zwei Tage.
Und Gregor legt auch schon los: „Heute Nachmittag können wir ins Museum gehen, danach gibt es zur Feier des Tages ein georgisches Essen und falls du dann noch Lust hast: Es ist gerade Kirmes."
„Dann sollten wir die Zeit jetzt nutzen, fang an, ich will deine Geschichte weiterhören."
„Kaffee?"
„Nee, später, lies endlich."
Gregor sträubt sich ein wenig, liest aber doch weiter vor und ich tauche wieder ganz in die andere Zeit ein. Über unsere gemeinsame Zeit schreibt er immer weniger, es werden andere Episoden wichtig. Andere Frauen. Nichts wirklich Spektakuläres, aber trotzdem!
„Gregor, war es wirklich die GANZE Zeit so, dass du nach Anderen geschaut hast?"
„Ja."
„Hast du mich nicht geliebt?"
„Ich weiß nicht. Doch, ich glaube schon. Aber deine tiefen Gefühle sind mir fremd."
Es ist schon so lange her und dennoch, ich stecke mitten in der Geschichte und fühle mich ungeliebt und unverstanden. Und dann kommt es, das Ende unserer gemeinsamen Zeit in seinem Tagebuch. Gregor liest und ich tauche ab, in meine Geschichte im November 1990.

NOVEMBER 1990

Der letzte Besuch von Gregor in Bremen im November endete in einer Katastrophe. Nach dem Debakel in Worpswede hatten wir nur noch einmal telefoniert, ich hatte ihm geschrieben, dass ich ihn nicht sehen wollte. Er mich aber schon. Also fuhr er nach Bremen, in das Unternehmen, in dem ich als Praktikantin arbeitete. Da stand er nun, der Gregor, am Empfangstresen: „Hallo Katja, wir müssen reden."
„Hallo Gregor, wartest du bitte draußen auf mich, ich hole nur noch meine Tasche."
Ich wollte auf keinen Fall einen öffentlichen Auftritt und stieg zu ihm ins Auto. Er fuhr los und beschimpfte mich. Gregor konnte nicht ertragen, dass ich unsere Beziehung kurzentschlossen beendet hatte: „Wieso machst du mit diesem Kerl rum? Ich erkenne dich nicht wieder. Du kannst mich gar nicht geliebt haben, so wie du dich aufführst, wie eine Nutte. Meine Mutter hatte Recht. Warum habe ich das nicht schon viel früher bemerkt? Du hast mich einfach nur angelogen. Du bist echt das Letzte! So eine wie dich ... Ich weiß gar nicht, warum ich dich mal geliebt habe ... Du wirst schon sehen, was du davon hast. Am liebsten würde ich ..."
„Gregor, es reicht! Lass mich einfach nur aussteigen."
Gregor fuhr weiter. „So weit kommt das noch, ich lasse dich doch nicht aussteigen! Wir fahren nach Hause!"
„Willst du mich kidnappen? Und dann? Zu deiner Mutter?"
Das war mir so rausgerutscht. Natürlich würde Gregor das nie tun. Oder doch? Ich hatte plötzlich Angst. Angst vor ihm. Das war nicht mehr mein Gregor. Er wurde immer wütender und hob die Hand, um mir eine runterzuhauen. Er hielt inne und ließ seinen Arm unverrichteter Dinge sinken. Sein Auto stoppte vor der nächsten Kneipe: „Es tut mir leid, ich wollte das eben nicht."

Das war mir so was von egal. Mein Gregor war so weit weg und mit diesem Kerl hier wollte ich nichts zu tun haben. Ich stieg aus. Ich wollte nie wieder mit Gregor zu tun haben.
Er begleitete mich noch in die Kneipe und versuchte, mich umzustimmen. Ich bestellte einen Kaffee und ließ mir vom Wirt das Telefon geben. Ich rief Markus an und gab dem Wirt den Hörer. Der erklärte Markus, wo er mich abholen sollte. Ich ignorierte den wartenden Gregor. Irgendwann fuhr er weiter. Markus und Gregor verpassten sich nur um ein paar Minuten. Minuten können lang sein.
Ich war in einem Alptraum gefangen. Gregors Spruch aus Worpswede „Lass uns doch einfach Freunde bleiben" von vor ein paar Wochen war Lichtjahre entfernt. Wie sollte aus diesem Ende eine Freundschaft entstehen können? Dass Gregor vorhatte, seine stärkere Position auszunutzen, dass ich Angst vor ihm hatte, damit kam ich nicht klar. Auch wenn er mich nicht wirklich geschlagen hatte, war es respektlos gewesen. Mein Jahr mit Gregor wurde plötzlich immer kleiner. Eben war ich noch todtraurig. Nun floss die blanke Wut durch meine Adern. Dass Gregor diese Aktion aus schierer Verzweiflung gestartet hatte, auf die Idee kam ich nicht. Erst im Augenblick des Verlustes konnte er den Wert unserer Liebe erkennen.
Ich hatte mich in diesem Jahr so sehr um Gregors Liebe bemüht, hatte seine Unverschämtheiten eingesteckt und die Ablehnung seiner Mutter ertragen. Ich hatte irgendwie immer bereitgestanden und darauf gewartet, dass er mit dem Finger schnippte. Dabei hatte ich mich so klein gemacht.
In Bremen hatte sich das geändert. Ich war auf Augenhöhe angekommen und fühlte mich erwachsen. Und das fühlte sich gut an, bis zu diesem Tag in Worpswede.
Da hatte ich aufgegeben, losgelassen und meinen Kampf beendet. WORTLOS. Ohne irgendeine Erklärung hatte ich enttäuscht und wütend die Arena verlassen. Ich hatte gnadenlos alles zurückgelassen, was mich mit Gregor in Verbindung bringen könnte. Meine Liebe zu ihm,

unser gemeinsames Jahr und meine Erinnerungen daran, meine Aufzeichnungen, meine Briefe, meine Gedichte. Ich hatte das Fragment Gregor von meiner Festplatte gelöscht, ohne Rücksicht auf Verluste, meine und seine.

Aber tatsächlich hatte Gregor mit meinem Abgang aus der Arena seine Zuschauerrolle verlassen, um für unsere Liebe zu kämpfen. Doch er betrat die Arena als Kämpfer, für den es nichts mehr zu kämpfen gab. Der Zuschauerraum war leer. Es gab niemanden, der den verbliebenen Akteur würdigen wollte.

OKTOBER 2015

Und nun lese ich noch die Kopie des letzten Briefes in seiner Mappe, geschrieben von ihm an mich von November 1990 bis Januar 1991. Ich bin erschüttert. Sein Schmerz über unsere Trennung springt aus dem Brief. Ich fühle seine Traurigkeit und den Wunsch, alles hinter sich zu lassen. Wenn das nicht Liebe ist? Wer ist zu tiefen Gefühlen nicht fähig?
Gregor reißt mich aus meinen Gedanken: „Ich war so ein Idiot im Auto, damals. DU hast MICH verlassen und ich wollte das nicht akzeptieren. Meine Aktion war mir so peinlich und ist es irgendwie immer noch. Ich würde das gerne ungeschehen machen."
Scheiße, PEINLICH ist nicht das Wort, das ich nach diesem Brief erwartet habe. Obwohl ... peinlich hat mit Pein zu tun und wenn die ihn getrieben hat, dann hat er sich selbst genug bestraft.
Meine Antwort bekommt er dennoch: „Ich fand dich danach monströs und wollte nichts mehr mit dir zu tun haben. Als ich wieder zu Hause war, habe ich alles von dir verbrannt, was ich gefunden habe. Jedes Stück Gregor wurde vernichtet. Nichts sollte mich an dich erinnern und an mein Gefühl der Ohnmacht und Hilflosigkeit. Ich wollte nie wieder so klein sein wie an diesem Tag in deinem Auto."
„Ich würde dich doch nie verletzen!"
„Gregor, jetzt weiß ich das. Sonst wäre ich nicht hier. Und das ist schon so lange her."
Na ja, körperliche Verletzung war das eine. Gregor überragt mich zwar um fast zwanzig Zentimeter, aber die Ausprägung seiner Muskulatur hat noch ziemlich viel Luft nach oben – und ich habe auch schlagkräftige Argumente. Aber darum geht es auch gar nicht, ging es wohl auch damals nicht. Gregor konnte verbal sehr verletzend sein.
Und jetzt sieht er mich fragend an und will's wissen: „Deshalb hast du alles weggeworfen? Meine Briefe? Deine Briefe und unsere Bilder?"

Er versteht es immer noch nicht. Und er versteht mich immer noch nicht. Dabei fällt mir wieder ein, dass genau das damals die miesen Gefühle in mir erzeugt hatte.
Jetzt tut es das nicht mehr. Gregor kann sich immer noch nicht in Gefühlswelten (den fremden und der eigenen) orientieren. Das lässt mich vieles in einem anderen Licht sehen. Was früher ein Problem für mich war, ist es heute nicht mehr. Ich kann mich auf meine Gesprächspartner einstellen und weiß dann oft, wo der Hund begraben liegt. Nun, Gregors Köter lebt noch, braucht klare Ansagen und ganz viele Worte.
Schöner kann man's fast nicht beschreiben. Ich bin also äußerst milde gestimmt und antworte samtweich: „Ja, deshalb. Ich wollte nichts haben, das mich an dich erinnern könnte."
Gregor scheint mit meiner „samtweichen Seite" gut zurechtzukommen und antwortet ähnlich: „Na, wenigstens ein Brief hat überlebt."
„Stimmt. Dein Brief hat auf seine Zeit gewartet." Das ist nur die halbe Wahrheit. Der Brief hat auf meine Zeit gewartet. Auf mich. Noch vor einem halben Jahr wäre dieser Brief vielleicht ungelesen in der Tonne verschwunden. Und nun habe ich mich beim Lesen des Briefes wirklich gefreut. Er hat mich amüsiert, meine Neugier geweckt und mich an Gregor erinnert. Es klingt arg bescheuert, aber ich habe während des Lesens gewusst, dass Gregor irgendwie auf mich wartet. Nicht als amouröses Abenteuer (oder vielleicht doch ein bisschen?), sondern als Freund. Aber bis dahin haben wir noch einiges zu tun, der Redebedarf scheint unendlich. Gregor offenbart sich, er zeigt seine Wunden, nimmt meine Hände und legt sie darauf.
„Eins verstehe ich aber immer noch nicht. Wieso hast du mich fallen lassen wie eine heiße Kartoffel? Du hast dich für Markus entschieden und mich abgeschoben. So von jetzt auf gleich ..."
„Ich wollte nicht auf Silvester warten."
„Bitte? Was hat das mit Silvester zu tun?"
„Wer wollte sich denn Silvester von mir trennen? Ich hab ne Menge vergessen und verdrängt. Aber den O-Ton von dir hab ich noch im Ohr, als

wäre es gestern: ‚Silvester haben wir uns verliebt, das wäre doch eine gute Idee, uns wieder zu trennen. Lass uns einfach Freunde bleiben.'"
„Das habe ich gesagt?"
„Ja, du Arsch."
„Hey, wenn ich das gesagt habe, dann war das ein blöder Spruch. Du kennst mich doch. Ich gebe dauernd blöde Sprüche von mir. Wieso hast du nichts gesagt, damals? Du kannst das doch nicht ernsthaft geglaubt haben."
„Doch, genau das habe ich geglaubt, damals. Es passte perfekt in mein Bild von dir. Für mich warst du so blind und dumm. Und ich habe dich immer noch geliebt. Na ja, niemand ist perfekt. Ich war zu stolz. Da hatte ich mich offenbart, an diesem Wochenende in Bremen und habe dir meine Gefühle zum ersten Mal wirklich gezeigt. In Worpswede war ich so hilflos und ich wollte nicht noch kleiner sein. Ich wollte nicht um deine Freundschaft bitten und um deine Liebe erst recht nicht. Für mich war klar, dass ich nur eine kurze Episode in deinem Leben war. Dass du irgendwann davonziehst. Da passte dein Statement doch gut in meine Vorstellung von dir. Siehst du, ich war eben ziemlich naiv."
„Und ich war wirklich dumm. Unsere letzte Nacht und der Morgen waren so schön. Du warst so stürmisch und so leidenschaftlich, so hatte ich uns noch nie erlebt. DU hast MICH genommen, einfach so. Ich hatte Angst, mich in dir zu verlieren. Und ich wollte nicht so ein verliebter Idiot sein und habe unsere Liebe wohl zu spät erkannt. Und du – du warst noch so jung, so süß und so grausam. Ich habe dich sehr vermisst, unsere Gespräche, deine Küsse, deine Leidenschaft. Aber du hattest schon Markus."
„Ich habe dich oft vermisst, früher, während unseres gemeinsamen Jahres. Immer, wenn du von mir weggefahren bist. Aber an diesem Tag war der Abschied so endgültig. Ich habe meine Liebe zu dir ausgelagert, verpackt und den Schlüssel dazu weggeworfen. Und ja, dann kam Markus. Mein Nordlicht. Der hat mich im Sturm erobert, damals. So wie du. Nur war sich Markus dessen bewusst. Er hat gewusst, was er wollte. Mich!

Ganz ehrlich, ich musste nicht nachdenken, es gab keine Entscheidung. Markus ist Markus. Manchmal könnte ich ihn ermorden und manchmal liebe ich ihn so sehr, dass ich immer noch erstaunt bin. Und irgendwann habe ich dich einfach nicht mehr vermisst. Manchmal habe ich an dich gedacht. An Silvester oder am 20. Januar zu deinem Geburtstag. Und ich habe dir echt gewünscht, dass du glücklich bist und ein erfülltes Leben hast."

„Aha, du hast den falschen Tag auf dem Schirm, ich habe einen Tag später Geburtstag. Aber trotzdem schön, dass du an mich gedacht hast, manchmal."

„DU bist ein Wassermann? Passt auch viel besser als Steinbock. Zu dir, meine ich, passt das besser."

Zu mir auch, spielt aber keine Geige mehr. Er ist unabhängig, schlagfertig, sehr skurril und er überlässt am liebsten den Frauen den ersten Schritt. Ach – und Eifersucht sollte für die interessierte Damenwelt ein ganz unbekanntes Fremdwort sein.

Irgendwie kommt mir das alles sehr bekannt vor. Na klar, ich bin eine Wassermannfrau – eine unabhängige Individualistin. Das haben wir gemeinsam, die Suche nach Nähe, der unerfüllbare Wunsch nach körperlicher und geistiger Verschmelzung und gleichzeitig das Streben nach Distanz. Interessante Mischung. Ich weiß, dass wir alles aus der Rückschau betrachten. Und doch tut es gut, Missverständnisse aus der Welt zu schaffen.

Gregor scheint aufs Ganze gehen zu wollen: „Warum meldest du dich jetzt erst und nicht schon früher, vor zwei Jahren?"

Hä, wieso vor zwei Jahren? Ich stutze, dann fällt's mir ein. Seit fast zwei Jahren bin ich mit Markus verheiratet.

„Weil ich deinen Brief im August gefunden habe, nicht vor zwei Jahren."

„Und als du meinen Brief gefunden und gelesen hast, was hast du gefühlt und gedacht?"

Gregor fragt mich nach meinen Gefühlen? Das wiederum fühlt sich neu an.

„Gregor, was soll ich sagen? Ich weiß nicht …“
„Ach, komm schon, ich bin’s – Gregor. Ich erzähle dir immer ALLES …“
„Ich habe den Brief gelesen, mehrmals, und wusste, dass ich dich sehr geliebt habe und immer noch mag. Und mir war sehr klar, dass auch du mich geliebt hast … liebst, irgendwie und immer noch.“
Mein Gegenüber schweigt, runzelt die Stirn und dann kommt sie, die Hammer-Frage: „Wie würdest du dich heute entscheiden, jetzt? Markus oder ich?“
Ich bin sprachlos.
„Wie würdest du dich entscheiden. Markus oder ich?“
„Ich muss mich heute nicht entscheiden. Wozu?“
„Spiel mit, entscheide dich, jetzt – oder du bist tot.“
„Wie bitte? Scheiße, dann bin ich eben tot.“
Wieder sehe ich mich als Trophäe. Mein Kopf hängt über Gregors Tür, ich blute aus und er grinst mich mit seiner Flinte an. Ich kann dich haben, immer noch und schon wieder.
„Komm schon, mach mit.“
„Nicht für dich.“
Ende des Gesprächs.

Wir gehen einkaufen und holen uns Döner vom Türken um die Ecke. Essen wollen wir bei Gregor zu Hause. Er ist seltsam still und läuft zwei Schritte vor mir her.
Wie ernst war sein Spiel vorhin? Erst jetzt wird mir die Tragweite unseres Dialogs bewusst. Seine Fragen und meine Antworten kommen aus unserer Vergangenheit und zeugen von unseren gegenseitig zugefügten Verletzungen.
Ich habe unsere Arena schon längst wieder betreten, nach fünfundzwanzig Jahren Pause. Bis eben saß ich auf der Zuschauertribüne und habe mir mein Schlachtfeld angeschaut. Es liegt brach. Erinnerungsfetzten liegen hier neben Wut, Liebe, Hass, Traurigkeit und Undefinierbarem. Ich muss anfangen aufzuräumen. Heute. Jetzt.

Ich verlasse den Zuschauerraum und trete ein, in mein Schlachtfeld. Das ist noch mal eine ganz andere Nummer, als hinten zu sitzen. Hier bin ich nicht lange allein. Gregor und Katja erscheinen auf der Bühne, sie agieren so dicht neben mir, dass ich sie hautnah miterlebe. Ihren ersten Kuss, ihre Liebe, die großen und kleinen Verletzungen – auf beiden Seiten. Sie stehen da und hassen sich am Ende der Vorstellung.

Keiner kennt die Beweggründe des anderen. Die Schuldzuweisungen sind erfolgt. Beide fühlen sich unverstanden und ungeliebt. Der Vorhang fällt. Kein Applaus. Das Licht erlischt und der Raum schließt sich wieder.

Ich bin geplättet. So darf das nicht stehen bleiben. Gregor und ich müssen noch einmal auf diese Bühne. Wir sollten die Schuld aus unserem System entlassen, unsere gemeinsame Zeit würdigen und alles gehen lassen, was wir heute nicht mehr brauchen.

Nur wenn wir unsere Arena aufräumen, können wir in Würde gehen und den Raum, dieses gemeinsame Kapitel, schließen. Und erst dann können wir gemeinsam neue Räume betreten. Wie auch immer die dann aussehen.

Ich habe die Erkenntnis und ich muss anfangen. Meine größte Angst heißt Kontrollverlust. Aber es kann auch gut tun, Kontrolle abzugeben. Ich sollte mich überraschen lassen. Einfach so.

Wieder bei ihm zu Hause offenbare ich mich. Ich weiß, dass gleich mein Kopf über seiner Tür hängen könnte und lasse zu, dass Gregor diese Entscheidung trifft: „Du weißt doch ganz genau, dass ich dich sehr geliebt habe. Daran wird sich in diesem Leben auch nichts ändern. Für mich bist du ein Geschenk – ohne Einpackpapier. Ich kehre mein Innerstes nach außen und lasse zu, dass du bis auf den Grund meiner Seele sehen könntest, und ich möchte sehr, dass du mich wirklich sehen willst. Ich liebe dich, seit ich dich das erste Mal gesehen habe. So einfach ist das. Das hat nichts mit anderen Menschen zu tun, nichts mit deiner Geschichte und deinem Leben oder mit meiner Vergangenheit und mit meinem Leben heute. Einfach nur mit dir und mir. Aber du kannst mich doch nicht in die Enge treiben, in eine Ecke drängen wollen. Ich brauche Platz, Luft zum Atmen, Freiheit – genauso wie du. Und wir wissen beide, dass wir so verschiedene Ansichten und Bedürfnisse haben, so verschiedene Leben führen. Wir würden uns doch längst anöden oder wären geschieden."

Er schaut mich an, lange und wortlos. Ich warte ab und habe Mühe, jetzt nicht irgendetwas zurückzunehmen und abzuschwächen. Und dann doch, Gregor fragt leise: „Weißt du, was du da eben gesagt hast?"

„Ja."

„Aha. Musst du jetzt eine Antwort haben?"

„Jetzt nicht, aber irgendwann wäre schön."

„Wäre schön ... Vielleicht ist genau das die Antwort, vielleicht wäre es doch schön geworden. Aber vielleicht auch nicht und so sind wir jetzt Freunde, oder?"

Mein Kopf hängt nicht über seiner Tür und ich fühle mich nicht „erlegt".

Gregor lässt sich scheinbar auf das Experiment „Arena aufräumen" ein. Das ist es, was ich will und sage: „Genau, das ist doch besser als alles, was wir je hatten."

Obwohl ... Es gab da schon extrem prickelnde Momente.

„Besser als ALLES, bist du schon so dement?" Gregor grinst mich wieder verschmitzt an.

„Jan Gregor Stein, du kackst Korinthen. Aber du hast Recht. Also kleine Kurskorrektur: Es ist besser als alles, was wir sonst noch haben könnten."

Er ist immer noch nicht einverstanden: „Das kannst du nur vermuten und es ist maximal wahrscheinlich, aber sicher ist nur das Erlebte. Und deshalb: Erzähl mal, was hast du so gemacht im letzten Vierteljahrhundert?"

Puh, was für ein harter Schnitt. Also gut, dann erzähle ich mal: „Nach deinem letzten Besuch, nach Worpswede, habe ich mich in Markus verliebt. In Warnemünde. Auf der Messe. Wir sind nachts um die Ostsee gelaufen und da ist es passiert, der erste Kuss nach dir. Nach der Messe sind wir dann zusammen nach Bremen gefahren. Direkt zu Mina an den Küchentisch. Ich traf also Mina wieder und hatte erst ein bisschen Schiss. Na ja, deine Mutter war schon sehr speziell und wurde irgendwie mein Schwiegermutter-Trauma. Mina war genau das Gegenteil, eine echte Perle, warmherzig, liebevoll, weise und eine echte Kochgöttin. Vom Alter hätte sie meine Oma sein können, wie deine Mutter eben. Tatsächlich wurde sie meine beste Freundin, wir haben uns sehr geliebt. Vor fast zehn Jahren ist sie gestorben. In der Vorweihnachtszeit war mein Praktikum in Bremen beendet. Ich bin dann wieder nach Hause, nach Dresden gefahren. Und habe im Familienbetrieb weitergearbeitet. Markus und ich haben uns besucht, in Bremen oder Dresden. Du kennst ja meine Familie. 1991 bin ich dann endgültig nach Bremen gezogen, kurzentschlossen. Zu Markus. Ohne lange nachzudenken. Im Sommer 1991 habe ich noch mal eine Ausbildung angefangen. Groß- und Außenhandelskauffrau, noch mal drei Jahre. Zurück nach Dresden wollte ich nicht mehr."

Gregor will mehr hören, also erzähle ich weiter: „Nach meiner Ausbildung habe ich in einem großen Filialunternehmen gearbeitet. Ich habe Finanzierungen überwacht und Inkasso betrieben. Das Unternehmen wurde verkauft. Ich bin geblieben und für die neue Firma kurzfristig nach Hamburg gependelt. Und konnte dann wieder zurück nach Bremen. Da habe ich Filialen und Franchisepartner betreut. Ich hatte mit vielen Menschen zu tun. Freundschaften sind entstanden. Das Unternehmen hat sich aus Bremen zurückgezogen. Ich wollte nicht wieder pendeln und habe mich für eine Abfindung entschieden. Nach vierzehn Jahren kann ein Tapetenwechsel gut tun. Du weißt ja, jetzt bin ich Buchhalterin. Ich bin gerne da im Büro. Verglichen mit der Bude vorher ist der Laden winzig. Ich kenne alle Kollegen und die Chefs. Das Arbeiten ist persönlicher. Kann gut sein, muss aber nicht. Beides hat seine Vor- und Nachteile. Zwischendurch hatte ich mehrere OPs. Ich habe mir für mich nie wirklich Zeit genommen. Mein Körper hat dann sein Eigenleben entwickelt, wurde rebellisch, dick und krank. Markus' Sohn

Sebastian ist jetzt fast dreißig und lebt sein eigenes Leben. Früher hat er bei uns gelebt und ich war manchmal hoffnungslos überfordert. Ich hätte so vieles besser machen wollen und habe mich als Versagerin gefühlt. Trost fand ich im Essen. Markus war in dieser Zeit nicht wirklich ein Partner, er hat viel gearbeitet und war mehr weg als da. Als Basti fast volljährig war, bin ich ausgezogen. Schnelle Entscheidung. Die wichtigen Sachen entscheide ich spontan. Kennst mich ja. Ich habe mehrere Jahre alleine gewohnt. Mit Markus hatte ich die ganze Zeit Kontakt. Ich habe schließlich seine Buchhaltung betreut. Na ja, irgendwann haben wir unser Zeug wieder zusammengeschmissen und vor zwei Jahren haben wir geheiratet. Die Zeit war schon krass, aber ich hab's mir so ausgesucht. Ich habe das gebraucht, die Herausforderung, mein Versagen und meinen Auszug. Ich weiß, was ich leisten kann und was nicht. Und ich weiß, was ich nicht mehr will. Und ich kann mich wertschätzen, endlich. Meine Reise geht weiter, es bleibt spannend."
Gregor war die ganze Zeit still gewesen. Jetzt fragt er: „Hattest du nie eine Affäre? Keinen anderen Kerl? Auch nicht während eurer Trennung?"
„Nein."
„Du musst mich nicht anlügen."
„Und du musst mir nicht glauben. Aber warum sollte ich deswegen lügen?"
„Kann ich mir bei dir nicht wirklich vorstellen, dass du mit EINEM Kerl auskommst, fünfundzwanzig lange Jahre?"
„Gregor, mein Lieber, werd jetzt nicht unverschämt! Oder sollte DAS ein Kompliment sein? Es gab einige Angebote. Auch von interessanten Männern. Ich habe ein bisschen geflirtet und mein Ego poliert, mehr wäre für mich Stress gewesen. Ich will keinen Sex, nur um Sex zu haben. Nein, das ist keine Option. Und Liebe bedingt Vertrauen. Und das passiert sehr selten, glaube ich. Und vielleicht habe ich keine Ahnung!"
Doch, natürlich habe ich eine Ahnung. Meinen Lieben habe ich bedingungslos vertraut und tue es noch. Und das fällt nicht vom Himmel. Heute weiß ich, dass Hingabe allein nicht genügt. Liebe ist keine Ein-

bahnstraße, sie will genährt werden. Ständig, jeden Tag und irgendwie immer. Auch wenn es manchmal Pausen gibt.
Markus weiß um diese Sachen und investiert seine Energie. Er verwöhnt mich und lässt sich von mir beschenken. Gregor lässt pflegen. Er will nicht investieren. Er würde vielleicht, aber nur, wenn er VORHER beschenkt werden würde.
Mein lieber Gregor, so funktioniert das Leben aber nicht. Erst säen, dann ernten. Geduld haben, Wachstum benötigt Zeit. Wir können uns dabei beobachten und sollten die Saat pflegen.
Ich will die zwei nicht vergleichen, weil sie einzigartig sind. Aber das Wissen um genau diese Geschenke des Lebens macht den Unterschied. Markus und Gregor, zwei Universen mit einer Schnittmenge: Liebe.
Gregor fragt weiter: „Warum wolltest du nie eigene Kinder haben?"
Ich schaue ihn an und sage „Wolltest du doch auch nicht, Kinder."
Seine Antwort kommt prompt: „Damals mit dir nicht. Aber wenn ich jetzt noch eine finde, die von mir schwanger wird ..."
Dabei schaut er mich grinsend von der Seite an. Ich tue mal so, als ob ich das nicht bemerke und spiele weiter mit: „Gregor, du bist achtundfünfzig! Und Julia, warum habt ihr dann verhütet?"
„Wir haben nicht verhütet, Julia wollte gerne Kinder, nur schwanger ist sie nicht geworden. Und jetzt ist sie Mitte fünfzig."
Ich antworte ihm trotzdem: „Als ich jung war, wollte ich nicht. Außerdem war Basti da. Heute ginge das vielleicht noch, mit dem Kinderkriegen. Aber muss ich mir und meinem Körper das echt noch geben? Und irgendwie hänge ich doch an meiner Komfortzone."
Ich sehe meinem Gegenüber an, dass diese Argumente nicht seine Zustimmung finden. Das ist wohl ein Männerthema. Gene weitergeben. Das Genmaterial am besten breit an die Weibchen verstreuen. Und viele kleine Gregors machen.
Ich halte tatsächlich mal die Klappe, meine weiteren Kommentare wären weit unter der Gürtellinie und unwürdig. Wir haben also auch das geklärt und wollen gleich losfahren.

Gregor verschwindet aus dem Zimmer. Und kommt nach einer Weile wieder, mit zwei Hemden in der Hand. Das verwaschen gemusterte Hemd erinnert mich stark an unser erstes Date im Sommer '89. Ich muss schmunzeln. Vielleicht ist es ja auch DAS Hemd, bei Gregor wäre das durchaus möglich. Ich entscheide mich für das weiße Hemd, ein Sakko und eine dunkle Jeans. Er sieht gut aus, Respekt.

„Alter Schwede, damit bist du in diesem Jahrtausend angekommen!" Ich stehe neben ihm und betrachte mich im Spiegel. Was ich sehe, gefällt mir. Katja in schwarzer Jeans, Biker-Jacke, dem edlen Tuch, das meine Tante aus dem Oman mitgebracht hat, und Stiefeletten. Hossa! Haare wie immer verstrubbelt. Gregor kommentiert: „Du siehst klasse aus!"

Yes, denke ich und schwebe grinsend zur Tür hinaus. Dieses Kompliment ist ganz neu.

Wir fahren nach Hannover, parken am Maschsee und gehen ins Museum. Das Sprengel Museum, mehr als die Kunst beeindruckt mich das Gebäude, speziell der Museumsneubau. Die Räume sind großartig, oft ist nur ein Exponat in einem großen Raum ausgestellt. Verschwendung? Nein, Großzügigkeit. Ich sehe und lerne.

Das Nichts ist genauso wichtig wie das Objekt. Nur im Zusammenspiel kann beides existieren und dadurch entsteht Neues. Vielleicht entsteht ein neuer Gedanke, eine neue Energie. Neue Sichtweisen gepaart mit uralter Perfektion.

Und ich erkenne, warum ich so viel Raum und Stille um mich haben muss. Meine Gedanken und Ideen brauchen Raum und Zeit.

Ich sehe Gregors und mein Spiegelbild in einem der Objekte. Was sind wir für ein Gebilde? Was wäre uns wichtig, gäbe es ein Uns? Könnten aus diesem Uns neue Sichtweisen entstehen?

Das Museum schließt gleich, wir verschwinden und spazieren am Maschsee entlang.

Gregor erzählt von diversen Maschseefesten der vergangenen Jahre und meine Gedanken driften ab. Welche Gemeinsamkeiten würden uns verbinden?

Ich weiß, Gregor schätzt meine Briefe, meine Poesie und meine Sprachbilder. Aus meinen spirituellen Überlegungen steigt er lieber aus.
Mir brennen die wichtigsten Fragen auf der Seele, immer. Wer bin ich? Woher komme ich? Wo gehe ich hin? Was treibt mich an? Was macht mich glücklich? Wenn heute mein letzter Tag wär, würde ich dann auch das tun, was ich jetzt mache?
Ich will immer ganz leben, alles erfahren. Ich mag keine halben Sachen. Und trotzdem, er schätzt meinen Intellekt.
„Mit dir kann ich ewig und über alles sprechen, es wird nie langweilig und die Zeit rennt so weg. Wenn wir telefonieren, ist eine Stunde so kurz wie ein paar Minuten sonst."
„Ja, genau so geht es mir auch."
Mir ist schon klar, dass sein Wissen so unglaublich viel größer ist als meins. Und er kann seine Gedanken schnell verknüpfen und ganz beiläufig ins Gespräch einfließen lassen. Gregor vergisst nichts, danke Gregor, darauf baue ich.
Ich bemerke, dass mein Freiraum neben ihm nicht kleiner wird. Ich kann beides gleichzeitig haben: Austausch mit Gregor und Platz für meine inneren Bilder. Im Gegenteil, es kommen viel mehr neue, großartige Ideen auf meinen Schirm.
Und Gregor ist ein Diamant. Er weiß es nur nicht. Ungeschliffen und im Gestein vergraben. Ich höre ihm gerne zu. Wenn ich geduldig genug bin, die Klappe halte und er nach Ewigkeiten des Gelabers in der Tiefe seiner Gedanken nach Weisheit fischt, werde ich still und genieße.
Jetzt wird nicht gefischt. Wir haben Hunger und wollen endlich essen gehen. Ich fahre. Gregor lotst mich. Der Vorteil in einer fremden Stadt: Die anderen sind nett und lassen mich vor, wir parken direkt vor der Tür. Gregor bestellt für uns Chatschapuri, georgischen Wein und Limo. Chatschapuri – eine georgische Köstlichkeit! Oh Mann, mein letztes Chatschapuri ist Ewigkeiten her. Genau 25 Jahre.
Ich verschwinde noch kurz aufs Klo und als ich wiederkomme fragt Gregor todernst: „Und, durftest du in das WC für Damen?"

Nimmt er Medikamente, von denen ich nichts weiß? Am Alkohol kann's nicht liegen, er trinkt keinen.
„Erinnerst du dich nicht an unseren Urlaub, Sommer 1990, Sowjetunion? An den Hinflug? Du musstest in Sotschi dringend auf die Toilette und die wollten dich nicht aufs Damen-Klo lassen. Ich sag dir ja immer wieder, deine Haare, furchtbar. Damals hast du damit wie ein Junge ausgesehen. Jeans und Turnschuhe ..."
Ich schmeiß mich weg und muss laut loslachen. „Genau, ich hab mein T-Shirt hochgehoben und das Problem war geklärt. Die Klofrau hat mich durchgelassen. Eine Geste sagt manchmal mehr als tausend Worte."
„Würdest du dein T-Shirt heute wieder hochziehen?"
„Jan Gregor Stein, du bist unverschämt. Ich bin ein unübersehbar weibliches Wesen. Oder soll ich jetzt ... hier ... vor dir blankziehen? Ist es das, was du willst?"
Ich stehe auf, ziehe meine Jacke aus, hänge sie über meine Stuhllehne und ziehe das Hemd in Zeitlupentempo aus meiner Hose. Gregor sagt nichts und wartet ab. Na gut, mein Lieber, ein bisschen geht noch, bauchfrei wäre ok. Da kommt die Kellnerin die Treppe hoch, um unsere Getränke zu servieren. Ich grinse Gregor an und setze mich hin. Mein Bauch bleibt bedeckt.
Nachdem die Kellnerin wieder verschwunden ist, kommentiert Gregor: „Mach weiter!"
„Zauberwort?"
„Später, im Bett."
„Falsch. Aber guter Einwand. Hast du eigentlich damals in Rostow noch eine von den Tussen flachgelegt?"
„Bist du eifersüchtig?"
„Wissbegierig. Hast du?"
„Nein. Ich war in dich verliebt, schon vergessen?"
„Nö, nie gewusst." Damals war ich so sauer auf ihn. Aber es ist schön, dass er mich geliebt hat und mich immer noch mag. Klar mag ich ihn auch. Immer noch. Aber wie sehr, dass verschweige ich lieber.

Gregor erzählt weiter über längst Vergessenes: „Erinnerst du dich noch an unser Entsorgungsproblem? Einen Mülleimer hatte Sascha nicht und ich musste die Kondome in fremden Mülltonnen loswerden und vorher gut verpacken."
„Da hattest du direkt mal eine verantwortungsvolle Aufgabe. Ich erinnere mich nur, dass ich entsetzt war, weil du so wenige Kondome mithattest. Und einkaufen war zu der Zeit schlecht. Allgemein schlecht und Kondome ganz schlecht."
Die Unterhaltung am Nebentisch, der erst seit ein paar Minuten von einer russischen Gesellschaft okkupiert ist, bricht ab. Was haben die denn gedacht, dass ich mit achtzehn schwanger werden wollte?
Stolz verkünde ich noch eine Erinnerung: „Was wohl aus unseren beiden Danielas geworden ist? Meine Schulfreundin Daniela – weißt du noch, du hast mich während des Kartenschreibens an Dani gefilmt und wolltest ihre Adresse haben – du Arsch wolltest meine Daniela abschleppen, erinnerst du dich?"
Seine Daniela hat er auf einem Treffen seines Freundeskreises in Leipzig kennengelernt. Ich wurde wegen ihr versetzt, damals. Sie war genau Gregors Beuteschema.
„Klar erinnere ich mich, deine Daniela hast du mir damals nicht gegönnt. Und meine Daniela wollte erst auch nicht."
„Ich fasse es nicht. Wie jetzt – ERST auch nicht?"
„Na, wir haben uns noch mal getroffen und dabei ging es ganz schön zur Sache."
Ich muss lachen. Der Blödmann verarscht mich, so wie der jetzt guckt. Nee mein Lieber, das ist lange vorbei. Und so erzählen wir über unseren letzten gemeinsamen Urlaub. Gregor erzählt und ich erinnere mich wieder. Es ist wunderschön. Hier und mit Gregor.
Schön, dass ich ihn in meiner kleinen Kiste wiedergefunden habe. Heute will ich sie nicht mehr hergeben, meine Freundschaft zu Gregor. Und das ist es doch, was zählt: wahre Freundschaft. Diese innere Verbindung von Vertrauen und Freiheit. Wir haben uns gegenseitig in die

Freiheit entlassen, ohne die Liebe zueinander zu verlieren. Wir haben ein Vierteljahrhundert ohne uns verbracht, sehen uns wieder und alles ist wie immer.

Fast alles. Heute zahle ich und drücke Gregor meinen Autoschlüssel in die Hand. Alkohol und fahren – das mache ich nie, auch nicht nach einem Bier.

Wir fahren noch zur Kirmes, ich hab's mir gewünscht – wie damals. Ein in diesen Tagen gern genommenes Wort.

Meine kleinen Freunde wollen Autoscooter und Karussell fahren. Gregor muss mit. Es ist einfach großartig. Ich fühle mich wie zwölf. Aber nicht lange.

Ich hake mich bei Gregor unter und unsere Hände finden sich in seiner Jackentasche. Es ist schön, ihm nah zu sein. Ich bin glücklich. Wenn das mein letzter Tag wär, könnte ich ihn genau so verbringen. Danke, Gregor.

Wieder zu Hause bei Gregor hören wir Musik und ich freue mich einfach. Gregor schenkt uns Sekt ein. Vom Dolce Vita hat er andere Vorstellungen als ich. Aber heute ist mir total egal, dass der Sekt warm und süß ist, die Geste zählt.

Irgendwann geht die Freitagnacht zu Ende, Gregor bringt mich in mein Bett im Gästezimmer. Er hat wieder seinen wunderbaren Schlafanzug an, deckt mich zu, gibt mir einen Gutenachtkuss auf die Stirn und verschwindet nach oben.

Der vergangene Tag ist in meinen Gedanken sehr präsent und ich träume noch ein bisschen weiter. Gregor und ich sind wie zwei Seiten einer Münze. Jeder schaut in die andere Richtung, jeder sieht das Leben von einer anderen Seite. Und trotzdem sind wir miteinander verbunden, wir stehen Rücken an Rücken.

Klar, im Rücken sehe ich auch meine Vergangenheit, meine Vergangenheit mit Gregor. Ich muss mich nur umdrehen. Aber wir hatten doch so wenig Zeit, die wir tatsächlich miteinander verbracht haben. Warum weiß ich, wie Gregor tickt, was er denkt und fühlt?

Und plötzlich fällt mir die Begegnung mit Kostja wieder ein, unser letztes Treffen am Don. Ich erinnere mich an unsere Verbundenheit und das allgegenwärtige Bewusstsein. Ich erinnere mich an unser Gespräch über die Liebe.

„Alles ist möglich, wenn du es für möglich erachtest. Wenn es für dich selbstverständlich, zweifelsfrei möglich ist. Du entscheidest, nur du."

Und ich sehe Markus. Wir stehen nebeneinander und blicken in dieselbe Richtung. Wir haben ähnliche Baustellen, unser Weltbild sieht ähnlich aus, wir müssen noch nicht einmal miteinander reden.

Ich liebe Markus wirklich sehr. Aber auch mit Gregor fühle ich mich tief verbunden, Liebe ist schon das Wort, das meine Gefühlslage beschreibt. Danke, Kostja, nun kann ich dich verstehen.

Ich beschließe erst einmal, dass ich friere und noch eine Wolldecke benötige. Die liegen in Gregors Schlafzimmer und da gehe ich jetzt hin. Das Licht seiner Leselampe scheint aus seinem Zimmer, die Tür ist nur angelehnt. Ich betrete das Zimmer mit einem „Darf ich?" und beobachte, wie sich sein erstaunter Blick von seinem Buch löst. Ich schnappe mir die Wolldecke, die über seinem Sessel liegt.

„Ich brauche noch eine Decke." Bescheuerter Kommentar, aber ich benötige einen unverfänglichen und harmlosen Grund, alles Weitere wird sich nach seiner Reaktion ergeben.

Gregor schaut mich fragend bis erwartungsvoll an. Er legt sein Buch zur Seite und stützt sich auf seinen Unterarmen ab. Ich lasse die Decke vor seinem Bett fallen, bleibe mit verschränkten Armen stehen und beobachte Gregor. Er sagt immer noch nichts, rutscht aber zur Seite um mir Platz zu machen und breitet seinen linken Arm aus. Das Angebot nehme ich an, ohne zu zögern. In Pulli und Jogginghose schlüpfe ich unter seine Decke und hoffe, dass dies nach einer spontanen Aktion aussieht. Ich küsse ihn, kuschle mich an seine Seite und lege meinen Kopf auf seine Schulter und meine Hand auf seine Brust.

„Ich bin noch hellwach, erzähle mir einen Schwank aus deiner Jugend", fordere ich ihn auf.

Gregor ist wie immer undiplomatisch direkt: „Das ist es doch nicht, was du willst."
Und ich fühle mich ertappt. Blöde Idee, die Situation ist zweifellos eindeutig. Ich kann es aber nicht zugeben und schweige. Was will ich in Gregors Bett? Teile von mir erinnern sich an damals und wollen mit Gregor schlafen und die Erinnerungen auffrischen. Mein Kopf sagt: NEIN, lass das, du bist bekloppt! Nimm die Freundschaft. Das ist viel mehr, als du mit Gregor je hattest. Der Rest von mir ignoriert den Kopf: Nö, wir hören dich nicht!
Ich liege also in Gregors Arm, meine Hand streichelt seinen Bauch unter dem Schlafanzug. Seine Hand liegt auf meinem Rücken und rutscht tiefer, knetet fordernd meinen Po. Sehr aufregend, so kann's bleiben.
Ich küsse ihn, seinen Mund, sein Kinn, seinen Hals. Für mehr müsste ich Gregor ausziehen und entschließe mich, erst einmal abzuwarten. Meine Hand ist südwärts gerutscht und liegt nun „zufällig" in seiner Hose, spielt ein wenig und ganz sanft mit seinem Penis. „Er" fühlt sich immer noch gut an und freut sich bereits auf mehr.
„Hör auf, sonst komme ich wieder in deiner Hand." Das Wort Impotenz fällt ersatzlos aus meinem Wortschatz und ich freue mich.
Mit Gregor Sex zu haben, war meistens aufregend. Unsere Körper haben sich wortlos verstanden und irgendwie scheint das noch so zu sein. Gregor dreht sich zu mir, lässt meinen Po los, schiebt seine Hand unter mein Shirt, massiert meine Brüste und streichelt meinen Bauch. Er küsst mich, seine Zunge ist in meinem Mund und ich stelle mir vor, was noch alles von meinem Mund liebkost werden könnte.
Seine Hand verlässt meine Brüste und erkundet nun das Feuchtbiotop zwischen meinen Beinen: „So ist das also. Du scheinst wirklich Lust auf mich zu haben."
„Nein, Gregor, es scheint nicht so, das ist so und wohl sehr offensichtlich."
Seine Lust verändert seinen sonst so kontrollierten Ausdruck. Er kniet jetzt zwischen meinen ausgebreiteten Beinen und kommt näher, schiebt

mein Shirt nach oben und kommentiert: „Oh, neue Narben. Das sieht ja fast so aus, als hätte ein Rechtsmediziner bei dir schon mal Hand angelegt."

„Hallo! Hast du noch alle Latten am Zaun? Falls du es nicht bemerkt haben solltest: Noch bin ich am Leben. Und neu sind die nur für dich. Und wenn du genau hinsiehst, entdeckst du noch mehr."

„Stimmt, noch mehr Narben. Eine Schatzkarte? Oder eine Messerstecherei?"

„Ein bisschen von beidem vielleicht. Aber ich bin froh, kein Schlachtfeld mehr."

Nun küsst er meine Narben und meine Brüste, sehr leidenschaftlich.

„Darf ich?" Er wartet nicht auf meine Antwort und zieht meine Hose aus. Er küsst mich und dabei wandert sein Kopf tiefer, zwischen meine Beine. Seine Zunge bewegt sich in mir. Es ist kaum zu Aushalten. Er weiß immer noch, was mir gefällt.

Abrupt steht er auf und zieht sich aus. Das kann ich auch. Ich stelle mich vor ihn und ziehe mein Shirt aus. Wir beobachten uns dabei. Er sieht nackt noch ganz gut aus, nur im Gegensatz zu früher ist er jetzt weiß und grau. Eine Ewigkeit stehen wir uns gegenüber, wortlos wischt er die Deko auf dem Sideboard vor seinem Bett beiseite. Ich sitze auf dem Board und er steht zwischen meinen geöffneten Beinen. Dabei schauen wir uns immer noch an.

„Wenn ich jetzt hier weitermache, dann kommst du nicht, oder?"

Gute Frage. Soll ich jetzt lügen? Nein, wenn wir miteinander schlafen wollen, dann soll das wirklich schön sein. Wir haben Zeit und der Erste hat nicht automatisch gewonnen.

„Stimmt."

Ich küsse ihn, wir legen uns wieder in sein Bett und er stimuliert mich weiter, spürt meinen Orgasmus und küsst mich dabei. Dann nimmt er seine Hand weg, um sich zwischen meine Beine zu legen. Sein Becken senkt sich und wird von meinen Beinen umschlungen. Er küsst mich und wir sind kurz vor unserer Wiedervereinigung.

Da übernimmt kurzfristig mein Kontroll-Johnny das Ruder. Mein Zyklus läuft immer noch wie ein Uhrwerk und heute wäre einer dieser aufgrund meines fortgeschrittenen Alters unwahrscheinlichen aber immerhin noch möglichen Tage, wo eine Befruchtung nicht ganz auszuschließen wäre. Ich und schwanger, allein die Vorstellung ist entsetzlich.
„Gregor, wir brauchen ein Kondom!"
Er hört auf, mich zu küssen und sieht mich an. Ich fühle seinen Blick wie einen Flächenbrand auf meinem Gesicht. Eben war Gregors Gesicht noch lustvoll, sein Verlangen sprang aus seinen Augen. Jetzt kommt der kontrollierte Gregor wieder zum Vorschein. Leider reißt der Blödmann just sein Maul auf: „Erzählst du das deinem Mann? Was würde der dazu sagen?"
Was ist denn das für ne Frage? Er steigert meine Erregung sekündlich, wir sind kurz vor unserer Wiedervereinigung und er fragt WÄHRENDDESSEN nach Markus?
Meine Beine lassen sein Becken los, er legt sich neben mich und ich nehme wieder die harmlosere Position an seiner Schulter ein. Ich will jetzt nicht darüber nachdenken und schweige. Ich kann sehr lange schweigen. Er auch. Trotzdem lässt er nicht locker: „Ich bin müde, entweder wir kommen jetzt zur Sache oder wir lassen es bleiben."
Bitte? Arschloch! Der Zauber ist schlagartig verflogen. Ich stehe auf und verschwinde mit meinen Klamotten und einem: „Bis dann, schlaf gut!"
Bei „entweder – oder" schaltet mein Gehirn ab und ich wähle immer „oder".
Entweder du machst das oder ich habe dich nicht mehr lieb! Entweder hast du lange Haare oder du bist keine schöne Frau. Entweder ... Nee, dann eben lieber nicht.
Katja, du bist selbst das Arschloch! Jetzt ist deine Freundschaft mit Gregor endgültig Geschichte.
Gregor ist auch aufgestanden, ich höre es im Bad rauschen. Kurz darauf kommt er zu mir in die Küche und brüht Tee auf.

„Ich muss bescheuert sein, in dein Bett zu kriechen. Eben war ich vielleicht spätpubertierend."
„Aber du wolltest schon mit mir schlafen?" Er lässt nicht locker.
Aus der Nummer komme ich so nicht mehr raus: „Ja! Was denn sonst! Strümpfe stricken? Noch eindeutiger geht es doch gar nicht. Du warst schon zwischen meinen Beinen, ich habe gestöhnt. Was stellst du dir vor? Hose runter, Penis rein, abspritzen, anziehen und tschüss? Katja mal eben schnell geschwängert? Nee, danke. Ich erinnere mich schon noch an unseren Sex. Vielleicht waren wir am Anfang unbeholfen und weniger subtil, aber plump waren wir nie."
Ich wollte seine Nähe. Aber eine schnell hingeschissene Nummer? Ich weiß gerade überhaupt nicht, was ich will. Ich bin müde, aufgekratzt, erregt, enttäuscht. Meine Gedanken behalte ich für mich, Gregors Gefühlswelt ist offensichtlich wieder mal eine andere.
Und doch ist es Gregor, der die Lage beschreibt: „Ach du, Sex mit dir war immer aufregend und schön. Ich habe das nicht vergessen. Eben wollte ich das auch wiederhaben, du hast mich erregt und ich habe es in deinem Gesicht sehen, du wolltest mich. Immer noch. So wie früher. Ich hatte schon fast verdrängt, wie viel Lust wir uns geschenkt haben und ich will mit dir schlafen, immer noch."
„Und warum haben wir aufgehört?" Diese Frage erscheint mir angemessener, als ein „Ja, ich will auch immer noch!"
„Dein Mann kam dazwischen, ich wollte gerade und dann ... egal. Ich habe mich gefragt, ob du ihn auch so ansiehst, wenn du ihn willst, und wie er dich befriedigt. Für den einen Moment war es wieder 1990. Es fühlte sich genauso an, du warst meine Freundin und ich war fast in dir, da kommt Markus um die Ecke und du bist seine Frau. Es war verwirrend und falsch."
Ich weiß nicht, was ich jetzt sagen soll. Über Markus will ich in diesem Augenblick nicht sprechen. Ich will Gregor nicht verletzen, aber auch nicht anlügen und schweige. Mit Markus zu schlafen, ist immer noch sehr schön und aufregend.

Gregor schaut mich immer noch fragend an. Also gut: „Ach, Gregor. Ich will nicht wissen, was du mit Julia machst, weil es mich nichts angeht. Und ich will mit dir nicht über Markus sprechen. Ich wollte mit dir schlafen. Mit dir, dem alten Mann, dem Gregor von heute, nicht mit dem von vor fünfundzwanzig Jahren. Und wenn ich es nicht war, die du wolltest ... die Katja von heute, die alte Frau, dann wäre das echt eine Scheißidee gewesen."

„Nein, ich will genau dich. Heute. Und das ist eine Scheißidee."

Wir trinken schweigend unseren Tee und Gregor bringt mich in mein Bett in seinem Gästezimmer, deckt mich zu.

„Gute Nacht, meine Katja, schlaf schön."

Ich bin ein Idiot, ein Honk, ein Vollpfosten. Normalerwiese entgehen mir die feinen Schwingungen nicht. Genau jene, die den Unterschied machen. Wieso konnte ich nur ...? Ach, ich kann keinen klaren Gedanken mehr fassen, ich bin müde.

Gregor will aus dem Raum gehen, ich stehe schnell auf und maule rum: „Ich will in deinen Arm und einen Gutenachtkuss auf die Backe haben."

„Wange, das heißt Wange! Deinen Po will ich jetzt nicht küssen."

Wir müssen grinsen. Ich werde von Gregor in den Arm genommen und auf die Wange geküsst. Und ich flüstere in sein Ohr: „Gregor, ich liebe dich. Und du kannst gar nichts dafür."

Das ‚Ja, ich will dich immer noch' und die Wolldecke liegen in Gregors Schlafzimmer neben dem Bett. Noch mal gehe ich da nicht hin. Die Decke wollte ich nicht wirklich und Sex mit Gregor ist gestorben und wurde heute beerdigt.

Ich verschwinde wieder in meinem Bett und bin sofort weg, bis zum nächsten Morgen, da sehe ich Gregor auf meinem Bett sitzen.

„Du schläfst ja nackt!"

Hä? Kennt der doch alles schon.

Ich setze mich auf, ziehe die Decke über meine Brüste, strecke einen Fuß unter der Bettdecke hervor und sage: „Nee, ich habe Socken an, mir war kalt."

Gregor schneidet eine Grimasse, verschwindet und macht uns Frühstück. Das ist nicht wie zu Hause, da bin ich die Frühstücksfrau. Markus würde nur rauchen und Kaffee trinken. Nix da. Frühstück muss.
In der Küche geben wir uns einen Gutenmorgenkuss nach Art „Silberhochzeit ist auch schon lange vorbei“ – es fehlt nur „Guten Morgen, Schatzi, hast du auch gut geschlafen?“ – „Nee, du hast gesägt wie Tausend Waldarbeiter“.
Also gut, die heiße Phase der Neuzeit haben wir radikal ausradiert und gestrichen.
„Ich habe noch Dias, jede Menge von dir, aus Pizunda und spätere Bilder. Willst du die auch sehen?“
„Klar, ich will alles sehen.“
Und ich schaue mir seine Bilder an. Alle. Auch Dias aus Leipzig. Grandiose Bilder. Ich habe selten Schönere gesehen. Ich fotografiere selber ganz gern, manche meiner Bilder sind auch gut, aber hier spielt Gregor definitiv in einer eigenen Liga. Und ich habe echt Ahnung von schönen Dingen, wenn ich sie sehe.
Leipzig, wenn du Bilder von dir brauchst, nimm Gregors – was Besseres findest du nicht!
Alles aus einem Guss – detailverliebt und trotzdem eine Aussage, ein großes Ganzes. Hier erkenne ich den Diamanten, facettenreich geschliffen und blank poliert. Warum hat er keine eigene Ausstellung?
Also die Motive sind nicht unbedingt schön im herkömmlichen Sinn. Zeigen sie doch ein schon längst vergessenes Leipzig.
Eins der Bilder hat mich gepackt. Alles auf dem Bild ist genau richtig getroffen, die eher nicht vorhandenen Farben und die Perspektive lassen mich eintauchen. In das Bild und in die Stimmung. Es erzählt eine Geschichte über ein mehrgeschossiges stolzes Haus. Grau und ungeschminkt wie eine alte Frau, der Müllhalde nebenan trotzend. Einsam und trotzdem stark und vital. Auf den zweiten Blick sogar schön. Ich will gar nicht wieder auftauchen, denn auch hier erkenne ich mich. Auch ich habe viel Müll hinter mir gelassen, manchmal kann ich ihn noch sehen

und manchmal stinkt es gewaltig. Aber ich bin stark und verbiege mich nicht. Und schon gar nicht für die, die mir wichtig sind. So what, wenn es neben mir Schönere gibt. Wer mich wirklich anschaut, sich traut, hinter meine Fassade zu schauen, der kann mich finden. Weise, liebevoll, schön und unkonventionell.

Wir bauen die Leinwand wieder ab. Gregor kramt meine Briefe hervor und hat noch viele Fragen. Und Bemerkungen: „Du schreibst so intelligente Sachen und die sind auch noch schön. Warum schreibst du kein Buch? Du hast Talent und Fantasiemangel ist doch ein Fremdwort für dich."

„Wie jetzt, Buch? Und wie kommst du darauf, mich mit Fantasie in Verbindung zu bringen? Ich bin Buchhalterin. Schon vergessen? Als Buchhalterin mit Fantasie landest du im Knast."

„Oder du wirst reich. Ich bin Steuerberater, schon vergessen?"

„Ach, deshalb kannst du jetzt als Privatier deine Zeit totschlagen. So, jetzt weiß ich auch das. Also ich mache was falsch, schon kapiert."

„Katja, du bist eben eine ehrliche Haut. Aber fantasievoll. Sagt ja keiner, dass du deine Kreativität im Beruf ausleben musst. Aber mal ernsthaft, hast du DAS etwa vergessen?"

Ich sage mal nichts und gucke Gregor ziemlich debil an. Was soll ich vergessen haben?

„Du hast es wirklich vergessen! Du hast Gedichte geschrieben. Damals."

„Nee, schon klar. Und veröffentlicht habe ich auch? Im Aufbau Verlag, oder was?"

„Fast."

„Du, verarschen kann ich mich alleine!"

Gregor steht wortlos auf und geht zu seinem Schreibtisch. Ein Griff in die Schublade genügt und eine Mappe kommt zu Tage. Aus dieser Mappe fischt er ein Blatt Papier. Das tanzt jetzt vor meiner Nase. Immer noch ohne einen Kommentar. Ich schiele auf das vergilbte Blatt. Oh, meine Handschrift. Der optischen Gliederung nach zu urteilen, ein Gedicht. Tatsächlich. Ich greife danach und es verschwindet.

„Du darfst es lesen, aber das ist meins! Und das bleibt meins, nur mal so zur Info!“
„Nee, Gregor, is schon klar. Meine Zeit der Papiervernichtung ist vorbei. Schon lange.“
Tatsächlich ein Gedicht. Ein Liebesgedicht. Ich halte es in meinen Händen und lese. Erst laut und dann noch und noch und noch mal, für mich. Das Papier beschreibt Gregors Zerrissenheit, sein Zögern, sein Unvermögen, Gefühle zu äußern. Und meine Sehnsucht, einmal wirklich von ihm gesehen zu werden. Und meine Resignation. Heute würde ich vielleicht andere Worte nutzen. Aber das Gefühl schreit so ungefiltert aus dem Papier, es hat die Jahrzehnte überstanden und nimmt mich mit, nach 1990. 1990 mutiert plötzlich zu einem Ort. Einem Ort, an dem noch viele Erinnerungen vergraben sind. Vergrabene Erinnerungen und vergrabene Gefühle.
Ich atme durch und wische eine in der Zeit verirrte Träne aus meinem Gesicht. Gut, es ist 2015 und dieser Gregor neben mir bleibt sachlich. Und er erzählt weiter: „Natürlich hast du es öffentlich gemacht! Barfuß oder Lackschuh. Das war DEIN Spruch.“
„Es wird immer kryptischer.“
„Du hast es tatsächlich vergessen! Du warst damals in so einem Rezitationsklub. Und zu irgendeiner Veranstaltung hast du dein Gedicht vorgetragen. Der Rahmen war eher klein. Vielleicht dreißig Leute und ich. Ich habe deinen Mut bewundert. Dein Gedicht passte nicht so zum Thema, das weiß ich noch. Du hast's vorgetragen, dich nicht um die Leute geschert und bist im Anschluss trotzig abgehauen. Aber ich fand's stark.“
Ich weiß davon gerade nichts mehr. Aber irgendetwas macht pling und ich frage Gregor: „Ich war so sauer auf dich, weil du zu spät gekommen bist. Stimmt doch?“
„Stimmt.“
Mehr fällt mir nicht ein. Gibt es so was wie partielle Amnesie? Demenz mit dreiundvierzig? Oder fehlen einfach nur ein paar Tassen in meinem Schrank? Ist das normal?

Er verschwindet kurz und kommt mit der Sonderbeilage der Bildzeitung vom 3. Oktober wieder, dem Jahrestag der Wiedervereinigung. Mit einer Anzeige: „Schreiben Sie uns kurz Ihre spannende Geschichte und senden Sie die an uns" – oder so ähnlich.
„Jaaa! Das mache ich! Scheiß auf Kurzgeschichte, das wird ein Buch."
Ich sehe mich schon auf der Buchmesse, mit meinem neuen Buch, dem Bestseller! Klar, ich bin dabei! In Lackschuhen, blank poliert und strumpflos. Scheiß auf die Blasen! Ich will alles, BARFUSS IN LACKSCHUHEN. Es darf wehtun. Eine neue Facette will geschliffen und poliert werden. Befreit vom Staub der Jahrzehnte.
„Schreibst du mir eine Widmung rein?"
Gregor, du bist der Hammer!
„Mindestens. Ich beteilige dich am Ertrag – ist ja schließlich deine Idee und deine Hilfe benötige ich auch!"
Ha, Katja, du bist gar nicht so doof. Ein gemeinsames Projekt kann auch gemeinsam Freude bereiten. Ich freue mich schon. Was ich schreiben will? Ich vertraue darauf, dass mich die Muse küsst. Muse? – Gibt es eigentlich auch eine männliche Form dafür?
Ich lege meine Füße auf Gregors Sofa und träume ein bisschen. Ich male mir alles aus. Groß und bunt, noch größer und noch bunter.
Gregor reißt mich aus meinen Tagträumen: „Zieh deine Schuhe an! Komm, lass uns gehen, die Sonne scheint!"
Gut, ich kann ja schon mal üben, ziehe meine Strümpfe aus und die Schuhe an. Die Strümpfe werden ordentlich zusammengerollt und liegen demonstrativ auf Gregors Board im Flur. Es ist ungewohnt, barfuß in Stiefeletten.
„Eine neue Zeremonie? Barfuß im Lackschuh?" Gregor hat mich beobachtet und die richtigen Schlüsse gezogen.
Scheiße, bin ich glücklich! Meine kleinen Freunde reißen ihre Ärmchen nach oben und hüpfen vor Freude. Ich genieße den Moment der puren, unverhofften und überaus grundlosen Freude und muss im Kreis grinsen. Na ja, grundlos?

„Gregor, du bist ein Schatz. Ist das neu? Habe ich das vergessen? Nein, ich hab's nicht vergessen, nur verdrängt. Danke. Ich danke dir wirklich. Echt. Für alles. Auch das Vergessene."
Ich schmeiße mich an Gregor, nehme den Verdutzten in meine Arme und nötige ihn, sich zu mir herunterzubeugen. Er bekommt einen Knallkuss auf seine Wange.
Mein letzter Knallkuss ist schon so lange her. Meine Oma Ilse hat diese Dinger geliebt. Laute, im Überschwang auf die Wange geknallte Küsse – durchaus mit Spucke versehen. Diese Zeremonie wurde so lange wiederholt, bis der eindeutige Sieger gekürt werden konnte. Natürlich gewann immer der Lauteste. Ach Oma, wenn du wüsstest ...
Gregor holt mich ins Geschehen zurück: „Klar bin ich ein Schatz. War ich immer. Ich bin's doch – Gregor der Erste!"
„Oh – Eure Durchlaucht oder doch eher Durchgedreht? Bester Gregor aller Zeiten, gewährt Ihr mir die Ehre Eurer Begleitung?"
„Welches Schweinderl hat dir heute ins Gehirn geschissen?" Gregor zeigt mir den Vogel und schiebt mich zur Wohnungstür raus.
Die Sonne scheint immer noch wie gemalt, wir fahren in die City und schlendern durch Hannover. Gregor zeigt mir die schönsten Ecken und den von ihm heiß geliebten Trödelmarkt. Inspirationsquelle für seine schrägen Dekoideen und Herkunftsort vieler seiner Schallplatten.
Wir fühlen uns beide jung, laufen Hand in Hand und staunen manchmal wie kleine Kinder. Wer sagt eigentlich, dass wir so verschieden sind?
Und wir besuchen noch eine Freundin von Gregor, seine „Schwester" Ira. Ira wohnt in einem kleinen Apartment im Terrassenhochhaus. Gregor klingelt, holt seinen Schlüssel raus und schiebt mich in Iras Wohnung. Ich bin platt. Wie viele Schlüssel hat der noch an seinem Bund?
Die Frage parke ich für später, denn jetzt kommt Ira um die Ecke.
„Du siehst ja noch genauso aus wie früher! Gregor hat mir Bilder von dir gezeigt!", begrüßt sie mich.
Ich bin platt, nehme sie in die Arme und drücke sie. „Schön, dass ich dich besuchen darf!"

„Gregor hat nicht so viele Freunde und ich bin froh, dass du da bist.“
„Danke, Ira, ich freue mich auch sehr“ – Ich hätte Blumen mitbringen sollen, zu spät. Sie verschwindet in der Küche und kommt mit Kaffee wieder.
Wir schnacken wie alte Freunde, Gregor ist zum Zimmerschmuck mutiert – Ira programmiert Webseiten und wir unterhalten uns über die unbegrenzten Möglichkeiten der Informationsbeschaffung im Netz.
Gregor ist in der analogen Welt hängengeblieben und gibt mir Suchaufträge. Alle Bilder vom Silberjubiläum seiner Abiturklasse. Ich zeige sie ihm.
Und dann will er wissen, was ich über „Nummer Zwei“ (meine Nachfolgerin) rausbekomme.
„Gregor, du sitzt hier mit Ira und mir, zwei schönen, klugen und warmherzigen Frauen zusammen. Und Julia nicht zu vergessen. Was willst du denn noch?“
„Informationen.“
Ira und ich wechseln einen fragenden Blick und ich mache mich auf die Suche, widerwillig. Ihr Alter weiß ich ja leider schon (mein Geburtsjahr) und den Namen auch. „Ort, Beruf, verheiratet, Kinder?“
Gregor schweigt, stimmt – die Infos wollte er ja erst bekommen.
Mensch, Katja, das nächste Mal hältst du einfach deine Klappe und machst diesen Mist nicht mehr! Wieso soll ICH hinter fremden Leuten herschnüffeln? Diese Scheiße habe ich schon früher gehasst und abgelehnt. Und heute? Na ja, die Stasi gibt’s nicht mehr, aber immer noch genügend Schnüffelnasen.
Und wenn Nummer Zwei Kontakt zu Gregor haben wollte, könnte sie ihn mit extrem wenig Aufwand finden. Es sei denn, sie weiß nichts über Gregors Vergangenheit. Das wiederum ist schwer vorstellbar bei diesem Plappermaul.
Während meiner Recherche beschließe ich, mich zu boykottieren und nix zu finden. Zu spät. Eine Seite mit einem Bild von dieser unvorsichtigen Frau mit ihrem frisch geschlüpften Baby (ein Mädchen, schöner

Name, geboren in der Weihnachtszeit im letzten Jahr) und dem vermeintlichen Vater des Kindes poppt auf. Das Kind ist niedlich. Außerdem kommen jede Menge Informationen über ihre Arbeit, ihren Wohnort und noch einiges mehr. Boa, die Alte muss bekloppt sein, was sie alles so öffentlich teilt. Oder die will gefunden werden. Von Gregor? Nee, das ist mehr als unwahrscheinlich.
Ira muss nun den Mist über Nummer Zwei für Gregor ausdrucken. Gregor streicht mit dem Finger über das Bild, faltet es bedächtig zusammen und steckt es in die Brusttasche seines Hemdes. Er geht zur Tür und will uns Frauen alleine lassen.
Scheiße. Was geht hier ab? Er liebt sie immer noch, meine Nachfolgerin. Ich bin geplättet.
Ira schreitet ein und staucht Gregor zusammen: „Hast du gar keine Manieren? Lässt deine Freundin hier sitzen? Genau wie in Kiew, da bist du auch einfach abgehauen, hast dich verlaufen und ich musste dich suchen. Du bleibst jetzt hier. Essen ist gleich fertig!"
Danke, Ira!
„Kiew?", frage ich, als ich mich berappelt habe. „Erzähl mal mehr!"
Gregor ist wieder ganz der Alte und erzählt Episoden von sich und Ira in Kiew, Paris und aus dem Harz. Im Harz sind, soweit ich Gregor bis jetzt verstanden habe, aber eigentlich nur die gelandet, die Gregor auch flachgelegt hat. Wernigerode oder Bad Harzburg, ein besonderes Ritual. Ich überlege kurz. Was läuft zwischen den beiden. Ist „Schwester" ein Synonym für Sex außerhalb der Partnerschaft? Ira und Julia parallel? Oder war Ira vor Julia Gregors Freundin? Jetzt wird mir auch klar, warum Julia so paranoid reagiert, wenn Gregor über mich spricht. Gregor ist schon ein kleines Arschloch.
Später, wieder im Auto auf dem Weg nach Garbsen, frage ich ihn tatsächlich: „Was läuft zwischen Ira und dir?"
„Wie kommst du denn darauf?"
„Harz. Du hast Ira in den Harz geschleift."
„Eifersüchtig?"

„Meine Gefühlswelt ist kunterbunt, groß und breit. Ich habe laut ‚hier' gerufen, als der liebe Gott die Gefühle verteilt hat. Als der Gute schlussendlich Eifersucht und Neid verteilt hat, war mein Töpfchen schon voll. Davon habe ich also nix abbekommen. Ich bin einfach nur neugierig."
„Jeder ist doch eifersüchtig. Wenn dein Mann mit einer anderen Frau schlafen würde ..."
„... dann benutzt er hoffentlich Kondome. Soll ich mich deshalb unglücklich machen? Aber Markus ist Markus und du bist mir noch eine Antwort schuldig."
„Wir waren mal ein Paar, Ira und ich, das ist aber schon lange vorbei."
„Vor Julia oder hattest du beide gleichzeitig?"
„Du lässt nicht locker. Also gut. Beides. Als ich noch mit Ira zusammen war, hat sie was mit einem Galeristen angefangen. Dann kam Julia. Manchmal habe ich noch mit Ira geschlafen. Julia kam dahinter und war stinksauer."
Die Frage, ob Gregor immer noch mit Ira schläft, ist plötzlich nicht mehr wichtig. Warum auch. Aber ganz kommentarlos kommt Gregor nicht davon: „Solltest du mich je als deine Schwester bezeichnen, dann sind wir geschiedene Leute!"

Am späten Nachmittag, wir sind wieder bei Gregor zu Hause, räume ich mein Gedöns zusammen und packe meine Tasche. Gregor kocht noch Kaffee, eine ganze Kanne. Na gut, meine Tasche landet im Flur. Ich suche mir noch Musik aus, Gregor legt die Platte auf, zieht mich an sich und tanzt mit mir. Nur kurz, dann lässt er mich im Raum stehen und lümmelt sich auf das Sofa.
„Es ist noch zu hell", so seine ‚Erklärung'.
Wie jetzt, zu hell? Für was? Ich sage nichts und setze mich zu ihm.
Wir hängen beide lang ausgestreckt auf dem Sofa, er redet, ich höre zu und rutsche noch ein Stück näher zu ihm. Mein Kopf lehnt an seiner Schulter und ich hänge meinen Gedanken nach. So kann ich ihn nicht beobachten, muss ich auch nicht.

„Gestern Nacht, nach deinem Besuch in meinem Bett, musste ich an unser erstes Mal denken. Erinnerst du dich?“
„An was, an gestern Nacht oder an unser erstes Mal? Die Antwort ist zweimal ja.“
„Hättest du dein erstes Mal lieber mit Markus erlebt?“
„Bist du bescheuert? Warum sollte ich das nicht mit dir erlebt haben wollen? Hast du nicht gemerkt, wie sehr ich dich geliebt habe?“
„Gestern oder damals?“
Korrekte Frage. Die korrekte Antwort kennt er bereits, warum Bekanntes ständig wiederholen?
„Jan Gregor Stein, du bist unverschämt.“
„Wieso bin ich unverschämt? Wer wollte denn gestern ...“
„ICH spreche von 1990. Hättest du dich etwa lieber von einer anderen Frau entjungmannen lassen?“
Hoffentlich gute Gegenfrage. Und ich hoffe auf ein Nein.
„Du warst so süß und leidenschaftlich. Das zu erleben, hatte schon was.“
Gestern oder damals? Diese Frage ist wie ein Boomerang.
„Aha, und du warst der unbeteiligte Beobachter, oder was?“ Wieso bin ich jetzt so angepisst? Wegen gestern oder schon wieder damals?
„Hey, natürlich nicht. Du warst meine Erste. Das würde ich doch nicht tauschen wollen, das war schon besonders.“
Ich wäre gern seine erste Liebe, nicht nur der erste Fick. Aber jetzt bin ich fies, Gregor hat mich geliebt, sehr sogar, das ist eindeutig klar, also mir ist das klar, inzwischen. Aber warum fühle ich mich trotzdem unzufrieden? Irgendwie wäre ich vielleicht gern seine „einzig wahre Liebe“ gewesen – aber dieser Titel ist offensichtlich für Nummer Zwei bestimmt. Das ist schade, vor allem für Julia, obwohl: Vielleicht ist es ihr recht, dass Gregor eher zurückhaltend bis abweisend agiert. Wenn Julia seine „große Liebe“ wäre, könnte Gregor vielleicht glücklich sein.
So geistert eine verklärte Vergangenheit in Gregors Kopf, an der er festhält und die sein Leben prägt. Die Messlatte wird mit der Zeit immer höher gelegt und Nummer Zwei wird nach jeder Rückschau schöner. Gre-

gor suhlt sich in dieser Rückschau und reibt sich mit der Vergangenheit mit Nummer Zwei ein. Hier kann er endlich was fühlen, wenn auch nur Schmerz und Trennung. Und er träumt sich bittersüß in eine Zukunft mit Nummer Zwei, gegen die nichts Reales anstinken kann.

Gerne würde ich Gregor wachrütteln. Die Vergangenheit ist vorbei und die Zukunft ist noch nicht da. Das Einzige, was da übrigbleibt, ist das Jetzt. Und Gregor vergeudet sein Jetzt. Es fließt ungeachtet und ungeliebt davon. Wie traurig. Auch für mich. Trotzdem ist das seine Entscheidung.

Ich weiß nicht, ob Gregor wachgerüttelt werden will, aber ein sanftes Anstupsen geht immer: „Aber jetzt würdest du tauschen wollen? Statt Katja sitzt auf dem Sofa …?“

„Bettina wäre schön …“

Nummer Zwei heißt im richtigen Leben Bettina.

„Gott – lass Bettinas vom Himmel regnen. Eine schöner als die andere! Und statte Gregor mit dem Muskel an der richtigen Stelle aus. Seinen Verstand hat er schon abgegeben, den braucht er dafür auch nicht. Wir wollen ja nichts verschwenden. Aber warte damit, bis ich verschwunden bin.“

Ich stehe auf, ziehe meine Stiefeletten an und nehme meine Jacke vom Haken und schnappe meine Tasche: „Ich muss los, sonst wird das heute nichts mehr.“

Gregor steht auch auf und folgt mir in den Flur seiner Wohnung: „Hast du heute eigentlich deine Monatsblutung bekommen?“

„Was!?“

„Na, blutest du schon oder bist du noch empfängnisbereit?“

Jetzt muss ich echt laut lachen. Alle Enttäuschung fällt von mir ab. Gregor lacht ebenfalls. Ob er ernsthaft auf eine Antwort wartet?

„Jan Gregor Stein, du bist ein schlimmer Finger.“

„Ich bin eben neugierig. Und ich will doch nur, dass du nicht mehr sauer bist wegen Bettina.“

„Bettina ist mir scheißegal. Du, der liebenswürdige Gregor in dir, der ist mir nicht egal. Aber nein, ich bin nicht sauer.“

„Das ist gut. Dann kommst du jetzt wieder mit in mein Zimmer?"
„In dein Bett?"
„Oder auf das Sofa."
Ich antworte mal lieber nicht und ziehe stattdessen meine Jacke an. Zum Abschied nimmt er mich in die Arme und küsst mich. Und ich bin gemeint, nicht Bettina. Keine Täuschung.
„Das waren zwei schöne Tage mit dir. Besuchst du mich wieder?" Nach dieser Frage werde ich aus seiner Umarmung entlassen und fühle mich in der Zeit zurückkatapultiert. So ähnlich hatte sich Gregor im Januar 1990 von mir verabschiedet.
„Ich fand's auch zauberhaft. Wenn Bettina zu Hause bleiben kann, komme ich gern wieder."
Gregor begleitet mich noch zum Auto und stellt meine Tasche in den Kofferraum. Jetzt küsse ich ihn, steige ein und fahre los. Außer Sichtweite parke ich mein Auto und atme durch. Alter Schwede, was für ein Tag. Ich habe wieder alles erlebt. Nähe und Distanz und vieles irgendwo dazwischen. Ich wäre gern zurückgefahren, entscheide mich aber doch dagegen.

DEZEMBER 2015

Es ist Anfang Dezember. Die Tage sind kurz und es riecht nach Winter. Der Weihnachtsmarkt verströmt seinen verlockenden Duft bis in mein Büro, wo mehr als genug zu tun ist.
In zehn Tagen feiern Markus und ich unseren zweiten Hochzeitstag, im Jahr unseres Silberjubiläums. Und wir fahren an mein geliebtes Meer. An das Meer, das vor fast genau fünfundzwanzig Jahren unsere Füße umspült hat. Markus, mein Nordlicht, und das eisig aufgewühlte Meer, diese Kombination ist perfekt.
Doch erst einmal treffe ich mich mit Gregor, wir wollen gemeinsam über den Bremer Weihnachtsmarkt schlendern. 1990 wurde daraus ja nichts. Also ich war damals da, allerdings mit Markus. Aber jetzt ist es so weit, endlich.
Wir sind praktisch veranlagt und so treffe ich Gregor an der Tankstelle direkt nach der Autobahnabfahrt. Wir wollen zusammen in die City fahren.
Ich begrüße ihn mit dem Ritual der alten Männer, Küsschen links, Küsschen rechts und wieder links. „Schön, dass du hier bist. Hat alles gut funktioniert?"
„Klar ich bin super durchgekommen. Wohin fahren wir?"
„Heute bist du mir ausgeliefert. Spielst du mit, bis heute Abend? Dann bist du wieder hier."
Er schaut mich fragend an, lacht: „Entführung? Die Nummer war mies. Klar, spiele ich mit."
Ich habe für heute den perfekten Plan. Die Kunsthalle zeigt eine großartige Ausstellung, die ich noch mal mit Gregor sehen möchte: „Regisseure des Lichts", von Rembrandt bis Turrell. Dann folgt ein Bummel durch das Viertel, über den Weihnachtsmarkt und den Schlachtezauber. Abends will ich mit Gregor in ein Restaurant in die Überseestadt.

Und jetzt will Gregor entführt werden? Ich frage lieber doch noch einmal nach: „Mein Lieber, du hast die Wahl: Spontane Aktion oder meinen schön ausgearbeiteten Plan, was willst du erleben?"
„Das ist deine Stadt, deine Tour und ich mache alles mit."
„ALLES wird aber ganz schön spät, heute Abend."
„Ich weiß ja nicht, aber wenn du noch länger rumlaberst, können wir hier stehen bleiben, dann wird's irgendwann auch spät."
„Stimmt, das kenne ich noch von früher. Du hast immer irgendwo geparkt und bist über mich hergefallen. Schlimmer Mann. Heute würden wir uns hier den Arsch abfrieren."
„Das hat dich nie gestört. Du bist ganz schön verweichlicht."
„Überleg dir genau, was du dir wünschst. Bitte legen Sie Ihren Sicherheitsgurt an. Stellen Sie Ihren Sitz in eine aufrechte Position Während des gesamten Fluges ist das Rumhüpfen auf dem Gang verboten. Wir erreichen Bremen voraussichtlich erst wieder heute Abend. Bitte sagen Sie Ade zum Weihnachtsmarkt. Klagen über den Verlauf der Reise werden frühestens 2040 bearbeitet."
Auf der A27 Richtung Cuxhaven grinst mich Gregor an.
„120 Kilometer bis zur Nordsee?"
„Wieso weißt du das schon wieder, das ist doch Beschiss."
„Na, ich kenne dich schon ein bisschen. Und dass wir nicht nach Worpswede fahren ..."
„Ja, wir fahren ans Meer. Das Wetter ist dafür genau richtig. Es wird kalt, windig und trüb. Es sei denn, du willst lieber ..."
„... ans Meer, ich freue mich."
„Ach, Gregor, wenn ich dich nicht schon so lieben würde ..."
„... dann würdest du das jetzt tun ..."
„Genau das."
Wir laufen am einsamen Strand der Nordsee in Duhnen entlang und es ist stürmisch und still zugleich. Es ist rau und doch tröstlich. Wir bleiben stehen und ich schaue aufs Meer. Das Kreischen zweier Möwen unterbricht die Stille. Gregor sieht mich an.

„Du bist schon ein merkwürdiges Wesen. Ich kann mir das gar nicht vorstellen, du im weißen Kleid auf dem Standesamt. Zeigst du mir davon mal Bilder?"

„Also, dass du mir das zutraust ... ein weißes Kleid steht auf meiner Wunschliste ganz weit hinten. Danach kommt nur noch ein Loch im Kopf. Außerdem bin ich ja manchmal echt altmodisch. Ein weißes Kleid symbolisiert für mich immer noch Unschuld und Jungfräulichkeit. Damit war doch spätestens nach Potsdam Schluss."

„Potsdam? Wieso Potsdam?"

„Du und ich bei meiner Tante in Potsdam? 1990 im Februar, kurz nach meinem achtzehnten Geburtstag?" Gregor sagt nichts, guckt mich fragend an und grinst.

„Gregor, mach mich nicht schwach. Unsere gemeinsame Entjungferung? Hast du das etwa vergessen?"

„Katja, das war im Harz. In Ilsenburg. Am 30. April. Ich hätte dich doch nie bei deiner Tante ... Weißt du das echt nicht mehr? Die Wirtin war doch so empört, dass ich mit einem so jungen Ding aufschlage. Wir haben anschließend Schokolade ins Bettzeug geschmiert, damit dein Blut nicht so auffällt. Außerdem wollte ich das filmen, du hast dich aber so zickig angestellt, dass ich's gelassen habe, schade eigentlich ..."

Scheiße, ist das peinlich. Ich habe tatsächlich mein erstes Mal vergessen. Wie so vieles. Bloß gut, dass Gregor nichts vergisst und dass ich ihn wiederhabe. So als Freund.

„Gregor, über so etwas mache ich keine Witze und damit würde ich dich nie ... Ich hab's tatsächlich schlicht und einfach vergessen."

„Du bist die einzige Frau, die ich kenne, die ihr erstes Mal vergessen hat. Dass ich das noch erleben darf, bevor ich vor meinen Schöpfer trete! Also, was hattest du an?"

„Was soll ich denn angehabt haben? Erst meinen komischen grau gestreiften Schlafanzug, denke ich, und dann nichts mehr. Wir waren dabei hoffentlich nackt, daran erinnere ich mich noch dunkel. Genau, es war dunkel. Eben hast du gesagt, dass DU noch ganz genau Bescheid

weißt. Also jetzt bin ich aber ..." Ich setzte meinen entsetzten Gesichtsausdruck auf und unterdrücke mein Grinsen.
„Deine Hochzeit ... Mann! Ich meine doch dein Hochzeitskleid!"
„Mann mit Kleid? Nee, Frau im schwarzen Hosenanzug. So war das, was hast du denn gedacht?."
„Katja, wie unromantisch ..."
„So bin ich halt. Erinnerst du dich daran nicht mehr? Im Auto, im Januar? Es war wirklich arschkalt damals, ich hätte es trotzdem genau so gewollt. Aber du hattest die Kondome vergessen."
„Ich hatte ein Kondom dabei."
„Ach! Dann wolltest du eigentlich also nur nicht, dass ich deine Autositze vollblute."
„Genau."
„Schlauer Mann. Und so gänzlich unromantisch."
„Nicht doch, ich stehe wirklich auf Romantik und du solltest es bei deinem ersten Mal schön haben."
„Danke, mein Lieber, vielen Dank. So fürsorglich habe ich dich gar nicht mehr in Erinnerung."
Das war glatt gelogen. Bis auf seine fiesen Kommentare und verbalen Aussetzer hat Gregor immer dafür gesorgt, dass es mir gut ging. Und auch jetzt, wenn wir uns treffen, ist Gregor für mich da und umsorgt mich. Ich genieße das sehr, nur sagen will ich das nicht. Irgendwie habe ich das Gefühl, eine gewisse Distanz aufrechterhalten zu müssen. Und jetzt weiß ich auch, warum Gregor Weltmeister für fiese Kommentare war und immer noch ist. Nur um mir nicht zeigen zu müssen, wie sehr er mich mal geliebt hat und das vielleicht immer noch tut. Gefühle schön unter dem Deckel halten, alles kleinreden und nichts schön finden müssen, ist eine wirkungsvolle Taktik.
Meine Taktik früher war: umdrehen, stehen lassen und weglaufen. Übrigens auch sehr wirkungsvoll.
„Autsch, Katja, du musst mir nicht mehr wehtun. Du hast dein Pensum diesbezüglich übererfüllt."

„Ja, das stimmt. Manchmal labere ich Dünnschiss, weil ich meine, nicht anders zu können, um mich nicht offenbaren zu müssen. Oder ich verschwinde eben spurlos. Ich will damit nicht verletzen, tue das aber. Und mal ehrlich, am meisten mache ich mich selbst klein damit. Also, noch mal von vorne: Danke, mein Lieber, ich weiß jetzt zu schätzen, dass du ein romantischer Typ bist und dafür gesorgt hast, dass ich es schön hatte. Und ich hatte es schön, meistens jedenfalls."

Gregor grinst mich verschmitzt an: „Na bitte, geht doch! Und du kannst es immer noch schön haben, sogar noch schöner, musst nur deine Haare wachsen lassen."

„Ja sicher. Und noch mein Gehirn amputieren und meine Brüste vergrößern lassen. Und noch blonde Farbe kaufen und mindestens 10 Kilo abnehmen. Katja Stein wäre perfekt."

„Nee, ich mag viel lieber kleine Brüste. So eine Hand voll", und er schaut erst auf seine Hände, dann auf meine Brüste und umfasst diese mit seinen Händen unter meinem dicken Pullover. Ich lasse es zu.

„Ja, die sind perfekt. Aber du bist viel zu alt."

„Sorry, dagegen kann ich nichts tun. Doch, ich lasse mich einfrieren, warte ein paar Jahre und tauche dann frisch aufgetaut wieder auf. Mit Feinfrost kenne ich mich schließlich aus. Aber dann bist du mir zu alt. Tja, Scheiße gelaufen. Also, Herzilein, wir haben auf ganzer Linie verkackt. Eine ehrliche Option haben wir noch."

„Ich weiß, warte kurz."

Er kommt einen Schritt auf mich zu, nimmt mich in seine Arme, lässt mich nach einer Weile los, um seine Hände um meinen Kopf zu legen. Er küsst mich, sehr verhalten. Mich erinnert das an unseren ersten Kuss. So fühle ich mich auch und antworte. Einen ewigen Augenblick verschmelzen wir mit dem Meer, dem Himmel und mit uns.

Und auch hier stehe ich Sekunden später vor Gregor und alles ist glasklar und mit einem inneren Frieden überzogen.

Dieser Kuss ist ausgeküsst und gefühlt der letzte seiner Art. Gregor küsst mich auf die Schläfe, wir umarmen uns und bleiben noch eine Weile so

stehen, still und außerhalb dieser Zeit. Eine Tür wurde geöffnet, wir sind immer noch am Meer, aber irgendwie hinter dem Horizont.
Ich bin noch einmal in unserer Arena. Mit Gregor zusammen. Wir zwei Alten stehen da und schauen uns um. Es ist schön hier, aufgeräumt und liebevoll. Nichts erinnert mehr an unser Schlachtfeld. Es gibt keine Schuld, nur noch Liebe. Unsere gegenseitig zugefügten Verletzungen sind verziehen, wir haben unsere Wunden geheilt und unseren Frieden gefunden. Wir sehen uns an und dabei sehen wir uns zum ersten Mal wirklich. Es gibt noch viele offene Fragen, aber die gehören in einen anderen Raum. Ich ziehe den Vorhang zu und mache das Licht aus. Gregor nimmt meine Hand, geht mit mir aus diesem Raum und lässt die Tür hinter uns in ihr Schloss fallen. Werden wir diesen Raum noch einmal betreten? Benötigen wir dafür einen neuen Schlüssel?
Mit Nachdenken komme ich hier nicht weiter. Für die wirklich wichtigen Dinge in meinem Leben hilft mein Verstand nur begrenzt. Meistens nenne ich es Bauchgefühl, Intuition oder Weitblick. Aber da ist noch mehr, eine Magie des Lebens.
Der magische Schlüssel heißt LIEBE und passt in jedes Schloss, in jede Tür, in jedes Herz. Auch wenn wir es manchmal vergessen, wir haben diesen Schlüssel, eine Kopie des Master-Rohlings sozusagen. Das Wissen um diese magischen Momente macht unser Leben reicher. Aber wie immer im Leben: Wissen alleine nützt nix. Wir müssen die Momente erkennen, sie erleben und fühlen. Im Augenblick präsent zu sein, lässt uns leben. Nur da können wir sie fühlen, die Liebe, die Magie, die Macht. Möge die Liebe mit uns sein.
Wir lösen die Umarmung. Gregor grinst mich wieder frech an und streckt mir seine Hand entgegen: „Freunde?“
„Freunde!“, antworte ich ihm, nehme seine ausgestreckte Hand und drücke, so fest ich kann. Ich weiß, dass das bleibt, mindestens zwei Ewigkeiten. Aus NIE ist FÜR IMMER geworden. Vor ziemlich genau fünfundzwanzig Jahren wollte ich Gregor nie wieder sehen, jetzt weiß ich, dass wir immer verbunden sind. Das war so und das bleibt so.

„So, Katja, als neuer Freund kann ich dich jetzt ausfragen und nutze deinen Spruch: Butter bei die Fische. Erzähl mir alles. Von Markus. Habt ihr noch Sex? Wie ist das so, mit einem alten Mann zu schlafen. Und willst du endlich mal schwanger werden. Also wenn das mit Markus nicht klappt, ich kenne da jemanden …"
„… der es mir mal so richtig besorgen könnte? Danke für dein Angebot. Aber Sex unter Freunden sollte tabu sein. Und das bist du nun einmal. Ein Freund. Außerdem bin ich gut versorgt und mit Markus zu schlafen, ist immer noch schön. Aber in ein paar Jahren vielleicht, dann komme ich auf dein Angebot zurück." Jetzt grinse ich ganz frech: „Aber dann bist du auch schon jenseits …"
„Schweig und halt dein loses Mundwerk! Du freche …"
„Was? Freches Miststück?"
„Freche Freundin."
„Yes, Sir! Freche Freundin, Sir!" Ich nehme Haltung an und salutiere.
„Da habe ich noch eine Frage. Du hättest deine Hochzeit doch auch schon viel früher haben können. Warum habt ihr so lange damit gewartet?"
„Du weißt doch, dass ich nie heiraten wollte. Nur wenn alle Türen und Fenster geöffnet sind, kann ich bleiben. Und Ehe hatte für mich immer was mit Gefängnis zu tun. Ich habe irgendwann mal erwähnt, dass es doch schade wäre, wenn meine Rentenansprüche ins Nichts laufen, sollte ich vor Markus den Löffel abgeben. Wir haben uns also irgendwann einfach entschlossen. Eine logische Konsequenz. Markus hat gefragt: ‚Wollen wir heiraten?' Und meine Antwort war: ‚Meinst du, dass uns noch einer nimmt?' Und irgendwann standen wir also vor dem Standesbeamten. Am Freitag, dem 13. Dezember vor zwei Jahren. Der Standesbeamte hat gespürt, dass ich die Hosen voll hatte. ‚Soll ich jetzt echt ja sagen? Und was passiert, wenn ich's doch nicht mache? Muss ich mir dann ein neues Zuhause suchen?' Das waren meine Gedanken. Dann klingelte Markus' Telefon – es wurde für mich irgendwie realer und ich konnte Ja sagen."

„Und Markus?“
„Der hat sich gefreut. Unsere Freunde und Basti waren dabei. Wir sind im Anschluss schön essen gegangen – in mein Lieblingslokal an der Schlachte – und dann ab nach Dresden. Markus, Basti und ich. Feiern mit der ganzen Familie.“
„Das klingt schon wieder so unromantisch.“
„Ja, genau so wollte ich das haben. Wir sind so ziemlich die besten Freunde und trotzdem haben wir sie, diese magischen Momente. Jeder hat sein eigenes Leben – aber Teile davon erleben wir eben immer gemeinsam. Es gibt ein Wir und weiterhin hat jeder sein Ich. Und wir wissen, wer wir sind. Keiner meckert am anderen rum. Weißt du, Markus und ich sind wie Bauern. Bauern säen Roggen und ernten Roggen. Die kommen nicht auf die Idee, plötzlich einfach Weizen haben zu wollen und dann zu meckern, dass aus einem Roggensamen nun einmal keine Weizenpflanze wächst. Oder vielleicht doch lieber Gerste? Nee, Bauern wissen, wie das funktioniert. Eigentlich ist es ja auch ganz einfach. Und so sind wir auch. Klare Ansagen, viel Verständnis und Kompromissbereitschaft. Und Liebe. Ganz viel Liebe! Ich glaube, nur so kann Markus es mit mir aushalten.“
„Und wir? Du und ich? Freundschaft zwischen Mann und Frau, ohne Sex, geht das überhaupt?“
Oh, jetzt bin ich platt. Doch, vorhin gab es ein WIR. Diesen einen Moment lang. Für Gregor auch und für Jan. Vielleicht höre ich aber nur das Gras wachsen und frage stattdessen: „Und zwischen Ira und dir?“
„Hmm ...“
Hmm? Heißt das mehr als Freundschaft? Will ich das jetzt etwa doch wissen? Gregors Sex-Frage bleibt unbeantwortet im Raum stehen. Ich bin mir wieder nicht sicher. Was will ich von Gregor?
Die halb fertige Nacht im Oktober kommt mir in den Sinn. Es war schon sehr sinnlich, mit Gregor durch sein Bett zu wühlen. Die Frage, ob mit Gregor zu schlafen immer noch aufregend und schön wäre, beantworten zu können – das reizt mich schon. Aber was wäre, wenn ich sie dann

beantworten könnte, die Frage? Würde mich das glücklicher machen? ‚Was wäre, wenn …' ist immer nur Spekulation. Irgendwann wird mir die richtige Antwort schon vor die Füße fallen.

Neben den Fischauktionshallen gibt es eine wundervolle Kneipe mit leckeren Fischgerichten. Wir schmausen einfach und richtig gut. Nachdem der Kellner das leergeputzte Geschirr abgeräumt hat, holt Gregor einen Umschlag aus seiner Tasche.
„Sonst sehen wir uns in diesem Jahr nicht mehr." Das war sein kurzer Kommentar dazu. Aus dem Umschlag zaubert er zwei Theaterkarten. Ich freue mich, Theaterbesuche mit ihm sind ein Highlight. Nicht immer für die Schauspieler. Irgendwie hatte sich Gregor mal in ein experimentelles Stück verirrt. Das fand er wohl ziemlich merkwürdig, ohne Text. Er wollte es nur ein wenig aufpeppen. Er stand auf und lief über die Bühne, einmal hin und wieder zurück. Ging zur Garderobe, holte seine Jacke und verschwand. Ob die Schauspieler seinen überaus großzügigen Beitrag zu schätzen wussten?
Ich schiele also auf die Theaterkarten. Harold and Maude. Eine steinalte Frau und ein neurotischer Achtzehnjähriger erleben eine Liebesbeziehung jenseits jeglicher gesellschaftlicher Normen. Ihre gemeinsame Zeit ist voll von melancholischer Poesie und Zärtlichkeit, aber auch von grotesker Komik. Und sie erleben die Zeit des Abschiednehmens.
Nichts könnte in diesem Moment, an diesem Tag besser passen.
Oh mein Gott. Das letzte Mal habe ich das in Dresden gesehen, mit meiner Freundin Ute zusammen. Ich war sechzehn, das Stück hat mich gepackt und ich habe die ganze Zeit geheult und war noch wochenlang in Harold verliebt.
Hat Gregor das gewusst? Habe ich das irgendwann erzählt? Kennt er das Stück? Oder muss ich dem Zufall danken, weil er einfach nur ins Theater will? Die Antwort lässt nicht lange auf sich warten:
„Die sind für den 30. Dezember. Wir gehen erst in das kleine georgische Restaurant mit der süßen Bedienung, Chatschapuri essen. Und danach

ins Theater. Du kannst mein Gästezimmer haben und Silvester frühstücken wir noch schön zusammen, bevor du nach Hause fährst. Wir feiern dann das erste Mal unseren gemeinsamen Jahrestag, den mittlerweile sechsundzwanzigsten. Dreizehn ist doch deine Glückszahl."
„Ja, und ich habe doppelt Glück."
Gregor freut sich, dass ich ihn verstanden habe.

Wir sind wieder auf der Autobahn Richtung Bremen. Meine kleinen Freunde hüpfen noch immer ganz aufgeregt vor Freude, die Kombination Gregor und Silvester ist schon speziell.
Ich merke, dass ich so nicht weiterfahren kann und parke kurzentschlossen auf dem nächsten Rastplatz. Ich ernte einen fragenden Blick, stelle den Motor ab, löse den Sicherheitsgurt und schaue zu Gregor. Die mondlose Nacht wird nur durch den Schein der Parkplatzleuchte ein wenig erhellt.
Ich schaue also Gregor an, beuge mich zu ihm rüber und muss ihn einfach küssen. Wir schauen uns dabei an. Es ist sehr schön, tröstlich und überaus unaufgeregt.
„Danke. Der Tag heute war schön und deine Idee ist so zauberhaft."
Mehr will ich nicht sagen. Ich lege den Gurt wieder an, starte den Motor und fahre los.
„Oh, schade. Ich hätte durchaus mehr vertragen. Mehr Küsse ... und mehr eben."
„Ja, ich vielleicht auch. Und ich würde das sicher auch genießen. Irgendwie bin ich ja auch neugierig. Ich denke an unsere halb fertige Nacht bei dir. Wenn wir da weitermachen würden, wo wir aufgehört haben, wie würde sich das anfühlen, so zwischen uns? Wäre es wie früher oder ganz anders, ganz neu?"
„Wir wollen das nicht wissen, oder?"
„Tja, das ist die Frage."
„Nein, Katja, das wollen wir nicht wissen. Na ja, ich irgendwie schon. Es ist reizvoll. Aber müssen wir alles tun, nur weil wir es jetzt können? Was

ist morgen, nächste Woche oder nächsten Monat? Auf mich wartet Julia und auf dich Markus. Die wären wir wohl los. Und Freunde können wir dann auch nicht mehr sein. Würde dich das glücklich machen?“
„Nein. Es stimmt, was du sagst.“ Ich muss keine Sekunde nachdenken und fühle mich nicht im Geringsten blöd. Vor dieser Entscheidung stand ich schon einmal. Und es fühlt sich auch jetzt wieder gut an.
„Siehst du, mich auch nicht. Wir wären nicht glücklich. So nicht. Jetzt nicht und morgen schon gar nicht.“
Ich habe eine grandiose Idee und frage: „Im nächsten Leben?“
Und Gregor findet die schönste aller Antworten für mich: „Klar, im nächsten Leben. Wenn wir's nicht wieder verkacken!“

KATJA LEUNER wurde 1972 in der Nähe von Dresden geboren. Schon als Kind entdeckte sie ihre große Liebe zu Büchern und zur Sprache – und begann zu schreiben. Als Kind verschenkte sie kurze Geschichten an Familie und Freunde, als Jugendliche wandte sie sich der Lyrik zu.

Die Zeit der Wende erlebte sie als großen Aufbruch in die Freiheit, die sie schließlich nach Bremen führte. Sie lebt seit 30 Jahren als überzeugtes Nordlicht mit ihrem Mann und einigen Fischen in der Hansestadt, liebt das Meer, das Leben und natürlich noch immer das geschriebene Wort.

Aktuell schreibt sie für die Sprachzeitung „Presse und Sprache" eine Kolumne und arbeitet an einem Lyrikband. „Konjunktivtage" ist ihr erster Roman.

NOCH MEHR STARKE AUTORINNEN …

Ein fesselndes Psychogramm

ALEXA STEIN

Am Ende der Schuld
220 Seiten, Klappenbroschur
€ 14,90 [D]
ISBN 978-3-944552-51-4

Jana ist höflich, unaufdringlich und unauffällig. Kaum jemand weiß etwas über ihr Leben. Und sie ist sehr darum bemüht, diesen Zustand aufrecht zu erhalten. Sie hat keine Freunde und nach dem Tod der Mutter auch keine Familie mehr.

Doch dann macht Jana eine Entdeckung, die ihr ganzes bisheriges Leben in einem völlig anderen Licht erscheinen lässt. *Er* trägt die Schuld. Für alles. Und er wird erfahren, dass auch die vielen Jahre diese Schuld nicht getilgt oder geschmälert haben. Dass die Schuld durch sie und in ihr weiterlebt.

Langsam und lauernd beginnt Jana, sich in sein Leben zu schleichen, sein Vertrauen zu gewinnen. Und sie sieht voller Befriedigung, wie ihr Gift zu wirken beginnt.

24 HEURES À Paris

UNE JOURNÉE, UNE AVENTURE

CHRISTIAN LAUSE

EDITIONS
maison des langues

Collection **24 HEURES**

24 HEURES À Paris

Auteur
Christian Lause

Coordination éditoriale
Audrey Avanzi

Révision pédagogique
Aurélie Buatois, Virginie Karniewicz, Laetitia Riou

Conception graphique, couverture et mise en page
Oriol Frias, Pablo Garrido

Correction
Diane Carron

Remerciements
Estelle Foullon, Agustín Garmendia, Pablo Garrido, Charline Menu

Traductions
Anja Burkhardt, Richard Pike, Asun Renau, Alessandra Repossi

ISBN: 978-84-16657-65-0
Réimpression : avril 2019
Imprimé dans l'UE

Photographies

Couverture: Denys Kuvaiev/dreamstime.com;

Chapitre 1: p.4 Steve Lovegrove/dreamstime.com, Gvictoria/dreamstime.com, vulcanus/fotolia.com, studiograndouest/fotolia.com, carlosgardel/fotolia.com; **p.5** Lightkeeper/dreamstime.com, Thomas Launois/fotolia.com, Stephenmcsweeny/dreamstime.com, macgyverhh/dreamstime.com, auremar/fotolia.com, phasin/fotolia.com, yuryrumovsky/fotolia.com; **p.7** Katie/flickr.com; **p.9** abeadev/fotolia.com; **p.12** Bandanna Almanac/flickr.com, Cory Doctorow/flickr.com, germanny/flickr.com, sarah.mckenzie11/flickr.com; **p.13** kwan kwan/flickr.com; **p.15** Thesixthfloor89/dreamstime.com, Giancarlo Liguori/fotolia.com, Punto studio foto AG/fotolia.com, Philophotos/dreamstime.com; **Chapitre 2: p.16** Flynt/dreamstime.com, Marek Walica/fotolia.com, Rémy Masseglia/fotolia.com, luckybusiness/fotolia.com, Evgeniy Kalinovskiy/fotolia.com, Alain Lacroix/dreamstime.com; **p.17** WavebreakMediaMicro/fotolia.com, Alexander Raths/fotolia.com, Photographee.eu/fotolia.com, jimmyan8511/fotolia.com, Dmytro Konstantynov/dreamstime.com, Eléonore H/fotolia.com, foxytoul/fotolia.com; **p.20** Studio Harcourt/wikipedia.de; **p.23** Crin/fotolia.com; **p.24** emanelda/fotolia.com, Robert Crum/fotolia.com, Loïc Francois/fotolia.com, Lisa F. Young/dreamstime.com; **p.25** Clearvista/dreamstime.com, Shannon Neal/dreamstime.com, Konstantin Sutyagin/dreamstime.com, Gstockstudio1/dreamstime.com; **p.27** Linh Nguyen/flickr.com, Yann Caradec/flickr.com, Eric Jappini/flickr.com, Nikada/getty.com; **Chapitre 3: p.28** Starus/wikipedia.org, Arne9001/dreamstime.com, Antonio Guillem/dreamstime.com, Halfpoint/fotolia.com, Suphaksorn Thongwongboot/dreamstime.com; **p.29** Monkey Business Images/dreamstime.com, Rido/fotolia.com, portishead5/fotolia.com, Peterfactors/dreamstime.com; **p.32** Gael Varoquaux/flickr.com; **p.35** García Ortega/difusión; **p.37** Ekaterina Pokrovsky/dreamstime.com; **p.39** Harvey Barrison/flickr.com, kimdokhac/flickr.com, Sergey Kelin/dreamstime.com, Raul Ruggeri/dreamstime.com; **Chapitre 4: p.40** Maria Dryfhout/dreamstime.com, Radub85/dreamstime.com, Kurhan/dreamstime.com; **p.41** yossarian6/fotolia.com, Monkey Business/fotolia.com, JFBruneau/fotolia.com, Anatoli Styf/dreamstime.com, A.Ruiz/fotolia.com; **p.42** Sergey Heijltjes/flickr.com; **p.45** Georges Biard/wikipedia.org; **p.48** Denys Kuvaiev/dreamstime.com, Piksel/dreamstime, Monkey Business/fotolia.com, Georges Biard/wikipedia.org, R.schneider101/wikipedia.org; **p.49** Peter Rowley/wikipedia.org; **p.51** Les Chatfield/flickr.com; George P. Macklin/flickr.com, Saskia Heijltjes/flickr.com, Ken and Nyetta/flickr.com; **Chapitre 5: p.52** nono/fotolia.com, Magalice/fotolia.com, Daniel Vincek/fotolia.com, Naty Strawberry/fotolia.com; **p.53** Isabel Poulin/dreamstime.com, pattilabelle/dreamstime.com, Phrejphotos/dreamstime.com, Phuongphoto/dreamstime.com; **p.54** ALFphoto/fotolia.com; **p.55** olympusE5/fotolia.com; **p.58** illustrez-vous/fotolia.com; **p.61** minemero/istockphoto.com, MonkeyBusiness/fotolia.com, M.studio/fotolia.com, Jérôme Rommé/fotolia.com.

FSC www.fsc.org MIXTE Papier issu de sources responsables FSC™ C134275

ÉDITIONS maison des langues

24 HEURES À Paris

UNE JOURNÉE, UNE AVENTURE

SOMMAIRE

Retrouvez toutes les informations sur cette collection sur :

www.emdl.fr/fle

DICTIONNAIRE VISUEL CHAPITRE 1

UNE PORTE

UN DÉFILÉ DE MODE

DES VÊTEMENTS

DES FRÈRES ET SŒURS

UNE SCULPTURE

UN ESCALIER

UN POURBOIRE

UN SAC
À DOS

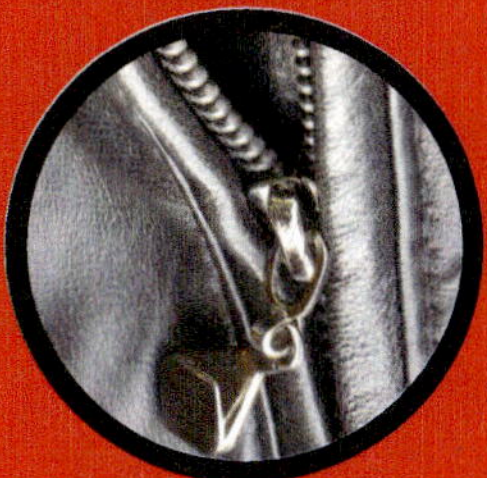

UNE
FERMETURE
ÉCLAIR

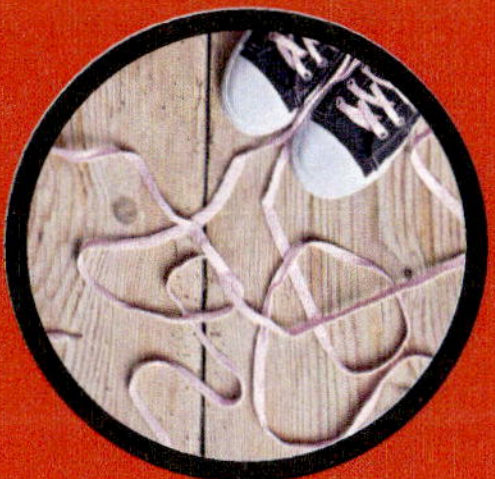

DES LACETS

UNE SALLE
DE BAINS

DES TOURISTES

CHAPITRE 1

En ce vendredi 24 septembre à Paris, il fait beau. Il est 8h30, le soleil brille. Élisa se lève. Sa mère et son père sont déjà partis travailler. Elle va vers la salle de bains pour prendre une douche, mais Joachim, son frère, passe devant elle.

— Joachim, laisse-moi me doucher la première, dit Élisa.

— Pas question[1] ! répond Joachim, je travaille aujourd'hui.

— À quelle heure ?

— À 11 heures.

— Et moi, j'ai un rendez-vous important à 10 heures !

— Ah oui ? avec qui ? au lycée ?

— Ça ne te regarde pas !

— Alors, c'est moi le premier sous la douche.

Joachim est insupportable[2], elle ne s'entend pas du tout avec lui. Elle ne veut pas lui dire ce qu'elle va faire. Elle ne veut pas lui expliquer qu'en réalité elle ne va pas au lycée parce qu'elle a deux rendez-vous super importants prévus aujourd'hui. Le premier est à 10 heures, au Centre Pompidou. Elle veut se présenter à[3] Inès de la Frasange, une styliste française qui va organiser une performance pour sa nouvelle collection. Son second rendez-vous est à 19 heures à la Maison de la culture du Japon. Il y a une réception où elle aura l'occasion de rencontrer Yoshiyuki Radamoto, son auteur de mangas préféré. Sa meilleure amie a obtenu[4] une invitation pour la réception et, comme elle connaît la passion d'Élisa pour la culture japonaise, elle lui a offert le précieux carton d'invitation. L'entrée est strictement réservée à ceux qui le possèdent.

Ce matin, un casting de mode et ce soir, une rencontre avec son auteur de mangas préféré : quel programme !

LE CENTRE POMPIDOU : UN DÉCOR DE SCIENCE-FICTION !

Le Centre national d'art et de culture Georges-Pompidou (CNAC-GP), ou Centre Pompidou, a été conçu par l'architecte Renzo Piano. C'est un musée d'art contemporain, une bibliothèque publique d'information, un complexe de salles de cinéma, de spectacle et de concert, et un institut de recherche musicale. Son architecture extérieure est originale :

— en bleu, la circulation de l'air (le chauffage et la climatisation),
— en jaune, la circulation de l'électricité,
— en vert, la circulation de l'eau,
— en rouge, la circulation des personnes (escaliers mécaniques et ascenseurs).

La mode occupe une grande place dans la vie d'Élisa. Elle a déjà participé à quelques séances de photos publicitaires et elle dessine ses propres vêtements... Elle essaie une tenue qu'elle vient de terminer en chantant. Joachim, toujours sous la douche, crie :

— Tu ne vas pas au lycée aujourd'hui, petite sœur? Tu sèches[5] les cours?

Élisa a 16 ans et elle n'aime pas que Joachim, qui a 19 ans, l'appelle « petite sœur ». Ils se disputent[6] presque tous les jours.

— Dépêche-toi et occupe-toi de tes affaires, répond Élisa.

Elle sait qu'elle a de bonnes raisons de s'absenter[7] du lycée.

En attendant que son frère sorte de la salle de bains, Élisa prépare un thé vert. C'est un thé vert du Japon et, chaque fois qu'elle le prépare, c'est comme un rituel. Même quand elle n'a pas le temps, elle respecte certains gestes de la cérémonie japonaise du thé. Elle est fascinée par[8] tout ce qui vient du Japon : le thé vert, les mangas, les sushis, et surtout la mode. Elle est convaincue[9] que le Japon est le pays le plus innovateur dans la mode actuelle. Et aujourd'hui, elle va rencontrer Inès de la Frasange, qui est aussi créative que les Japonais !

— Dépêche-toi, Joachim ! Je te l'ai déjà demandé trois fois !

— T'énerve pas, petite sœur. Relax !

Impossible d'être relax[10] avec un frère comme Joachim ! Enfin, Élisa peut entrer dans la salle de bains. Aussitôt, elle entend un grand bruit de porte : c'est Joachim qui vient de sortir. La famille d'Élisa habite dans un appartement du XVIIIe arrondissement qui se trouve au 2e étage sans ascenseur.

Joachim est parti travailler. Son travail consiste à accompagner des touristes dans Paris. Il est étudiant en histoire à l'université et il connaît bien l'histoire et les monuments de la ville. C'est comme ça qu'il gagne de l'argent. Il dit aux touristes que c'est gratuit, mais, évidemment, il reçoit des pourboires.

PARIS : DES ARRONDISSEMENTS EN ESCARGOT

Il y a 20 arrondissements à Paris, ils forment une spirale (ou un escargot) à partir du centre de la ville. Certains arrondissements sont considérés comme chics, c'est le cas des VIe, VIIe, VIIIe, XVe et XVIe arrondissements. Le Ve est le Quartier latin : on y trouve de nombreux cinémas et l'université de la Sorbonne. Dans les IIIe et IVe arrondissements se situe le quartier du Marais, le cœur de la mode. Le XIIIe ? C'est Chinatown.

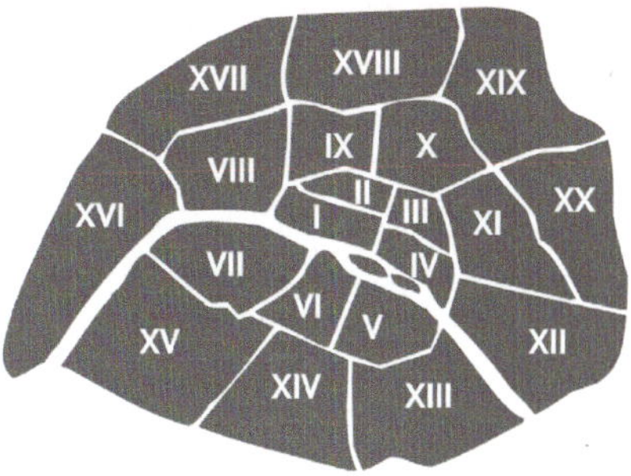

Élisa met les vêtements qu'elle a choisis pour cette occasion. Elle s'est inspirée de la mode japonaise mais à partir d'habits classiques qu'elle a modifiés elle-même. Elle a choisi un pantalon en jean, une veste noire sur laquelle elle a cousu un col en cuir gris, un tee-shirt avec de superbes motifs de mangas. Elle a ajouté des colliers, des fermetures Éclair, des lacets, quelques éléments de style gothique. Elle est tellement contente de porter ces vêtements ! Pour elle, la mode est une façon d'exprimer sa sensibilité et sa vision du monde[11].

Elle est prête pour le jour le plus important de sa vie : elle va rencontrer Inès de la Frasange le matin et Yoshiyuki Radamoto le soir ! C'est génial, tout simplement incroyable ! Elle ne doit surtout pas oublier le carton d'invitation qui est dans son sac à dos. Mais, d'ailleurs, où est son sac à dos ? Elle l'a laissé hier dans le salon, elle en est certaine. Elle cherche sous les tables, derrière les fauteuils. Elle cherche dans les chambres, puis dans toutes les pièces de l'appartement. Il est introuvable.

Une seule explication : Joachim est parti avec le sac par erreur pour sa visite guidée de Paris ! Comment le récupérer[12]? Elle lui envoie un texto, même si elle sait bien qu'il ne lit pas ses textos lorsqu'il travaille... Quelle catastrophe[13] !

Aujourd'hui, Joachim est la personne qu'elle déteste le plus au monde. Qu'est-ce qu'elle peut faire ?

Le plus urgent pour l'instant, c'est d'être à l'heure à son premier rendez-vous, au Centre Pompidou, et de participer au projet[14] d'Inès de la Frasange. Elle termine son thé vert, quitte l'appartement et se dirige vers[15] la station de métro Château-Rouge. Pour aller au Centre Pompidou, il faut prendre la ligne 4. Elle descend à la station Châtelet.

ACTIVITÉS

CHAPITRE 1

1

Ces affirmations sont inexactes. Modifie un ou plusieurs mots pour corriger les erreurs et raconter le début de l'histoire.

Il ~~pleut~~ > Il fait beau.

Élisa explique à son frère le programme de sa journée.

Élisa prend une douche avant son frère.

Élisa aime beaucoup son frère.

Élisa ne va pas en cours parce qu'elle n'aime pas son lycée.

Élisa aime la mode américaine.

Élisa boit un thé avec ses parents.

2

Reconnais-tu ces vêtements ? Associe les noms de vêtements aux images. Quelle tenue porte Élisa d'après le texte ?

1. un pantalon en jean
2. une veste en cuir
3. une paire de baskets
4. un tee-shirt à motifs

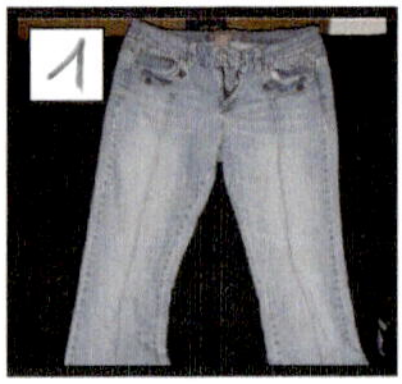

3

Entoure le nom des objets qu'il y a dans le sac d'Élisa.

- des lacets
- des mangas
- des lunettes
- des chaussures
- des photos
- des clés
- une sculpture
- de l'argent
- un téléphone portable
- un bracelet
- des stylos
- un carton d'invitation

4

Complète le message WhatsApp qu'Élisa envoie à son frère.

Élisa

Tu es parti avec mon sac à dos................ À l'intérieur, il y a un carton d'invitation................ très important pour moi.

Rappelle-moi et dis-moi où tu es. Ce matin, je vais au Centre Pompidou. Tu es avec des touristes........ dans ce quartier ?

Réponds-moi, c'est hyper urgent ! Élisa

PARIS

VILLE LUMIÈRE

Ancienne ville gallo-romaine, la capitale française est une vaste plaine établie autour d'un fleuve: la Seine. Ville la plus peuplée de l'Hexagone, elle compte 2,2 millions d'habitants intra-muros et 6,8 millions d'habitants avec la banlieue. C'est une ville d'histoire et de culture et l'une des cités les plus visitées au monde...

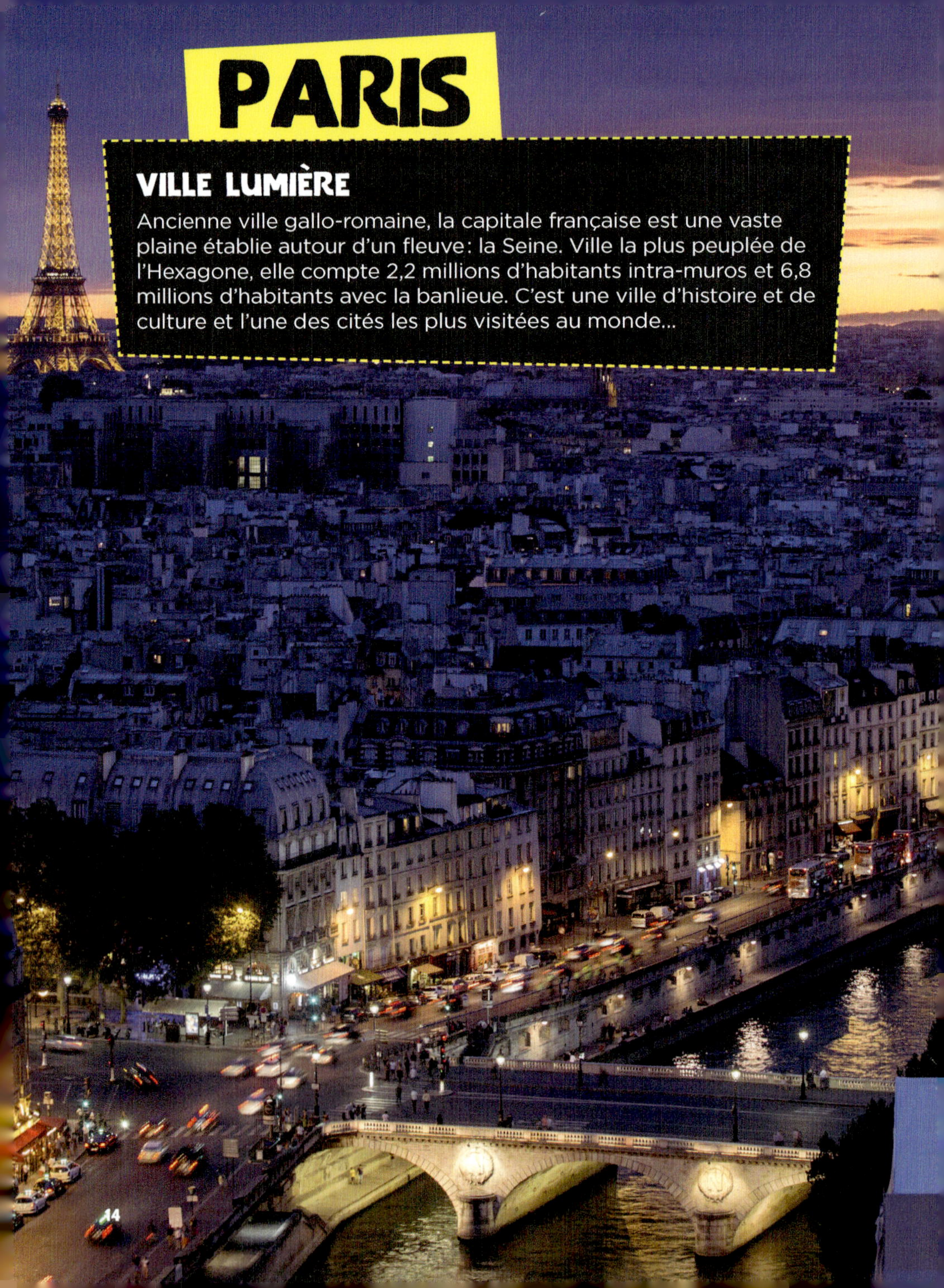

POINTS DE VUE CULTURELS

Depuis la fin du XIXe siècle, le rayonnement culturel, artistique et scientifique de Paris est unique. Ses monuments les plus célèbres sont la tour Eiffel, l'Arc de triomphe, la cathédrale Notre-Dame et le Sacré-Cœur. Son avenue la plus connue se nomme les Champs-Élysées.

La place de la Bastille témoigne du passé de la capitale. C'est sur cette place qu'a eu lieu la prise de la Bastille, le 14 juillet 1789, lors de la Révolution française. Depuis, la fête nationale française est célébrée à cette date.

L'offre culturelle de Paris est très variée. Il y a en particulier de nombreux opéras, dont le prestigieux palais Garnier, et des musées : le Louvre, le musée d'Orsay, le Museum national d'Histoire naturelle, le musée du quai Branly...

Visiter Paris, c'est aussi découvrir ses jardins et palais, comme les jardins et le palais du Luxembourg, et ses quartiers emblématiques, comme Montmartre, le Quartier latin ou le quartier d'affaires de la Défense.

DICTIONNAIRE VISUEL CHAPITRE 2

UN JEU DE CARTES

UN MONUMENT

UN(E) CRACHEUR(EUSE) DE FEU

UNE POCHE

UN(E) MAGICIEN(NE)

UN(E) COMÉDIEN(NE)
UN(E) ACTEUR(TRICE)

SPORTIF(IVE)

APPLAUDIR

UN CLOWN

UN CLIN
D'ŒIL

HEUREUX(EUSE)
TRISTE

UN CIRQUE

UN COSTUME

CHAPITRE 2

Sur la grande esplanade[16] du Centre Pompidou, il y a beaucoup d'animation. On peut voir différents artistes : des acrobates, des clowns, un cracheur de feu et des danseurs. Élisa s'arrête un moment pour les regarder. Elle a beaucoup pratiqué[17], elle aussi, le breakdance, le hip-hop, le jumpstyle. Elle a toujours aimé la danse. De nombreux touristes, notamment à côté d'elle un groupe de Japonais, sont fascinés par les danseurs. Élisa écoute parler les Japonais et sourit parce qu'elle comprend quelques mots. Puis ça lui rappelle son carton d'invitation introuvable[18], son frère qui a emporté son sac, et son visage devient triste.

Un garçon s'arrête à côté d'elle :

— Toi, je sens que tu as un problème, mais tu as de la chance[19] : je suis magicien. Et, pour un magicien, quand il y a un problème, il y a toujours une solution.

Le jeune homme porte un costume élégant, avec un superbe chapeau noir. Élisa est surprise par le style et la façon de parler de ce garçon.

— Mesdames et messieurs, ladies and gentlemen, bonjour ! Votre attention, s'il vous plaît.

Il fait apparaître quatre ou cinq cartes entre ses doigts et se tourne vers l'un des touristes japonais.

— Monsieur, s'il vous plaît, donnez-moi les cartes dans votre poche.

Le touriste japonais ne comprend pas.

— Oui, les « cartes » dans « votre » poche, explique Élisa, avec un ou deux mots en japonais et, surtout, des gestes expressifs[20].

Le touriste, surpris, trouve trois cartes dans sa poche. Les spectateurs applaudissent la performance. Le magicien récupère ses cartes et se tourne vers Élisa :

— Waouh, tu parles japonais ! Merci pour la traduction.

— Je connais juste quelques mots.

— À toi maintenant, prends une carte.

Il présente son jeu de cartes à Élisa, qui le regarde fixement[21].

— Prends une carte, répète-t-il. Regarde-la, ne me dis rien et replace-la où tu veux dans le paquet.

Elle prend une carte, la dame de cœur, et la replace au milieu du paquet[22].

— Comment tu t'appelles ? demande le magicien.

— Pardon ?

— Quel est ton prénom ?

— Euh, Élisa, pourquoi ?

— Parce que dans « Élisa » il y a cinq lettres. Je prends le paquet, j'élimine[23] les quatre premières cartes, et la cinquième carte est... la dame de cœur ! C'est correct ?

— Waouh ! Oui, j'avais la dame de cœur !

— Tu veux que je t'explique le secret de mon tour de magie[24] ? Mais d'abord, je me présente : moi, c'est Maxime.

Elle sourit. Il s'intéresse à elle, c'est évident[25] ! Et il a trouvé un truc[26] pour connaître son prénom. C'est peut-être un dragueur[27], mais elle le trouve sympathique et enthousiaste.

— Non, je n'ai pas le temps, répond Élisa. En réalité, je cherche un carton d'invitation... perdu dans Paris ! Si tu as une idée pour le retrouver, ça m'intéresse !

— Naturellement, répond-il, un grand sourire aux lèvres. J'ai l'après-midi libre et j'aime bien rendre service[28].

Elle sourit aussi. Il est décidément très sympa ! Elle a l'impression[29] de connaître ce visage.

— Tu es d'où ? Tu es parisienne ? demande-t-il.

— Oui, j'habite dans le XVIIIe, répond Élisa. Et toi ?

— Je suis breton, je viens de Quimper. J'ai quitté la Bretagne pour devenir comédien à Paris ! J'étudie l'art dramatique au cours Florent. Et, de temps en temps, je suis magicien pour gagner un peu d'argent.

LE COURS FLORENT : EN SCÈNE !

Il y a de nombreuses écoles d'acteurs à Paris, comme le Cours Florent, une école de théâtre où ont été formés de nombreux(euses) acteurs(trices) et réalisateurs(trices) célèbres : Isabelle Adjani, Yvan Attal, Sabine Azéma, Daniel Auteuil, Isabelle Carré, Guillaume Canet...
La formation d'acteur du Cours Florent dure trois ans et il est très difficile d'y entrer !

Yvan Attal, acteur français et mari de Charlotte Gainsbourg

OK, pense-t-elle, il a peut-être 18 ou 19 ans. Un comédien, ça explique pourquoi il drague si facilement ! Elle le trouve cool, mais n'a pas l'intention de[30] continuer la conversation et s'apprête à[31] quitter l'esplanade[32].

— Je dois y aller...

— Attends... Tu as quel âge ? demande Maxime.

— 16 ans.

— Et tu n'es pas au lycée ? C'est pas bien de sécher les cours ! répond Maxime avec un clin d'œil.

Élisa est vexée[33] que Maxime lui parle comme à une enfant.

— Je suis désolée, répond-elle, je dois te laisser. J'ai un rendez-vous.

— Un rendez-vous ?! demande Maxime, surpris.

— Oui, avec Inès de la Frasange. J'espère qu'elle va m'engager pour participer à un défilé de mode qui aura lieu au Centre Pompidou dans deux semaines.

— Et ton problème d'invitation ?

— C'est autre chose : j'ai aussi l'occasion de rencontrer un fantastique auteur de mangas ce soir mais je n'ai pas le carton d'invitation pour y entrer.

— Pourquoi ?

— Il est dans un sac à dos que mon frère a emporté[34] par erreur ce matin. Il se promène dans Paris avec des touristes, et je n'arrive pas à le joindre[35] ! Je ne sais pas quoi faire...

Élisa se demande pourquoi elle explique tout ça à un garçon qu'elle ne connaît pas. D'habitude, elle est timide.

— Je peux t'aider ! Tu as une idée des endroits qu'il fait visiter ? On va le trouver, ton frère !

— C'est gentil, mais c'est impossible !

— J'adore les missions impossibles ! Nous sommes à Paris, Élisa. À Paris, tout va vite, tout bouge tout le temps ! Et moi, j'aime bouger. Alors, tu es d'accord ? Je peux t'aider ?

— D'accord, dit-elle.

— Tu es sportive ?

— Oui. Pourquoi ?

— Je vais me changer et je reviens, dit-il. Où est-ce que je peux te retrouver dans une demi-heure ?

— Dans une salle au sous-sol du Centre Pompidou. Inès de la Frasange, la styliste, prépare un défilé et elle invite de nouveaux talents à y participer. Elle cherche des idées pour sa nouvelle collection. Dis-lui que tu viens pour le casting.

— OK. À tout de suite !

PARIS A DU STYLE !

Paris devient une cité de la mode grâce au roi Louis XIV, le Roi-Soleil. Le roi faisait venir les meilleurs tailleurs pour habiller les aristocrates de sa cour. Plus tard, au milieu du XIXᵉ siècle, les premiers défilés de mode sont organisés. Aujourd'hui, parmi les plus grands couturiers parisiens, on compte Coco Chanel, Yves Saint Laurent (qui a inventé la minijupe), Jean Paul Gaultier et Agnès B. Paris partage son statut de capitale de la mode avec Londres, Milan, New York et Tokyo.

ACTIVITÉS
CHAPITRE 2

1

Associe les photos et les légendes.

1. Un(e) acrobate
2. Un clown
3. Un(e) cracheur(euse) de feu
4. Un(e) jongleur(euse)
5. Un(e) magicien(enne)

2

Choisis la réponse correcte.

a) Quelle langue parle Élisa ?

☐ russe
☐ italien
☒ japonais

b) « C'est un dragueur » signifie qu'il...

☐ veut prendre l'argent des autres
☐ aime être applaudi
☒ cherche à rencontrer des filles

c) Maxime...

☐ enseigne la magie
☒ étudie l'art dramatique
☐ vit en Bretagne

d) « D'habitude, elle est plutôt timide » signifie qu'elle...

☐ fait souvent tomber des objets

☒ ne parle pas facilement aux gens

☐ n'aime pas bouger ni faire du sport

e) Inès de la Frasange cherche...

☐ de nouveaux vêtements

☐ une salle

☒ de nouvelles idées

3

Retrouve le verbe qui manque en t'aidant des images.

1. Les spectateurs applaudent la performance.
2. Élisa sourit quand Maxime arrive.
3. Maxime lis des livres sur le théâtre.
4. Joachim va dans les rues de Paris avec des touristes.

4

Sur ce modèle, trouve d'autres façons de demander l'âge de quelqu'un. Pose une autre question de plusieurs façons.

1. Comment tu t'appelles ? > Tu t'appelles comment ? > Comment t'appelles-tu ?
2. Quel âge tu as ? > Tu as quel âge ? > Quel âge as tu ?
3. ____________ > ____________ > ____________

PARIS FESTIF

VIRÉE NOCTURNE

Il y a Paris le jour, et Paris la nuit ! Ville festive et étudiante, Paris montre un autre visage quand le soleil se couche : restaurants, concerts, cinémas, sorties en plein air...

La Nuit blanche en 2013 à Paris

POINTS DE VUE CULTURELS

Les festivals et les événements se multiplient toute l'année à Paris : de la scène musicale éclectique à des rendez-vous artistiques gratuits comme la Nuit blanche ou le festival de cinéma en plein air de la Villette...

Pendant la Nuit blanche, certains musées sont gratuits et restent ouverts tard. Des œuvres d'art sont installées dans la rue et des manifestations culturelles ont lieu dans toute la ville. C'est un événement très festif !

L'été, à Paris, on vit dehors ! Le long des quais, des groupes d'amis se réunissent pour discuter ou prendre un verre. Pour les amoureux du septième art, rendez-vous au festival gratuit de cinéma en plein air du parc de la Villette !

La foire du Trône a lieu au printemps. Pendant près de huit semaines, les visiteurs découvrent cette fête foraine unique à Paris, qui propose des attractions et des spectacles variés.

DICTIONNAIRE VISUEL CHAPITRE 3

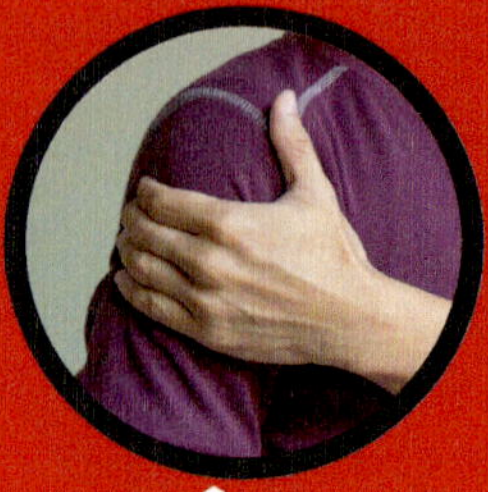

UNE ÉPAULE

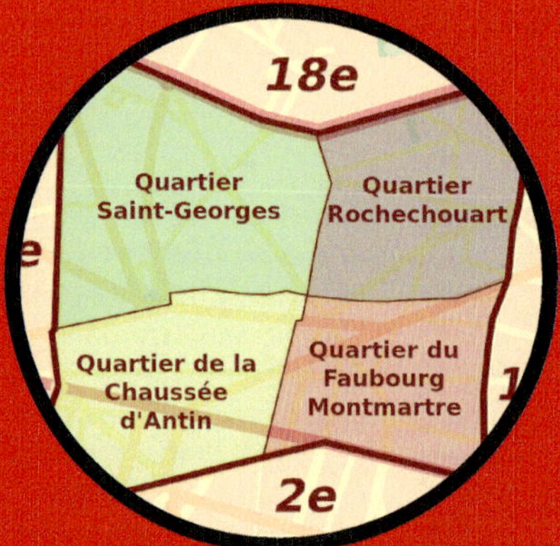

UN QUARTIER

LA DRAGUE

UNE PAIRE DE CHAUSSURES

UNE CHORÉGRAPHIE

UN(E) PATINEUR(EUSE)

UN VÊTEMENT D'OCCASION

UN DÉJEUNER

CRÉATIF(IVE)

DES PIÉTONS

CHAPITRE 3

Une demi-heure plus tard, Maxime et Élisa se retrouvent au sous-sol du Centre Pompidou. La grande styliste Inès de la Frasange a réuni de jeunes artistes pour assister à la répétition de sa performance, qui associe[36] la mode, la vidéo et la danse. Elle a prévu du temps avant et après le défilé de mode pour improviser[37] et étonner le public. Elle demande aux jeunes d'observer la répétition du défilé professionnel, puis de proposer de nouvelles idées.

Le spectacle commence : des images fantastiques de Paris, de Londres, de Berlin, de New York sont projetées[38] sur le fond de la scène. Les mannequins défilent les uns derrière les autres, portant des vêtements classiques (sweat-shirts, tee-shirts, vestes...) et des accessoires originaux, dans des matières impossibles à identifier. Il y a aussi quelques mannequins habillés de vêtements d'occasion. Mode et art sont réunis dans cette performance. Les mannequins font des mouvements avec les bras et marchent d'une façon étrange. Enthousiasmée par la musique, Élisa s'approche[39] d'Inès de la Frasange :

— J'ai une idée, lui dit-elle.

— Dis-moi d'abord qui tu es et pourquoi tu t'intéresses à la mode, répond froidement Inès.

— Je m'appelle Élisa. Je m'intéresse à tout ce qui vient du Japon car, pour moi, les Japonais sont créatifs et raffinés[40].

Ce sont des qualités que j'aime et que je retrouve dans votre style, Inès. J'adore la mode, les vêtements qui sont à la fois excentriques[41] et élégants.

— Très bien, je t'écoute.

— Je vous propose une courte chorégraphie de hip-hop : j'imagine des danseurs de hip-hop à côté des mannequins.

— Fais-nous une démonstration. OK : musique !

Élisa improvise une chorégraphie sur un tempo très rapide.

— Tu peux arrêter, merci ! dit Inès. C'est exactement le style urbain que je cherche. Tu fais partie de[42] mon spectacle maintenant, tu es engagée[43].

Les répétitions et le casting se poursuivent pendant deux heures. Élisa est folle de joie. D'autres jeunes talents partagent leurs idées. Maxime est dans la salle, il observe attentivement ce qui se passe. C'est la première fois qu'il voit la mode comme une manifestation artistique.

— Il va être midi, on fait la pause-déjeuner, dit Inès. On se retrouve dans une heure.

Maxime appelle Élisa, puis ils se dirigent vers la sortie.

— Quelle est ta pointure ? 38 ? demande Maxime.

— 37 ou 38, ça dépend[44] des chaussures. Pourquoi ?

— Voici tes rollers ! J'ai les miens. T'es une championne, j'en suis sûr ! Et on va le trouver, ton frère !

Élisa est surprise. Comment Maxime sait-il qu'elle adore faire du roller ? Ils mettent leurs chaussures dans le sac à dos de Maxime, et hop ! les voilà partis !

— On va où ? On commence par quoi ? demande Maxime.

— Avec les touristes, Joachim va évidemment à la tour Eiffel et à la pyramide du Louvre. Il les emmène aussi dans le quartier du Marais, à…

Maxime l'interrompt :

— Il est midi, les touristes doivent manger. Ton frère a une adresse préférée ?

— Je crois qu'il va souvent déjeuner dans un restaurant près du canal Saint-Martin.

— Allons-y !

LA MYSTÉRIEUSE PYRAMIDE DU LOUVRE

La pyramide est la porte d'entrée du musée du Louvre. Elle est devenue le symbole du musée lui-même. Aujourd'hui, les gens apprécient son architecture extraordinaire, mais, en 1983, elle a provoqué des réactions négatives. Beaucoup de personnes étaient choquées par le mélange d'ancien et de moderne. De plus, il existe une rumeur autour de la pyramide : elle serait l'œuvre du diable, construite avec exactement 666 panneaux de verre, chiffre associé à Satan. Le roman *Da Vinci Code* de Dan Brown évoque cette théorie. Le chiffre officiel est pourtant de 673.

Les deux patineurs s'élancent[45] dans les rues de Paris. Ils passent à côté de la tour Saint-Jacques, vont jusqu'à la Seine pour prendre la voie Georges-Pompidou. Ils se déplacent avec rapidité et style.

— Je connais bien le quartier. C'est dans la rue Saint-Paul que se trouve le musée de la Magie ! dit Maxime.

Élisa n'imaginait pas qu'un jour, elle poursuivrait[46] son frère en rollers dans Paris, et avec un magicien !

Ils prennent la rue Saint-Antoine pour arriver à l'Opéra-Bastille. À partir de là, les rollers et les piétons peuvent circuler sans problème, car un espace leur est réservé. Élisa observe la foule, il y a tellement de gens qui circulent dans Paris. Comment retrouver Joachim et récupérer son carton d'invitation ?

— On n'y arrivera jamais ! dit Élisa.

— Allez, courage ! répond Maxime.

Sur le quai de Valmy, qui longe le canal Saint-Martin, ils entrent dans différents restaurants. Joachim ne s'y trouve pas. Ils vont jusqu'au bout du quai de Jemmapes, mais Joachim reste introuvable. Il est déjà 12 h 45, ils doivent retrouver Inès de la Frasange au Centre Pompidou.

— Tu préfères prendre le métro gare de l'Est ? Le trajet dure environ dix minutes. Ou on continue en rollers ?

— Ça prend combien de temps en rollers ?

— Dix minutes aussi.

— Alors on continue en rollers.

Ils patinent dans la rue du Faubourg-Saint-Martin, qui va en ligne droite jusqu'au Centre Pompidou.

Quand ils entrent tous les deux dans la salle souterraine, Inès de la Frasange ne regarde pas Élisa, mais s'approche à quelques centimètres de Maxime.

— Oh là là ! Élisa, tu as rencontré Mawn Shendes ? Bravo !

Élisa comprend maintenant pourquoi elle a l'impression de connaître Maxime : il ressemble beaucoup à Mawn Shendes, le célèbre chanteur canadien qui a des millions de vues sur Internet !

— Bonjour Inès, c'est un honneur pour moi de vous rencontrer. Je m'appelle Maxime. Je chante très mal, par contre j'apprends le métier d'acteur au cours Florent.

— Un acteur ? Il y a certainement de la place pour un acteur dans mon défilé de mode. Si tu as des idées, tu peux me les communiquer.

En disant cela, Inès pose sa main sur l'épaule de Maxime. Je n'en reviens pas ! pense Élisa, jalouse[47]. Inès drague Maxime...

Maxime, lui, est gêné[48] :

— Euh... Élisa et moi, nous devons retrouver un carton d'invitation qui se promène dans Paris. Est-ce que nous pouvons partir et revenir un peu plus tard ?

Ouf ! Élisa est rassurée[49], Maxime s'intéresse plus à elle qu'à Inès de la Frasange.

— C'est quoi cette histoire de carton d'invitation? Vous vous moquez de moi[50] ? demande Inès, en colère.

— Non, c'est vrai, intervient Élisa. Je dois absolument retrouver mon frère : il est guide touristique et il est parti dans les rues de Paris avec un carton d'invitation super important pour moi.

— Plus important que la préparation de mon défilé ? demande Inès.

— Non, bien sûr... Mais cette invitation va me permettre de rencontrer à 19 heures Yoshiyuki Radamoto, un auteur de mangas que j'adore. C'est mon idole[51] !

— Il t'aide à développer ta créativité ?

— Beaucoup.

— Alors, allez-y tous les deux et revenez vite. Bonne chance, les amoureux !

DES BOUCHES DE MÉTRO NATURE

Les entrées vertes du métro parisien, avec leurs formes inspirées par la nature, ont été dessinées par Hector Guimard, l'un des architectes emblématiques de l'Art nouveau. Elles existent depuis plus d'un siècle: la première ligne de métro a ouvert au public le 19 juillet 1900. Peu avant la Première Guerre mondiale, le réseau comptait dix lignes s'étalant sur 91 kilomètres et transportait 500 millions de voyageurs par an.

La station de métro Temple,
dans le IIe arrondissement, est proche de la place de la République

ACTIVITÉS

CHAPITRE 3

1

Vrai (✓) ou faux (✗)? Relis le chapitre et réponds pour chaque phrase.

1. La répétition du défilé de mode a lieu au 1er étage du Centre Pompidou.
2. Les mannequins portent des vêtements classiques et des accessoires d'occasion.
3. Élisa compare le style d'Inès à la créativité des Japonais.
4. À 12 heures, c'est la pause-déjeuner.
5. Maxime dit que sa pointure est 37 ou 38.

2

Cherche un plan de Paris sur Internet et suis l'itinéraire d'Élisa et de Maxime sur le plan (arrivée et départ: le Centre Pompidou).

3

Élisa et Maxime poursuivent Joachim dans les rues de Paris. Explique avec tes mots, à l'oral ou à l'écrit, pourquoi…

a) … Élisa et Maxime ne prennent pas le métro à la gare de l'Est pour retourner au Centre Pompidou.

b) … Élisa avait l'impression de connaître Maxime.

c) … Élisa est jalouse.

d) … Inès accepte qu'Élisa et Maxime quittent le défilé.

VILLE D'ART

UN ESPRIT DE BOHÈME

Visiter Paris, c'est découvrir son patrimoine culturel, artistique et intellectuel. Depuis le XVIe siècle, la capitale s'illustre dans de nombreux domaines artistiques : la sculpture, la photographie, les arts décoratifs, le cinéma, la littérature, les arts de la scène...

POINTS DE VUE CULTURELS

Les mouvements artistiques nés à Paris sont nombreux. Pour n'en citer que quelques-uns : l'Art nouveau en architecture, le fauvisme en peinture, la nouvelle vague au cinéma. La capitale accueille également chaque année la Foire internationale d'art contemporain (FIAC).

Paris est la ville de naissance du cinéma, avec la première projection du cinématographe en 1895. Aujourd'hui, on y tourne en moyenne trois films par jour ! La Cinémathèque française présente l'histoire du cinéma.

Paris est la ville de naissance des écrivains français Émile Zola, George Sand et Marcel Proust. Elle attire les artistes du monde entier. On y trouve aussi la magnifique Bibliothèque nationale de France (BnF).

Aux XIXe et XXe siècles, les ateliers de peinture parisiens voient naître le romantisme de Delacroix, le fauvisme de Matisse… Aujourd'hui, il y a des galeries publiques ou privées et des lieux de création artistique (le Centquatre, le 59 Rivoli…).

DICTIONNAIRE VISUEL CHAPITRE 4

UNE CARICATURE

UN MUSÉE

LA CALLIGRAPHIE

AMOUREUX(EUSE)

PRENDRE UNE PHOTO

UN TEXTO/ SMS

LES QUAIS

UN PILIER

UNE STATION DE MÉTRO

CHAPITRE 4

Les amoureux ? Elle va un peu vite, pense Élisa. Mais elle aime bien entendre ce mot. Elle regarde Maxime qui enfile[52] ses rollers. Elle remet les siens aux pieds, et ils partent en direction de la Seine, à hauteur de l'île de la Cité.

— On va où ? demande Maxime.

— Direction la tour Eiffel ?

— Oui, on traverse l'île de la Cité, puis on passe sur la rive gauche. C'est un peu compliqué d'arriver jusqu'au musée d'Orsay, mais à partir de là, les quais de la Seine sont réservés aux piétons[53].

LE MUSÉE D'ORSAY, L'ART DE RECYCLER UNE GARE

Le musée d'Orsay est aménagé dans une ancienne gare qui a conservé ses horloges géantes. Il est d'une richesse incroyable ! On y trouve un grand nombre de peintures impressionnistes : les œuvres de Monet, Manet, Degas..., ainsi que des toiles de Van Gogh, Cézanne et Gauguin. Il offre ainsi un témoignage de la formidable production artistique entre 1848 et 1914.

Élisa observe différents groupes pour essayer de reconnaître Joachim. Mission impossible ? Il faut faire le maximum pour le retrouver ! La seule chose qu'elle peut imaginer, c'est qu'il écoute ses messages ou lise ses textos à un moment ou un autre de la journée.

Ils avancent le long du quai Branly pour arriver à la tour Eiffel. Là, ils tournent autour des quatre piliers, et Élisa inspecte[54] attentivement les longues files de visiteurs qui veulent acheter un billet pour monter au sommet du célèbre monument.

— Tu penses que Joachim est là-haut ? demande Maxime.

— Non, je ne le pense pas, il n'aime pas la tour Eiffel. Il préfère les promenades à l'extérieur. Il m'a dit un jour que le plus beau panorama de Paris s'observe depuis l'esplanade du Sacré-Cœur, à Montmartre.

— Eh bien, allons au Sacré-Cœur ! dit Maxime.

À ce moment-là, un groupe d'Américaines s'approche d'eux.

— Are you Mawn Shendes ? demande l'une d'elles.

Il hésite à répondre. Les adolescentes, enthousiastes, prennent des photos de lui.

— Attendez, non, désolé : ce n'est pas moi !

Les touristes s'éloignent[55].

— Tu trouves que je ressemble à[56] Mawn Shendes ? demande Maxime.

— Oh, non, pas spécialement.

Élisa ne veut pas qu'il la considère comme une enfant, fan de stars. Difficile de lui dire la vérité... mais elle trouve qu'il ressemble vraiment au chanteur canadien.

Maxime prend la main d'Élisa pour quitter l'endroit. Élisa se demande si c'est vraiment une chance d'être une star.

— Le Sacré-Cœur, c'est loin, dit Élisa. Tu es sûr que tu veux aller jusque là-bas ?

— C'est l'une des destinations préférées des touristes, on a donc une chance d'y trouver Joachim !

— Alors, on prend le métro. La station Bir-Hakeim n'est pas loin.

Élisa connaît bien la ligne 6 du métro, car la station Bir-Hakeim se trouve justement à côté de la Maison de la culture du Japon. C'est là qu'elle a appris les secrets de la cérémonie du thé, qu'elle a passé des soirées à faire de la calligraphie et à lire des mangas. Et c'est aussi là-bas qu'elle doit rencontrer Yoshiyuki Radamoto à 19 heures.

Le voyage en métro leur permet de se reposer un peu. En vingt minutes, ils arrivent à la station Pigalle.

— Grimper[57] la colline de Montmartre pour arriver au Sacré-Cœur, c'est dur ! Tu es prêt ?[58] demande Élisa.

— Montmartre, c'est un quartier que j'aime beaucoup. D'ailleurs, ce quartier me fait penser à toi.

— Ah bon, pourquoi ?

— Eh bien, parce que tu ressembles à Audrey Tautou, l'actrice du film *Le Fabuleux Destin d'Amélie Poulain* qui a été tourné[59] ici.

Élisa est tellement surprise qu'elle n'arrive pas à répondre par une phrase complète.

— Quoi ?... Audrey Tautou, moi ?

— C'est un compliment[60] : quand j'ai vu le film, j'ai pensé qu'Amélie Poulain était la femme idéale. Je suis tombé amoureux d'elle !

— C'est juste un film, et Audrey Tautou, c'est juste une bonne actrice.

— Quand je t'ai vue au Centre Pompidou ce matin, j'ai eu un choc. Tu es Amélie Poulain !

— Tu rigoles ?

— Oui, je te trouve bien plus jolie qu'Audrey Tautou. Et moi, je n'ai rien en commun avec Mawn Shendes..., lui dit Maxime en lui faisant un clin d'œil.

Élisa n'ose pas lui répondre qu'elle le trouve encore plus beau que Mawn Shendes...

LE FABULEUX DESTIN D'AMÉLIE POULAIN

C'est une comédie romantique sortie en 2001 qui raconte l'histoire d'Amélie, une jeune femme qui essaie de rendre les gens heureux autour d'elle. Quand elle tombe amoureuse, sa vie se complique. *Le Fabuleux Destin d'Amélie Poulain* a remporté le César du meilleur film et du meilleur réalisateur en 2002.

Soudain, elle a une idée : à quelques centaines de mètres de là, au cœur de Montmartre, au milieu d'un jardin, il y a une œuvre d'art que Joachim aime faire visiter aux touristes.

Et si...

— Viens Maxime, on va place des Abbesses. C'est là que se trouve le *Mur des je t'aime*.

Quel mur fantastique ! Il est écrit 311 « Je t'aime » en 250 langues. Élisa trouve son « Je t'aime » favori, celui qui est écrit en japonais.

— Le *Mur des je t'aime*? Tu me fais une déclaration d'amour[61] ? demande Maxime.

— Idiot[62] ! Je sais que Joachim emmène parfois des touristes ici parce que c'est romantique[63].

— On fait quoi ? On va quand même jusqu'au Sacré-Cœur ? demande Maxime.

— D'accord. Dernière tentative[64]. Ensuite, on retourne[65] au Centre Pompidou.

Arrivés place du Tertre, ils circulent entre les touristes, passent à côté des musiciens de rue et des dessinateurs qui vendent des caricatures plus ou moins ressemblantes. Ils vont jusqu'à l'esplanade de la basilique du Sacré-Cœur, qui offre une vue panoramique sur Paris. Rien à faire : ce n'est pas ici non plus que Joachim a conduit son groupe...

Ils retournent au Centre Pompidou.

ACTIVITÉS

CHAPITRE 4

1

Voici Élisa, Maxime, Joachim et trois célébrités. Qui ressemble à qui ? Associe une célébrité à un personnage du livre.

Élisa

Maxime

Joachim

Shawn Mendes

Gaspard Ulliel

Audrey Tautou

Et toi, est-ce qu'on t'a déjà dit que tu ressemblais à une célébrité ?

Je ressemble à ....

2

Après avoir lu l’histoire, connais-tu mieux les quartiers, les monuments et les célébrités de Paris ? Réponds à ces devinettes pour le savoir !

1. Elle est posée sur quatre piliers métalliques :

---

2. C’est une colline avec une église et un panorama sur Paris :

---

3. Cette actrice française a joué dans le film *Da Vinci Code* :

---

4. C’est sur cette place que se trouve le *Mur des je t’aime* :

---

5. C’est un endroit situé au milieu de la Seine :

3

Écris un message dans ta langue sur le *Mur des je t’aime*.

INSOLITE

LA VILLE SECRÈTE

Paris, parfois surnommée « la ville aux cent villages », est à la fois une cité étudiante, une capitale de la mode, une ville cosmopolite et un condensé d'histoire... Cette mosaïque vivante abrite quelques surprises !

POINTS DE VUE CULTURELS

Paris, ville secrète ? En surface et en sous-sol, Paris cache de nombreux mystères. Découvrez-en quelques-uns…

Sous la capitale se trouvent les catacombes, un ossuaire qu'on peut visiter. On peut aussi se promener dans la vingtaine de passages couverts, des galeries commerçantes qui relient les rues de la capitale.

À Paris, il pleut en moyenne 111 jours par an ! Pourtant, l'été, la plupart des Parisiens vont à Paris Plages : du sable, des transats et des jets d'eau sont installés au bord de la Seine.

Paris, ville-monde ? Certains de ses quartiers témoignent de son brassage culturel : le quartier chinois (le *Chinatown* de Paris) ou le quartier africain de Château-Rouge par exemple (surnommé « Le petit Mali »).

DICTIONNAIRE VISUEL CHAPITRE 5

LE MIEL

UN VISAGE

UN IMMEUBLE

UNE RUCHE

DES CRÊPES

JONGLER

SALÉ/SUCRÉ

DES BALLES
DE JONGLAGE

CHAPITRE 5

Il est 17 heures quand ils arrivent devant le Centre Pompidou.

— J'ai faim, dit Maxime. Et toi ?

— Moi aussi, je meurs de faim[66] !

Ils regardent autour d'eux pour voir où il est possible de manger. Il y a une crêperie avec une terrasse. C'est exactement ce qu'il leur faut !

— On s'installe[67] en terrasse ? C'est moi qui t'invite[68], dit Élisa.

— Pas question ! Tu veux quelle crêpe ? salée ou sucrée ?

Il est 17 heures, c'est plutôt l'heure de manger sucré.

Élisa choisit une crêpe au miel et se dit qu'un jour, elle installera[69] des ruches sur le toit de son immeuble pour sauver les abeilles. Maxime, lui, prend une crêpe bretonne à la bière.

LES CRÊPES, UNE RECETTE FRANÇAISE?

La crêpe est apparue en France au XIIIe siècle. Sa pâte est faite à base d'œufs, de lait et de farine de blé ou de sarrasin. On pense qu'elle vient de Bretagne, mais elle existe dans d'autres pays depuis 7000 avant J.-C. Les variétés de crêpes les plus connues dans le monde sont le *pancake* américain, le *blini* russe et la *tortilla* mexicaine. La crêpe ressemble aussi à la *piadina* italienne et au *baghrir* marocain.

Il n'a pas le temps de la manger parce que son attention est attirée par un jongleur, à quelques mètres de leur terrasse.

— C'est Arthur, un ami, dit Maxime.

Et il court le saluer. Ils se mettent à jongler et échangent même des balles. On voit qu'ils se connaissent bien. Maxime laisse tomber une balle.

— Je manque de pratique ! dit-il à Élisa avec un clin d'œil.

Un groupe de touristes s'approche d'eux, Élisa les regarde et, soudain, c'est le choc[70] : Joachim est avec eux !

—Joachim !

Élisa crie tellement fort que Maxime laisse tomber toutes ses balles de jonglage au sol.

LES ABEILLES SUR LES TOITS DE PARIS

À Paris, le Muséum national d'Histoire naturelle, l'Assemblée nationale, l'église Notre-Dame et le palais Garnier sont des refuges pour... les abeilles !

Pourquoi ? Parce que les abeilles trouvent à Paris de nombreux arbres et un environnement sans pesticides. On y trouve 300 ruches qui produisent un miel de qualité répondant aux critères des labels biologiques. Puisque environ 30% des abeilles meurent en France chaque année, c'est une belle tentative pour freiner cette disparition inquiétante !

Elle court vers son frère :

— Eh bien bravo, Joachim ! Donne-moi mon sac immédiatement. Évidemment, tu ne pouvais pas imaginer que j'en aurais besoin ? Ou alors ça t'est égal ! Je suis obligée de courir après toi dans tout Paris. Je te déteste.

— Oh, ça va ! Calme-toi, c'est juste un sac ! répond Joachim.

— Un sac avec une invitation très importante à l'intérieur. Mais tu prends les choses sans demander la permission[71]. Tu es l'image parfaite de l'égoïsme[72] ! Tu ne changeras jamais !

Joachim se moque d'elle :

— Tiens, prends-le, ton sac !

Il préfère éviter de discuter avec Élisa et propose à son groupe de visiter un endroit plus tranquille.

Élisa comprend soudain que cette histoire de sac à dos lui a permis de rencontrer Maxime. Cette journée un peu folle en rollers a finalement été extraordinaire... grâce à Joachim. Elle décide de s'excuser, mais il est déjà parti...

Maxime la rejoint[73] :

— Tu as ton invitation ? Tout va bien, alors ?

— Oui, juste au moment où j'étais prête à abandonner[74] ! Merci infiniment pour ton aide, Maxime !

Élisa se tourne vers l'ami jongleur de Maxime.

— Tu n'es pas seulement magicien, à ce que je vois !

— J'aime tous les arts du spectacle. Mon ami Arthur aussi.

— J'ai une idée, dit-elle. Tu veux participer au spectacle d'Inès de la Frasange ? Imagine : tu jongles avec Arthur, tu fais l'acrobate, le magicien, le clown...

— Pourquoi pas ?

Ils retournent alors au Centre Pompidou, où Inès ajuste les déplacements des mannequins. Elle semble préoccupée[75].

— Ah ! Élisa, te voilà !

— J'ai encore une idée, Inès. Je vous propose d'intégrer Maxime et son ami à votre show. Ce sont de vrais artistes : Regardez-les.

Maxime et Arthur jonglent, tout en exécutant des acrobaties.

Inès les regarde fixement. Elle ferme les yeux pour imaginer la scène, puis son visage change complètement. Elle sourit.

— C'est exactement l'idée que j'attendais : le happening sera la rencontre de l'extérieur et de l'intérieur du Centre Pompidou : les arts de rue et l'art moderne du musée. D'un côté, des jongleurs, des musiciens, des cracheurs de feu ; de l'autre, les mannequins et le défilé de mode. Le mouvement de Paris. Oui ! merci Élisa, c'est parfait !

Il est 18 heures. Élisa a retrouvé son invitation. Elle va pouvoir rencontrer Yoshiyuki Radamoto, son auteur de mangas favori. Elle est aussi engagée dans le projet[76] d'Inès de la Frasange avec Maxime.

Maxime... Elle le connaît depuis quelques heures seulement, mais elle sait déjà que cette rencontre va changer sa vie.

— Qu'est-ce que tu fais ce soir, après les mangas ? demande le jeune homme.

— Eh bien, il sera déjà tard. Je rentre chez moi. Mais demain soir, je suis libre si tu veux qu'on se voie...

ACTIVITÉS
CHAPITRE 5

1

Maxime et Élisa vont à la crêperie. Complète le dialogue à l'aide des mots suivants.

sucre | thé | tard | voudrais

Maxime : Bonjour ! Il est déjà 17 heures, ce n'est pas trop ________ pour manger ?

La serveuse : Pas de problème ! Installez-vous. Que désirez-vous manger ?

Maxime : Moi, je ________ une crêpe bretonne.

La serveuse : Et vous, mademoiselle ?

Élisa : Moi, à cette heure-ci, je préfère une crêpe sucrée.

La serveuse : Très bien, laquelle ?

Élisa : La crêpe au ________

La serveuse : Désirez-vous boire quelque chose ?

Maxime : Pour moi un café.

Élisa : Vous avez du ________ vert ?

2

Vrai (✓) ou faux (✗) ? Relis le chapitre et réponds pour chaque phrase.

1. Maxime et Joachim sont amis. ☐
2. Maxime laisse tomber ses balles de jonglage au sol parce qu'il manque de pratique. ☐
3. Joachim est désolé. Il regrette d'avoir pris le sac à dos de sa sœur. ☐
4. Le carton d'invitation se trouve encore dans le sac à dos. ☐
5. Élisa propose à Maxime de participer au spectacle d'Inès de la Frasange. ☐

3

Complète l'article d'un quotidien avec les verbes manquants.

présenter | applaudir | jongler | découvrir
entendre | danser | commencer

INÈS DE LA FRASANGE CHANGE LE MONDE DE LA MODE !

La grande styliste parisienne Inès de la Frasange _________ son nouveau défilé au Centre Pompidou, une expérience originale. Le spectacle _________ avec des images de Paris, Londres, Berlin et New York. Les mannequins marchent et font des gestes étranges.
Il n'y a pas de musique, seulement les bruits de la ville.
On _________ soudain la musique ! Des artistes montent sur scène et _________ sur un morceau de hip-hop. Ensuite, les mannequins défilent de façon plus classique. Le public_________ l'originalité des vêtements et des accessoires, magnifiquement combinés et il _________ . De jeunes acrobates _________ enfin avec des balles multicolores. Quelle belle représentation de la ville et de la vie !

À TABLE !

LA GASTRONOMIE FRANÇAISE

Un petit creux ? Ça tombe bien! À Paris, vous trouverez partout de bonnes adresses. Depuis le Moyen Âge, la cuisine française est renommée pour sa diversité et sa qualité. Paris compte des restaurants gastronomiques, «étoilés» par le guide Michelin*, des brasseries et, bien sûr, les cuisines du monde!

Le guide Michelin attribue des étoiles aux restaurants français en fonction de leur qualité : on parle aussi de «chefs étoilés».

POINTS DE VUE CULTURELS

Avez-vous déjà entendu parler de Paul Bocuse, de Joël Robuchon ou de Marc Veyrat ? Les grands chefs ont fait entrer la gastronomie française au patrimoine culturel immatériel de l'humanité de l'Unesco et font sa réputation dans les écoles de cuisine du monde entier.

Les spécialités françaises sont souvent associées aux régions: la quiche *lorraine*, le gratin *dauphinois*, la saucisse *de Toulouse*, la ratatouille *provençale*, la tartiflette *savoyarde*, le bœuf *bourguignon*...

La cuisine française est réputée pour ses desserts, et en particulier ses pâtisseries : millefeuille, paris-brest, éclair, tarte au citron, madeleine... Il y en a pour tous les goûts ! La spécialité parisienne, c'est le macaron.

La star de la restauration rapide, c'est le jambon-beurre, une tranche de baguette tartinée de beurre et une tranche de jambon. C'est simple, et pourtant il s'agit du sandwich le plus consommé en France !

Chapitre 1

FRANÇAIS	ANGLAIS	ESPAGNOL	ALLEMAND	ITALIEN
1. Pas question !	No way !	¡Ni hablar!	Keine Frage!	Non se ne parla!
2. Insupportable	Unbearable	Insoportable	unerträglich	Insopportabile
3. Se présenter à quelqu'un	To introduce yourself to someone	Presentarse a alguien	sich jemanden vorstellen, jemanden kennenlernen	Presentarsi a qualcuno
4. Obtenir quelque chose	To obtain something	Conseguir algo	etwas erhalten	Ottenere qualcosa
5. Sécher les cours	To skip classes	Saltarse las clases	(die Schule) schwänzen	Marinare la scuola
6. Se disputer	To argue	Pelearse	sich streiten	Litigare
7. S'absenter	To be absent	No ir	schwänzen	Assentarsi
8. Être fasciné(e) par quelque chose	To be fascinated by something	Estar fascinado/a por algo	fasziniert von etwas sein	Essere affascinato(a) da qualcosa
9. Être convaincu(e) de / par quelque chose	To be convinced of / by something	Estar convencido/a de algo	überzeugt von etwas sein	Essere convinto(a) di / da qualcosa
10. Être « relax »	To be easy-going	Relajarse	entspannt sein, relaxed sein	Essere rilassato(a)
11. Exprimer sa vision du monde	To express one's vision of the world	Expresar su visión del mundo	seine Weltanschauung / Lebenseinstellung ausdrücken	Esprimere la propria visione del mondo
12. Récupérer quelque chose	To recover something	Recuperar algo	etwas wieder bekommen, etwas zurückkriegen	Andare a prendere qualcosa
13. Quelle catastrophe !	What a disaster!	¡Qué desastre!	Was für eine Katastrophe!	Che disastro!
14. Participer à un projet	To participate in a project	Participar en un proyecto	an einem Projekt mitmachen / teilnehmen	Prendere parte a un progetto
15. Se diriger vers un lieu	To make one's way somewhere	Dirigirse a un lugar	sich auf einen Ort zubewegen	Andare in direzione di...

Chapitre 2

FRANÇAIS	ANGLAIS	ESPAGNOL	ALLEMAND	ITALIEN
16. Une esplanade	An esplanade	Una explanada	Platz, Esplanade	Un piazzale
17. Pratiquer une activité	To undertake an activity	Practicar una actividad	eine Aktivität ausüben	Praticare un'attività / uno sport
18. Introuvable	Which cannot be found	Imposible de encontrar	unauffindbar	Introvabile
19. Avoir de la chance	To be lucky	Tener suerte	Glück haben	Avere fortuna
20. Un geste expressif	An expressive gesture	Un gesto expresivo	ausdrucksvolle Geste, mit Mimik und Gestik	Un gesto espressivo
21. Regarder fixement	To stare	Mirar fijamente	intensiv anschauen	Fissare qualcuno / qualcosa
22. Replacer une carte dans un paquet	To put a card back in the pack	Volver a poner una carta en la baraja	eine Karte in den Stapel stecken	Sostituire una carta nel mazzo
23. Éliminer une carte	To remove a card	Retirar una carta	eine Karte wegnehmen	Eliminare una carta
24. Un tour de magie	A magic trick	Un truco de magia	Zaubertrick	Un gioco di prestigio
25. C'est évident !	It's obvious!	¡Está claro!	Das ist doch offensichtlich/ klar!	È ovvio!
26. Un « truc » de magie	The "secret" to a magic trick	Un truco de magia	(Zauber-) Trick	Un trucco di magia
27. Un dragueur	A flirt	Un ligón	Aufreißer, Charmeur	Un marpione
28. Rendre service	To be of service	Hacer un favor	dienen, zu Diensten stehen	Fare un favore
29. Avoir l'impression de	To have the impression of	Tener la impresión de	einen (bestimmenten) Eindruck haben	Avere l'impressione che
30. Avoir l'intention de	To intend to	Tener la intención de	die Absicht haben, etwas zu tun	Avere l'intenzione di
31. S'apprêter à faire quelque chose	To prepare to do something	Disponerse a hacer algo	im Begriff sein, etwas zu tun	Stare per fare qualcosa
32. Quitter un lieu	To leave a place	Irse de un lugar	einen Ort verlassen	Andarsene
33. Être vexé(e)	To be upset	Estar molesto/a	gekränkt sein	Sentirsi offeso(a)
34. Emporter quelque chose	To take something away	Llevarse algo	etwas mitnehmen	Portare via qualcosa
35. Joindre quelqu'un par téléphone	To get through to someone by phone	Contactar a alguien por teléfono	jemanden anrufen	Rintracciare qualcuno al telefono

Chapitre 3

FRANÇAIS	ANGLAIS	ESPAGNOL	ALLEMAND	ITALIEN
36. Associer quelque chose à autre chose	To associate something with something else	Unir algo a otra cosa	etwas mit etwas anderem verbinden / kombinieren	Associare una cosa a un'altra
37. Improviser	To improvise	Improvisar	improvisieren	Improvvisare
38. Projeter (un film, une image...)	To project (a film, an image...)	Proyectar (una película, una imagen, etc.)	(einen Film, ein Bild) projizieren	Proiettare (un film, una foto...)
39. S'approcher de quelqu'un	To approach someone	Acercarse a alguien	an jemanden herantreten, sich jemanden nähern	Avvicinarsi a qualcuno
40. Raffiné	Sophisticated	Refinado	vornehm, kultiviert, raffiniert	Raffinato
41. Excentrique	Eccentric	Excéntrico	exzentrisch	Eccentrico
42. Faire partie de	To be part of	Formar parte de algo	angehören, dazugehören	Fare parte di
43. Être engagé(e)	To be hired	Estar contratado/a	engagiert sein	essere assunto(a)
44. Ça dépend	It depends	Depende	je nachdem, das ist abhängig von	Dipende
45. S'élancer	To rush forward	Lanzarse	sich schwingen, auf etwas stürzen	Prendere lo slancio
46. Poursuivre quelqu'un	To pursue someone	Perseguir a alguien	jemanden verfolgen	Inseguire qualcuno
47. Être jaloux(se)	To be jealous	Estar celoso/a	eifersüchtig	Essere geloso(a)
48. Être gêné(e)	To be embarrassed	Estar molesto/a	verlegen sein	Essere imbarazzato(a)
49. Être rassuré(e)	To be reassured	Tranquilizarse	beruhigt sein	Essere rassicurato/a
50. Se moquer de quelqu'un	To make fun of someone	Burlarse de alguien	sich über jemanden lustig machen	Prendere in giro qualcuno
51. Une idole	An idol	Un ídolo	Idol	Un'icona

Chapitre 4

FRANÇAIS	ANGLAIS	ESPAGNOL	ALLEMAND	ITALIEN
52. Enfiler (des rollers, des chaussures...)	To slip something (roller-skates, shoes ...) on	Ponerse (unos patines, unos zapatos, etc.)	(Schuhe, Roller-Skates ...) überstreifen, anziehen	Infilarsi (i pattini, le scarpe...)
53. Un lieu réservé aux piétons	A pedestrian-only area	Una zona reservada para peatones	Fußgängerzone	Zona pedonale
54. Inspecter un lieu	To inspect a place	Inspeccionar un lugar	einen Ort inspizieren	Ispezionare un luogo
55. S'éloigner	To move away	Alejarse	weiter gehen, sich entfernen	Allontanarsi
56. Ressembler à quelqu'un	To look like someone	Parecerse a alguien	jemandem ähnlich sehen	Assomigliare a qualcuno
57. Grimper	To climb	Subir (con dificultad)	erklimmen, hochgehen / -fahren	Scalare
58. Être prêt(e)	To be ready	Estar listo/a	bereit sein, fertig sein	Essere pronto(a)
59. Tourner un film	To make a film	Rodar una película	einen Film drehen	Girare un film
60. Faire un compliment	To pay a compliment	Hacer un cumplido	ein Kompliment machen	Fare un complimento
61. Faire une déclaration d'amour	To make a declaration of love	Declararse	eine Liebeserklärung machen	Fare una dichiarazione d'amore
62. Idiot !	Idiot!	¡Idiota!	Idiot!	Idiota!
63. Romantique	Romantic	Romántico/a	romantisch	Romantico
64. Faire une tentative	To make an attempt	Intentar	einen Versuch machen / unternehmen	Fare un tentativo
65. Retourner quelque part	To return somewhere	Volver a algún lugar	zurückkehren	Ritornare in un posto

Chapitre 5

FRANÇAIS	ANGLAIS	ESPAGNOL	ALLEMAND	ITALIEN
66. Mourir de faim	To be starving	Morirse de hambre	verhungern	Morire di fame
67. S'installer en terrasse	To sit down on a terrace	Sentarse en la terraza	sich auf die Terrasse setzen, sich hinsetzen, es sich bequem machen	Sedersi ai tavolini all'aperto
68. Inviter quelqu'un	To invite someone	Invitar a alguien	jemanden einladen	Invitare qualcuno
69. Installer quelque chose	To install something	Instalar algo	etwas installieren, etwas aufbauen / anbringen	Installare qualcosa
70. Avoir un choc / C'est le choc	To be in shock / It's because of the shock	Quedarse de piedra / Vaya sorpresa	einen Schock kriegen / haben	Avere uno shock / È stato lo shock
71. Demander la permission	To ask for permission	Pedir permiso	um Erlaubnis bitten	Chiedere il permesso
72. L'égoïsme	Selfishness	El egoísmo	Egoismus	L'egoismo
73. Rejoindre quelqu'un	To meet up with someone	Alcanzar a alguien	jemanden einholen, sich jemanden anschließen	Trovarsi con qualcuno
74. Abandonner (un projet, une idée...)	To abandon (a project, an idea...)	Abandonar (un proyecto, una idea, etc.)	(eine Idee, ein Projekt ...) aufgeben / liegen lassen	Abbandonare (un progetto, un'idea...)
75. Être préoccupé(e)	To be worried	Estar preocupado/a	besorgt sein	Essere preoccupato(a)
76. Être engagé(e) dans un projet	To be involved in a project	Participar en un proyecto	für ein Projekt engagiert / verpflichtet sein	Essere impegnato(a) in un progetto

Paris VILLE LUMIÈRE

p. 14-15

Paris - CITY OF LIGHT

An ancient Gallo-Roman city, the French capital is an immense plain built around the River Seine. The most populated city of France, it has 2.2 million inhabitants in the city centre and 6.8 million including the suburbs. It is a city of history and culture and one of the most visited in the world...

Since the end of the 20th century, the cultural, artistic and scientific influence of Paris has been second to none. Its most famous monuments are the Eiffel Tower, the Arc de Triomphe, Notre-Dame Cathedral and the Sacré-Coeur. Its most well-known avenue is called the Champs-Élysées.

The Place de la Bastille bears witness to the capital's past. The storming of the Bastille took place in this square in 1789, during the French Revolution. Since then, Bastille Day has been held on 14 July.

Paris offers a wide variety of cultural events. In particular, there are numerous operas, including the prestigious Palais Garnier, and museums such as the Louvre, the Musée d'Orsay, the Muséum National d'Histoire Naturelle, the Musée du Quai Branly...

Visiting Paris also means discovering its gardens and palaces, such as the Luxembourg gardens and palace, as well as its emblematic neighbourhoods, such as Montmartre, the Latin Quarter and the business district La Défense.

Paris - LA CIUDAD DE LA LUZ

La capital francesa, antigua ciudad galorromana, es una extensa llanura edificada rodeando el Sena. Es la ciudad más poblada de la Francia metropolitana: cuenta con 2,2 millones de habitantes intramuros y 6,8 millones de habitantes en las afueras. Es una ciudad llena de historia y cultura, y una de las más visitadas del mundo.

Desde el final del siglo XX, el esplendor cultural, artístico y científico de París no tiene igual. Sus monumentos más famosos son la Torre Eiffel, el Arco de Triunfo, la catedral de Notre-Dame y el Sacré-Coeur. Su avenida más conocida es los Campos Elíseos.

La plaza de la Bastilla refleja el pasado de la capital. En ella tuvo lugar la toma de la Bastilla en 1789, durante la Revolución Francesa. Desde entonces, la fiesta nacional de Francia se celebra el 14 de julio.

La oferta cultural de París es muy variada. Destacan varias óperas, entre ellas el prestigioso palacio Garnier, y museos: el Louvre, el museo de Orsay, el Museo Nacional de Historia Natural, el museo del quai Branly, etc.

Visitar París también es descubrir sus jardines y palacios, como los del Palacio de Luxemburgo, y sus barrios emblemáticos, como Montmartre, el barrio Latino o el distrito de negocios de la Défense.

Paris - STADT DER LICHTER

Die antike gallo-römische Siedlung und heutige Hauptstadt Frankreichs liegt in einer weiten Ebene um die Seine herum. Mit 2,2 Millionen Einwohnern innerhalb der Stadtgrenzen und 6,8 Millionen Einwohnern die Vororte mit eingeschlossen ist Paris die bevölkerungsreichste Stadt Frankreichs. Paris ist eine Stadt voller Geschichte und Kultur und eine der meistbesuchten Städte der Welt ...

Seit Ende des 20.Jh. ist der kulturelle, künstlerische und wissenschaftliche Einfluss Paris' ohnegleichen. Die berühmtesten Sehenswürdigkeiten der Stadt sind der Eiffelturm, der Triumphbogen, die Kathedrale Nôtre Dame und der Sacré-Coeur und die bekannteste Straße von Paris heißt „Champs-Élysée".

Der Plaçe de la Bastille (Platz der Bastille) ist ein Zeugnis der Vergangenheit. Auf diesem Platz fand während der Französischen Revolution im Jahre 1789 die berühmte Erstürmung der Bastille statt. Seitdem ist der 14. Juli ein nationaler Feiertag in Frankreich.

Das kulturelle Angebot in Paris ist sehr vielfältig. Es gibt zahlreiche Opern, zu denen auch der renommierte Palais Garnier gehört, und viele Museen: der Louvre, das Musée d'Orsay, das naturkundliche Museum (Muséum national d'Histoire naturelle), das Musée du Quai Branly ...

In Paris zu leben heißt auch, seine unzähligen Gärten und Paläste (wie z. B. die Gärten und den Luxemburg-Palast) zu entdecken, sowie seine berühmten Stadtviertel wie Montmartre, das Quartier Latin oder das Geschäftsviertel La Défense.

Parigi - *LA VILLE LUMIÈRE*

Antica città gallo-romana, la capitale francese è un'estesa pianura edificata nei pressi della Senna. È la più popolata della Francia, con i suoi 2,2 milioni di abitanti in città e i 6,8 milioni in periferia. È una città ricca di storia e cultura tra le più visitate al mondo...

A partire dalla fine del XX secolo, l'influenza culturale, artistica e scientifica di Parigi è stata senza pari. I suoi monumenti più celebri sono la torre Eiffel, l'Arco di trionfo, la cattedrale di Notre-Dame e il Sacro Cuore. Il suo viale più noto è quello degli Champs-Élysées.

Piazza della Bastiglia è una testimonianza del passato della capitale: fu proprio qui che nel 1789, durante la Rivoluzione francese, si svolse la presa della Bastiglia. Da allora, il 14 luglio si celebra la festa nazionale francese.

L'offerta culturale di Parigi è molto varia. In particolare vi sono diversi teatri d'opera, tra cui il prestigioso palazzo Garnier, e musei: il Louvre, il Musée d'Orsay, il Museo nazionale di storia naturale, il Musée du quai Branly...

Visitare Parigi significa anche scoprire i suoi giardini e palazzi , come quelli del Luxembourg, e i suoi quartieri caratteristici, tra cui Montmartre, il Quartiere latino o quello degli affari, la Défense.

Paris festif
VIRÉE NOCTURNE

.... p. 26-27

Festive Paris - NIGHTLIFE

There is a Paris by day, and a Paris by night! A festive and student city, there is another side to Paris when the sun goes down: restaurants, concerts, cinemas, outdoor activities...

There are numerous festivals and artistic and scientific events throughout the year in Paris: from the eclectic music scene to free artistic experiences such as the Nuit Blanche all-night event or the open-air film festival of La Villette...

During the Nuit Blanche, certain museums have free entry and stay open late. Works of art are installed in the street and there are cultural activities throughout the city. It is a very festive event !

In the summer, Paris lives outside! All along the river banks, groups of friends meet to chat or have a drink. Cinema lovers gather at the free open-air film festival in Parc de la Villette!

The Foire du Trône takes place in the spring. For almost eight weeks, visitors discover this unique fairground in Paris, which proposes a variety of attractions and shows.

París festivo - VIDA NOCTURNA

Existe un París de día, ¡y un París de noche! Como ciudad festiva y estudiantil, París muestra otra cara cuando se pone el sol: restaurantes, conciertos, cines, salidas al aire libre...

Los festivales y los acontecimientos artísticos y científicos se multiplican durante todo el año en París: desde su ecléctica escena musical hasta las citas artísticas gratuitas, como la Nuit blanche o el festival de cine al aire libre de la Villette.

Durante la Nuit blanche, algunos museos son gratuitos y permanecen abiertos hasta tarde. Se colocan obras de arte en la calle y hay actos culturales por toda la ciudad. ¡Es una fiesta!

En verano, París se vive en la calle. A lo largo de los muelles, se reúnen grupos de amigos para charlar o tomar algo. Los amantes del séptimo arte tienen una cita en el festival de cine gratuito al aire libre en el parque de la Villette.

La Foire du Trône se celebra en primavera. Durante casi ocho semanas, los visitantes pueden descubrir esta feria única en París, que ofrece atracciones y espectáculos variados.

Festliches Paris - NACHTLEBEN

Es gibt ein Paris bei Tag und ein Paris bei Nacht! Als feierliche und studentische Stadt zeigt Paris ein ganz anderes Gesicht, sobald die Sonne untergeht: Restaurants, Konzerte, Kino, Open-Air-Veranstaltungen ...

Zahlreiche Feste, Festivals und künstlerische Veranstaltungen finden das ganze Jahr über in Paris statt: von der eklektischen Musikszene bis hin zu den kostenlosen künstlerischen Rendezvous wie die Nuit blanche oder das Open-Air-Kino-Festival von la Villette.

Während der Nuit blanche (weiße Nacht) sind bestimmte Museen kostenlos und bis spät in die Nacht geöffnet. Auf vielen Straßen finden künstlerische Events statt und es werden Kunstwerke installiert. Es ist ein sehr festliches Ereignis!

Im Sommer ist Paris voller Leben. An den Kais versammeln sich Paare und Freunde, um zu reden und etwas zu trinken. Und für die Liebhaber der siebten Kunst ist das kostenlose Open-Air-Kino-Festival im Parc de la Villette ein absolutes Muss!

Die Foire du Trône findet im Frühjahr statt. Acht Wochen lang können Besucher auf diesem einzigartigen Jahrmarkt in Paris die unterschiedlichsten Attraktionen und Shows genießen und entdecken.

Parigi in festa - IN GIRO DI NOTTE

C'è Parigi di giorno e Parigi di notte! Da città festosa e studentesca, quando tramonta il sole la capitale cambia volto: ristoranti, concerti, cinema, serate all'aperto...

Durante tutto l'anno a Parigi si susseguono festival ed eventi artistici e scientifici: dall'eclettica scena musicale a manifestazioni artistiche gratuite come la Notte bianca o il festival del cinema all'aperto della Villette...

Durante la Notte bianca alcuni musei sono gratuiti e restano aperti fino a tardi. Per le strade vengono installate opere d'arte e in tutta la città si tengono manifestazioni culturali. È una grande occasione di festa!

D'estate si vive Parigi all'aperto! Gli amici si incontrano sui quais per chiacchierare o bere qualcosa. Per gli amanti della settima arte, il punto di ritrovo è il festival gratuito del cinema all'aperto del parco della Villette!

La Foire du Trône si svolge a primavera. Per quasi otto settimane, i visitatori frequentano questa fiera parigina unica, che offre attrazioni e spettacoli vari.

Ville d'art
UN ESPRIT DE BOHÈME

p. 38-39

City of art - BOHEMIAN SPIRIT

Visiting Paris means discovering its cultural, artistic and intellectual heritage. Since the 16th century, the capital has stood out in numerous artistic domains: sculpture, photography, the decorative arts, cinema, literature, the performing arts...

Many artistic movements emerged from Paris. To mention just a few, Art Nouveau in architecture, fauvism in painting, new wave in cinema. The capital also hosts an international contemporary art fair (FIAC) each year.

Paris is the cradle of cinema, with the first cinematograph projection in 1895. An average of three films a day are still made there! The Cinémathèque Française presents the history of cinema.

Paris is the birthplace of the French writers Émile Zola, George Sand and Marcel Proust. It attracts artists from all over the world. There is also the wonderful Bibliothèque Nationale de France (BnF).

In the 19th and 20th centuries, the Parisian painting studios gave rise to the romanticism of Delacroix, the fauvism of Matisse... Now there are public and private galleries and places of artistic creation (the Centquatre, the 59 Rivoli...).

Ciudad de arte - ESPÍRITU BOHEMIO

Visitar París es descubrir su patrimonio cultural, artístico e intelectual. Desde el siglo XVI, la capital destaca en muchos ámbitos artísticos: escultura, fotografía, artes decorativas, cine, literatura, artes escénicas...

Son numerosos los movimientos artísticos nacidos en París: el *art nouveau* o modernismo en la arquitectura, el fauvismo en pintura y *la nouvelle vague* en cine, por citar algunos. La capital también acoge todos los años la Feria Internacional de Arte Contemporáneo (FIAC).

París es la cuna del cine: en ella se realizó la primera proyección del cinematógrafo en 1895. Actualmente, se rueda prácticamente una media de tres películas al día. La Cinémathèque française muestra la historia del cine.

París es la ciudad natal de los escritores franceses Émile Zola, George Sand y Marcel Proust. Además, atrae a artistas de todo el mundo. En ella encontramos también la magnífica Biblioteca Nacional de Francia (BnF).

En los siglos XIX y XX, los talleres de pintura parisinos vieron nacer el romanticismo de Delacroix, el fauvismo de Matisse... En la actualidad, existen galerías públicas o privadas, y lugares de creación artística (como el Centquatre o el 59 Rivoli).

Stadt der Kunst - ESPRIT DER BOHÈME

Paris besuchen heißt, seine kulturellen, künstlerischen und intellektuellen Schätze und Reichtümer zu entdecken. Seit dem 16.Jh. hat sich Paris einen Namen in zahlreichen künstlerischen Bereichen gemacht: Skulptur, Fotografie, dekorative Kunst, Kino, Literatur, szenische Kunst ...

Eine große Vielzahl an künstlerischen Bewegungen und Stilrichtungen haben ihren Ursprung in Paris. Um nur einige wenige zu nennen: der Art Nouveau oder Jugendstil in der Architektur, der Fauvismus in der Kunst, die Nouvelle Vague im Kino ... Jedes Jahr beherbergt die Stadt zudem die internationale Messe für zeitgenössische Kunst (FIAC).

Paris ist der Wiege des Kinos: die weltweit erste Filmvorführung fand hier im Jahre 1895 statt. Noch heute werden in Paris mindestens drei Filme pro Tag gedreht! In der Cinématique française kann man die ganze Geschichte des Kinos anschauen.

Als Geburtsstadt von berühmten französischen Schriftstellern, wie Émile Zola, George Sand und Marcel Proust, zieht Paris Künstler aus aller Welt an. Hier befindet sich auch die beeindruckende Nationalbibliothek (Bibliothèque nationale de France – BnF).

Im 19. und 20. Jh. entstanden in den Pariser Ateliers Stilrichtungen wie der Romantizismus von Delacrois oder der Fauvismus von Matisse. Heute gibt es immer noch zahlreiche öffentliche und private Galerien und künstlerische Schaffensstätten (der Centquatre, der 59 Rivoli ...).

Città d'arte - UN'ANIMA BOHÉMIENNE
Visitare Parigi significa scoprire il suo patrimonio culturale, artistico e intellettuale. Dal XVI secolo la capitale francese occupa un posto di primo piano in molti ambiti artistici: scultura, fotografia, arti decorative, cinema, letteratura, arti dello spettacolo...

I movimenti artistici nati a Parigi sono tantissimi. Giusto per citarne qualcuno: l'Art nouveau in architettura, il fauvismo in pittura, la nouvelle vague al cinema. Inoltre, ogni anno nella capitale si svolge la Fiera internazionale dell'arte contemporanea (FIAC).

Parigi è la culla del cinema: la prima proiezione cinematografica si svolse qui nel 1895. Oggi in città si girano in media tre film al giorno! La Cinémathèque française illustra la storia del cinema.

Parigi è la città natale degli scrittori francesi Émile Zola, George Sand e Marcel Proust, e attira artisti da tutto il mondo. Ospita inoltre la magnifica Biblioteca nazionale di Francia (BnF).

Nel corso del XIX e del XX secolo, gli atelier di pittura parigini vedono nascere il romanticismo di Delacroix, il fauvismo di Matisse... Oggi, in città vi sono gallerie d'arte pubbliche o private e laboratori di creazione artistica (il Centquatre, il 59 Rivoli...).

Insolite
VILLE SECRÈTE

p. 50-51

Surprising - THE SECRET CITY
Paris, sometimes known as the city of a hundred villages, is both a student city, a fashion capital, a cosmopolitan city and a concentration of history... We can find a number of surprises in this living mosaic!

Paris, a secret city? Both on the surface and underground, Paris conceals numerous mysteries. Discover some of them...

The catacombs, an ossuary which can be visited, are located underneath the capital. You can also wander along some 20 covered passageways, shopping galleries which connect the capital's streets.

In Paris, it rains on average 111 days a year! Maybe this is why in the summer most Parisians head for Paris Plages: sand, deck-chairs and jets of water are installed on the banks of the Seine.

Paris, world city? Some of its neighbourhoods bear witness to its cultural mix , for example Chinatown and the African neighbourhood of Château-Rouge (nicknamed "little Mali").

Insólita - LA CIUDAD SECRETA
París, apodada en ocasiones *la ville aux cent villages* (la ciudad de los cien pueblos), es, al mismo tiempo, una ciudad estudiantil, la capital de la moda, una ciudad cosmopolita y un compendio de historia. ¡Un mosaico vivo que esconde algunas sorpresas!

París, ¿una ciudad secreta? Tanto en la superficie como en el subsuelo, París esconde muchos misterios. Descubra algunos de ellos.

Debajo de la capital se encuentran las catacumbas, un osario abierto a los visitantes. También podemos pasear por la veintena de pasajes cubiertos, galerías comerciales que unen las calles de la capital.

En París, llueve una media de 111 días al año. Quizás por eso la mayoría de los parisinos van a París Plages en verano: las orillas del Sena se llenan de arena, tumbonas y chorros de agua.

París, ¿ciudad del mundo? Algunos barrios son testigos de su mezcla cultural: el barrio chino (el Chinatown de París) o el barrio africano de Château-Rouge (apodado «pequeño Mali»), por ejemplo.

Ungewöhnliches - GEHEIMNISVOLLE STADT

Paris wird oft die Stadt der hundert Gesichter genannt und ist sowohl Studentenstadt als auch Modehauptstadt, kosmopolitisches Zentrum und geschichtliches Kondensat ... Dieses lebende Mosaik enthält einige ungewöhnliche Überraschungen!

Paris – Stadt der Geheimisse? Sowohl auf dem Pariser Boden als auch darunter verstecken sich zahlreiche Mysterien. Hier sind einige davon ...

Unter der französischen Hauptstadt liegen die Katakomben mit einem Ossuarium, welches man besuchen kann. Man kann aber auch in einer der rund zwanzig überdachten Arkaden und Einkaufspassagen spazieren gehen, die die Straßen der Hauptstadt verbinden.

In Paris regnet es im Schnitt an 111 Tagen pro Jahr! Das ist wahrscheinlich einer der Gründe, warum ein Großteil der Pariser im Sommer an die Pariser Strände geht: Sand, Liegestühle und Wasserskis werden am Ufer entlang der Seine installiert.

Weltstadt Paris? Einige seiner Stadtviertel sind ein Zeugnis der kulturellen Mischung: z.B. das chinesische Viertel (Paris' „Chinatown") oder das afrikanische Viertel Château-Rouge, welches auch „das kleine Mali" genannt wird.

Insolita - LA CITTÀ SEGRETA

Parigi, un tempo soprannominata la città dei cento villaggi, è al tempo stesso capitale della moda, metropoli cosmopolita, città studentesca e condensato di storia... Questo mosaico vivente riserva parecchie sorprese!

Parigi, città segreta? In superficie e sottoterra, Parigi nasconde numerosi misteri. Scopriamone qualcuno...

Sotto la capitale si trovano le catacombe, un cimitero aperto alle visite. È anche possibile gironzolare nei passaggi coperti e nelle gallerie commerciali (circa venti) che collegano le strade della capitale.

A Parigi piove in media 111 giorni all'anno! Forse è per questo che d'estate la maggior parte dei parigini va a Paris Plages: lungo la Senna vengono portati sabbia e sedie a sdraio e allestiti getti d'acqua.

Parigi, città-mondo? Alcuni quartieri sono espressione del crogiolo di culture cittadino, come ad esempio quello cinese (la Chinatown parigina) o quello africano di Château Rouge, soprannominato "il piccolo Mali".

À table ! LA GASTRONOMIE FRANÇAISE

p. 60-61

Come and eat! - FRENCH GASTRONOMY

Feeling peckish? You're in luck! In Paris, you will find good addresses everywhere. Since the Middle Ages, French cuisine has been famous for its diversity and its quality. Paris has gastronomic restaurants, with Michelin guide stars*, brasseries and, of course, cuisine from all over the world !

Have you ever heard of Paul Bocuse, Joël Robuchon or Marc Veyrat? The great chefs have led UNESCO to proclaim French gastronomy as intangible cultural heritage of humanity and build its reputation in cooking schools worldwide.

French specialities are often associated with its regions: quiche lorraine, gratin dauphinois, Toulouse sausages, ratatouille provençale, tartiflette savoyarde, bœuf bourguignon...

French cuisine is famous for its deserts, especially its pastries: millefeuille, paris-brest, éclair, lemon pie, madeleine... There is something to please every palate! The Parisian speciality is the macaron.

The star of fast food is the jambon-beurre, a sandwich consisting of a baguette spread with butter and a slice of ham. It's simple, and yet it is the most widely consumed sandwich!

¡A la mesa! - LA GASTRONOMÍA FRANCESA

¿Le apetece comer algo? ¡Perfecto! En París encontrará sitios interesantes en todas partes. Desde la Edad Media, la cocina francesa es famosa por su diversidad y su calidad. París cuenta con restaurantes *gourmet* galardonados con estrellas de la guía Michelin*, cafés y, por supuesto, cocinas de todo el mundo.

¿Ha oído hablar de Paul Bocuse, Joël Robuchon o Marc Veyrat? Los grandes chefs han logrado que la gastronomía francesa sea nombrada patrimonio cultural inmaterial de la humanidad de la UNESCO y forjan su reputación en las escuelas de cocina de todo el mundo.

La cocina francesa es conocida por sus postres, en particular, su repostería: milhojas, *paris-brest*, *éclair*, tarta de limón, magdalena, etc. ¡Hay para todos los gustos! La especialidad parisina es el *macaron*.

La estrella de la cocina rápida es el *jambon-beurre*, bocadillo preparado con pan de *baguette* untado con mantequilla y una loncha de jamón york. Es sencillo, ¡pero es el bocadillo más popular!

Zu Tisch! - FRANZÖSISCHE GASTRONOMIE

Hungrig? Das passt gut, denn in Paris gibt es unzählige Möglichkeiten seinen Hunger zu stillen. Seit dem Mittelalter ist die französische Küche bekannt für ihre Vielfalt und Qualität. In Paris findet man Gourmet-Restaurants, die mit Sternen* von der Guide Michelin ausgezeichnet sind, Cafés, Kneipen und natürlich Gerichte aus aller Welt!

Schon einmal von Paul Bocuse, Joël Robuchon oder Marc Veyrat gehört? Diesen großartigen Chefköchen ist es zu verdanken, dass die französische Küche heute zum immateriellen Kulturerbe der UNESCO gehört und einen unverbesserlichen Ruf in Kochschulen auf der ganzen Welt genießt.
Die französischen Spezialitäten sind oft mit ganz bestimmten Regionen des Landes verbunden: die Quiche Lorraine, der Kartoffelgratin aus der Dauphiné, die Wurst aus Toulouse, das Ratatouille aus der Provence, die Tartiflette aus Savoyen, das Boeuf Bourguignon ...

Die französische Küche ist bekannt für seine Desserts und besonders für seine Backwaren: Blätterteig, Paris-Brest, Eclair, Tarte au citron, Madeleines ... Für jeden Geschmack ist etwas dabei! Die Pariser Spezialität ist das Macaron.

Der Star der schnellen Küche ist das jambon-beurre, ein mit Butter bestrichenes und mit einer Scheibe Schinken belegtes Baguette. Es ist einfach und lecker, und wohl deshalb der meist gegessene Snack!

A tavola! - LA GASTRONOMIA FRANCESE

Avete un languorino? Perfetto! A Parigi troverete buoni locali dappertutto. Fin dal Medioevo, la cucina francese è rinomata per la sua varietà e qualità. Parigi offre ristoranti "stellati" scelti dalla guida Michelin*, birrerie e, naturalmente, piatti di tutto il mondo!

Avete mai sentito parlare di Paul Bocuse, Joël Robuchon o Marc Veyrat? I grandi chef hanno fatto entrare la cucina francese nel Patrimonio culturale immateriale dell'Umanità dell'Unesco, costruendo la sua reputazione nelle scuole di cucina del mondo intero.

Le specialità francesi sono spesso associate alle regioni: la quiche lorraine (della Lorena), il gratin dauphinois (del Delfinato), la salsiccia di Tolosa, la ratatouille provenzale, la tartiflette savoiarda, il manzo alla borgognona e altre ancora.

La cucina francese è celebre per i dolci, in particolare per la pasticceria: millefoglie, *Paris-Brest*, *éclair*, torta al limone, *madeleine*... ce n'è per tutti i gusti! La specialità di Parigi è il macaron.

La star del fast food è il *jambon-beurre*, un panino preparato con una baguette imburrata e fette di prosciutto cotto. È semplice, eppure è il panino più diffuso!

Retrouvez toutes les informations sur cette collection sur :

www.emdl.fr/fle